24

閱微草堂筆記

中文經典100句

玄奘大學中語系季旭昇教授　總策畫
文心工作室　編著

〈出版緣起〉

站在文化巨人的肩膀上

季旭昇

「犁明即起，灑掃庭廚。忘著窗外，一片籃天白雲，令人腥情振忿。隨便灌洗一下，整理遺容之後，走到客聽，粘起三柱香，拜完劣祖劣宗，希望祖宗給我保屁。然後匆匆敢往朋友的壽宴，為朋友舉殤祝壽，大家喝的慾罷不能。談到朋友的事葉出現危機，我就建議他要摒持理念、拿出破力。朋友也免勵我要多用功，才能寫出家譽戶曉、躑地有聲的文章。晚上我開始發糞讀書，日以繼夜的終於寫完這一篇文章。」

這是用現在見怪不怪的錯字集錦而成的一篇小文，果然可以「擲地」，但是未必「有聲」。近年來，這種錯字太多了，老師開始憂心、家長開始憂心、社會賢達開始憂心，只有學生和教育主管當局不憂心，教育主管當局甚至於還要進一步削減中小學的國語文授課時數。終於，社會的憂心迸發了，由各界組成的「搶救國文聯盟」日前已起來呼籲教育主管當局要正視這個問題，不要坐視國家競爭力一日一日的衰落。

身為文化事業一分子的商周出版，老早就在正視這個問題了，所以洞燭機先地策畫了「中文可以更好」系列，為文字針砭、為語文把脈，希望把這些年語文界的毛病治好。各界反應還不錯。

語文的毛病治好了，體質還是不夠強壯。商周出版認為進一步要熬十全大補湯，讓我們的語文更強壯。這「十全大補湯」就是「中文經典一〇〇句」系列。

《荀子．勸學篇》說：

「吾嘗終日而思矣，不如須臾之所學也。吾嘗跂而望矣，不如登高之博見也。登高而招，臂非加長也，而見者遠；順風而呼，聲非加疾也，而聞者彰。假輿馬者，非利足也，而致千里；假舟楫者，非能水也，而絕江河。君子生非異也，善假於物也。」

學畫一定要先從芥子園畫譜學起。芥子園畫譜是初學者的「經典」。張大千的畫藝要更上層樓，所以要去千佛洞臨壁畫。千佛洞是張大千的「經典」。學書法的人要學二王顏柳，二王顏柳是書法界的「經典」。

經典是古代聖賢才智的結晶，是民族文化的源頭。

多認識經典可以讓我們站在巨人的肩上，長得更快、更高。

多認識經典可以讓我們的思想、文字帶有民族智慧、民族風格。

《論語》、《史記》、《古文觀止》、《孟子》、《詩經》、《莊子》、《戰國策》、《唐詩》、《宋詞》、《世說新語》、《資治通鑑》、《昭明文選》、《六祖壇經》、《曾國藩家書》、《老子》、《荀子》、《韓非子》、《兵法》、《易經》、《淮南子》、《元曲》、《孔子家語》（「中文經典一〇〇句」已出版），這幾本書應該是現代國民的「最低限度必讀經典」，做為這個民族的一份子，沒有讀過這幾本書，就稱不上這個民族的「知識分子」。但是，現代人實在太忙了，大人忙著五光十色、小孩忙著被教改、社會忙著全民英檢、國家忙著走出去，人人都在盲茫忙，商周出版因此為忙碌的人們燉一鍋大補湯，用最活潑簡明的文句，把經典的精粹提煉出來，讓大家可以在「三上」（馬上、枕上、廁上）閱讀。在做完文字針砭、為語文把脈、把病痛治好後，讓我們來培元固本，增強功力，站在文化巨人的肩膀上，看得更高，飛得更遠！

（本文作者爲臺灣師範大學國文系退休教授，現任玄奘大學中語系教授）

〈導讀〉

寄託紀曉嵐思想的《閱微草堂筆記》

現代人由於電視劇《鐵齒銅牙紀曉嵐》的播出，對於紀曉嵐的幽默風趣、機智過人，已耳熟能詳；他的傳說和趣聞軼事，無論是和帝王、同僚的巧妙應答，對朝中奸佞的冷嘲熱諷、損人不帶髒字的藝術，更讓人拍案叫絕，為人津津樂道。不過，也有許多人完全不知道他就是領修《四庫全書》，撰寫《閱微草堂筆記》的紀昀。

一、《閱微草堂筆記》的作者

紀昀，字曉嵐，一字春帆，晚號石雲，卒謚文達。生於清雍正二年，卒於清嘉慶十年（西元一七二四～一八〇五年）。紀昀活躍於乾隆、嘉慶年間，才氣舉世聞名，號稱「河間才子」。更曾因非凡的文才、學識與成就，被譽為「一代文宗」。紀昀於乾隆十九年（西元一七五四年）中進士第，因學問淵博備受賞識，官至禮部尚書。他還多次出任科舉鄉試、會試的考官，對於人才的選拔與培養不遺餘力，這些優秀的人才也對乾隆盛世的發展起了一定的作用。

紀昀一生中最大的功績，就是領導數百名文官編修《四庫全書》。這是一套涵蓋全國所有圖書的大部頭叢書，由於卷帙浩繁，全書分經、史、子、集四部，再細分四十四類，總計所收書籍共有三千四百六十一種，七萬九千三百零九卷，約八億四千萬字——也就是大約有十九部的《大英百科全書》之多。在當時，不僅在中國，就是全世界也是絕無僅有的。

為了纂修《四庫全書》，清廷甚至專門開設了四庫全書館負責相關事務。紀昀在乾隆三十八年（西元一七七三年）受命為四庫全書館的總纂官，當前一年下令徵書後所募集到的全國書籍、私人圖書、宮內藏書，以及明代類書《永樂大典》等珍貴典籍陸續集中到四庫全書館後，紀昀便領導數百名纂修官，開始針對數以萬計的典籍，進行內容的檢查和整理，最終完成《四庫全書》的編纂工作。之後，紀昀還親自撰寫了《四庫全書總目》二百卷、《四庫全書簡明目錄》二十卷，著錄了未收入《四庫全書》的存目六千七百九十三種，總計一萬零二百五十四種。為了保存典籍，清廷又動用大量人力，將《四庫全書》抄錄七部，分藏全國各地。前後共歷時十餘年，才將七部《四庫全書》全部纂修、抄錄、校訂完成。

由於負責纂修《四庫全書》，使他經常要與乾隆皇帝討論，這也使他具備了機敏善辯的素質，清代學者中，善於應變者罕有能與他匹敵的。他雖然因為幽默風趣、博學機敏而深獲聖眷，但他也曾在龍顏大怒時，被貶斥為「倡優」、「腐儒」。據《滿清外史・乾隆朝》第十二章〈視臣如奴隸〉記載，當他擔任協辦大學士時，曾被乾隆叱罵：「朕以汝文學尚優，故使領四庫書，實不過以倡優蓄之，汝何敢妄談國事！」（我是因你學問不錯，所以讓你總領修《四庫全書》，實際上是把你當個藝人一樣蓄養看待，你怎麼敢大膽談論國事！）看似風光的文臣，在君主的眼裡竟形同藝人，招之即來，揮之即去。博學的紀昀其實與一般臣子同樣感受著「伴君如伴虎」的艱難。

或許也正因如此，紀昀更需要靠著詼諧幽默的言談、巧妙機智的應答，優游於官場上。在《清朝野史大觀》卷六有一個記載：一次，紀昀與其他官員一同在朝房等著早朝，等了很久都感到十分疲累，紀昀便開起玩笑，說：「老頭兒怎麼還沒來？」沒想到就在此時，乾隆忽然由後方走近，厲聲問：「『老頭兒』三字如何解釋？」只見紀昀不急不徐地回答：「萬壽無疆之謂『老』，頂天立地之為『頭』，父天母地之為『兒』。」當下乾隆便轉怒為喜。

現代電視劇中對紀昀的刻畫：陪皇帝微服私訪、對對子、玩文字遊戲等，也都表現出紀昀身在官場上為求自保的一面。

二、《閱微草堂筆記》的成書經過及內容

（一）成書經過

紀昀四十九歲擔任《四庫全書》總纂官，直到書成，轉眼已過了十餘年光陰，年近古稀。《閱微草堂筆記》是他繼編纂《四庫全書》之後，以近七十的高齡，花費十年心血完成的筆記小說，為認識其思想的重要作品。

所謂「筆記」，是從魏晉南北朝時期便發展出來的一種小說體裁，這是小說肇始的時期，因此這些小說具有「殘叢小語」、「粗陳梗概」、「據實而錄」等特性；按內容，又可將筆記小說分為志怪、志人兩類，前者認為鬼神實有，據聞見而錄，如晉代干寶的《搜神記》；後者書寫人物言行笑貌，帶有品評人物的特性，如南朝宋劉義慶的《世說新語》。而《閱微草堂筆記》，就是承魏晉南北朝一脈而來，以記實筆調撰寫而成的文言筆記小說。

《閱微草堂筆記》全書共有二十四卷，近一千兩百則故事，全書可分為五部分：〈灤陽消夏錄〉六卷、〈如是我聞〉四卷、〈槐西雜志〉四卷、〈姑妄聽之〉四卷、〈灤陽續錄〉六卷。之所以如此，乃是因為紀昀在公餘以隨筆的形式書寫，自乾隆五十四年至嘉慶三年（西元一七八九年～一七九八年）陸續寫成，每寫一種就刊刻流傳。直到嘉慶五年（西元一八〇〇年），紀昀的門人盛時彥將五書合編印行，並以其住宅書齋「閱微草堂」命名其書，合刊後始有《閱微草堂筆記》之名。

據紀昀在各書之前寫的簡序，〈灤陽消夏錄〉成於乾隆五十四年的夏天，當時他正於灤陽（熱河）工作，而《四庫全書》的編纂已大致完成，於是趁空閒時「追錄見聞，憶及即書」，因此書中並沒有固定的體例。寫成後，紀昀交由小吏抄寫保存，並以〈灤陽消夏錄〉命名。他也表示，這些小說雖然無關著述，但或許「有益於勸懲」。結果書還沒定稿，就被盜印刊行了。剛好也有人持續向紀昀告知見聞，於是他又「補綴舊聞」，於乾隆五十六年完成四卷，並將之命名為〈如是我聞〉。

乾隆五十七年，紀昀再掌中央監察機關都察院，因常在西苑值班，而向女婿借了屋子，以在處理公務的餘暇於此休息。紀昀將之命名為「槐西老屋」，放了一本冊子在這裡，每到值班時就把友人曾說過的故事記下來。這些積累而成的四卷書稿由門人孫樹馨抄錄並命名為〈槐西雜志〉後刊行。

在撰成三書之後，紀昀筆耕不綴，又於乾隆五十八年完成一書，除追錄舊聞、消遣歲月外，紀昀也表示自己期望作品能「不乖於風教」，並以《莊子．齊物論》的「予（我）嘗為女（汝，即指你）妄言之，女以妄聽之」將這四卷命名為〈姑妄聽之〉。然而之後他年老體衰、精神日減，直到嘉慶三年夏，他七十五歲時，隨皇帝再度來到灤陽，才把這幾年來的零碎筆記輯為〈灤陽續錄〉六卷。

表面上看來，《閱微草堂筆記》是紀昀消磨光陰之作，但魯迅在《中國小說史略》中曾提及其「立法甚嚴，舉其體要，則在尚質黜華，追蹤晉宋。」而這可以從其內容與寫作手法略窺一二。

（二）內容與寫作手法

《閱微草堂筆記》在未合為一輯時已極為盛行，可謂清代文言小說的代表作之一，與蒲松齡的《聊齋誌異》並稱，風行一時。不過，《閱微草堂筆記》屬於中國「筆記體」文言小說，和《聊齋》的「傳奇體」在書寫立意上有所不同。「傳奇體」乃「傳講一個神奇故事」，重點在於設法把故事說得精彩動人；至於「筆記體」則強調「記實」的精神，以樸實客觀的筆觸將所見所聞條列、記錄下來。

紀昀的小說觀念比較傳統，他對於唐代以後講究「作意好奇」（有意創作）、「盡設幻語」（虛構）的傳奇小說不以為然，因此在〈灤陽消夏錄〉中有一則故事，就藉乩仙之口批評唐傳奇〈步飛煙〉。他認為小說的內容要像東漢王充、應劭能「引經據古，博辨宏通」（求實）、文字要如東晉陶淵明、劉敬叔、劉義慶「簡淡數言，自然妙遠」。因此，紀昀在《四庫提要》中，對那些敘述婉轉、情節曲折的小說都予以排斥：「誣謾失真」、「猥鄙荒誕」，而他採取紀實筆調寫作《閱微草堂筆記》，亦可以說明他喜歡「寓勸戒，廣見聞，資考證」的筆記小說。

這兩種寫法也正表現出清代文言短篇小說的發展情況，以《聊齋誌異》寫法寫作的有《諧鐸》、《夜譚隨錄》、《螢窗異草》等，以《閱微草堂筆記》寫法書寫的則有《今世說》、《子不語》。

晚年的紀昀閱歷豐富、學問有成、賓朋眾多，「友朋聚集，多以異聞相告」（〈槐西雜志〉序），這些人大約就是《閱微草堂筆記》的故事來源。由於故事的來源是多方面的，內容顯得廣泛多樣，既有上層社會的故老遺聞、官場百態、人情翻覆、典章考證，也有下層百姓的奇事異聞、醫卜星相、神鬼狐魅；這些或雅或俗、亦正亦奇的故事，從各種角度反映了當時的社會生活，表現出各個階級人物的善與惡。

簡言之，《閱微草堂筆記》的內容可以分成幾種：一是揭露官場的腐朽和黑暗，二是揶揄道學家的虛偽和卑鄙，三是刻畫社會下層百姓的生活狀況及悲慘境遇。第一類的故事，《閱微草堂筆記》記錄了不少官員之間的明爭暗鬥、排擠傾軋，對於役吏的為虎作倀、敲詐百姓也時有觸及，這是紀昀宦海沉浮數十年，洞悉官場內幕而產生的深刻感慨。第二類的故事，《閱微草堂筆記》多寫得深刻傳神，通過這類故事，也可以看出紀昀對於讀書人的雅俗判定。第三類故事，紀昀雖然身為皇帝的文學侍臣，但他仍忠實地記錄傳聞，表露了他對於當時那個光怪陸離時代的直接或間接反映。

盛時彥〈姑妄聽之．跋〉說：「敘述剪裁，貫穿映帶，如雲容水態，迥出天機。」鄭開禧《閱微草堂筆記．跋》稱紀昀：「久在館閣，鴻文巨製，稱一代手筆。」魯迅《中國小說史略》稱《閱微草堂筆記》：「過偏於論議。蓋不安於僅為小說，更欲有益人心。」又說：「敘述復雍容淡雅，天趣盎然，故後來無人能奪其席。」孫楷第《戲曲小說書錄解題》說《閱微草堂筆記》：「古澹典實，非（蒲）松齡所及。」由此看來，紀昀學問廣博，既有《四庫全書》巨製編纂，又有《閱微草堂筆記》醒世筆記，一生才名遠揚，為後人所傳頌，他的文學成就、文學名聲因《閱微草堂筆記》更高更廣。

天地無心，視聽在民

Contents／目錄

聞之者足以戒

Contents／目錄

種桃李者得其實

舉世盡從忙裡老

Contents／目錄

天地無心，視聽在民

人心一動，鬼神知之

名句的誕生

有臺灣驛使[1]宿館舍，見豔女登牆下窺，叱[2]索無所睹。夜半琅然[3]有聲，乃片瓦擲枕畔。叱問是何妖魅，敢侮天使？窗外朗應曰：「公祿命重，我避公不及，致公叱索，懼干神譴，惴惴[4]至今。今公睡中萌邪念，誤作驛卒之女，謀他日納為妾。人心一動，鬼神知之。以邪召邪，神不得而咎我，故投瓦片相報。公何怒焉？」驛使大愧沮，未及天曙，促裝去。

～卷一．灤陽消夏錄一

完全讀懂名句

1. 驛使：職官名，替人傳遞書信或物件的使者，此處指清廷派駐臺灣的使者。
2. 叱：大聲斥責。
3. 琅然：狀聲詞，玉石或金屬相撞擊聲。
4. 惴惴：ㄓㄨㄟˋ，因憂懼而心神不寧的樣子。

語譯：有一位朝廷派駐臺灣的使者，下榻在驛站館舍中。突然看見一名豔麗的女子在驛站的牆頭窺伺他。使者咆哮怒罵並四處尋找女子蹤跡，卻一無所獲。到了半夜，聽到琅鐺一聲，原來是一片瓦片被丟到他的枕邊。使者怒罵是何方妖魅，竟敢侮辱天子使臣？窗外傳來大聲的回應：「您的官運大，我來不及躲避您，以致於受到您的斥責，我害怕因這件事受到神明的譴責，一直內心不安到現在。而剛剛您在睡夢中萌生邪念，誤把我當成驛站士兵的女兒，圖謀他日納我為妾。人的內心只要一動邪念，鬼神都會知道。因為萌生邪念就會招來邪惡之事，神靈不能因此責怪我，所以我投擲瓦片報仇，您有什麼好生氣的呢？」驛使非常慚愧且沮喪，還等不及天亮，便匆忙地整裝離去了。

名句的故事

康熙二十二年（西元一六八三年），鄭成功的孫子鄭克塽投降，臺灣自此被納入清廷的版圖中，清廷並於次年設立臺灣府以管理地方事務。

《閱微草堂筆記》廣蒐各地鄉野奇譚或紀昀的所見所聞，之中也有少數篇章提及臺灣，本篇就是其中之一。故事的主角是清廷派駐臺灣的使者，一天，他在驛站館舍中突然看見牆頭有名美女正在偷窺，於是加以斥責。等他前去搜尋時，女子已消失無蹤。此時女妖之所以不敢現身，是因為畏懼使者胸中秉持的正氣。但到了半夜，使者動了邪念，打算納驛站士兵的女兒為妾，正氣有所減損，因此給了女妖丟瓦片報復的機會。使者原本還理直氣壯地責問是何方妖魅，膽敢侮辱天子使臣，沒想到他心中的不軌圖謀竟被女妖一語道破，兩人的立場頓時扭轉，理虧的使者甚至只能灰溜溜地倉惶離去。

故事中女妖的一席話「人心一動，鬼神知之。以邪召邪，神不得而咎我」警惕意味濃厚，說明人一旦起心動念，除了自己內心明瞭，天地鬼神也都能察覺，若動了邪念，自然會招來鬼魅妖邪，這時可就怨不得人了。

其實只要行得正、坐得端，邪氣亦不得侵擾近身。文天祥在〈正氣歌並序〉中，提及自己被囚於監牢，面對七種惡氣：有水氣、土氣、日氣、火氣、米氣、人氣、穢氣。「疊是數氣，當之鮮不為厲」意思是說，這幾種氣味加起來，碰到的人很少不生病的。但因他善養「浩然之氣」，所以可以「百沴自避易」（各種惡氣自然退避）。文天祥有正氣，所有惡氣無法侵襲，更何況是鬼魅魍魎呢？

歷久彌新說名句

東漢有個著名的清官楊震，據《後漢書．楊震傳》記載，他受到大將軍鄧騭（ㄓˋ）賞識，被舉薦為東萊太守。在赴任途中，他經過昌邑，現任的縣令王密過去曾受到他的舉薦，於是前來拜見。王密白天來了一次，半夜竟再度前來，還帶著十斤黃金要送給他。楊震說：「身為老朋友，我很了解您，為什麼您竟然還不知道我的為人呢？」王密回答：「現在是三更半夜，不會有人知道這件事的。」楊震說：「天知，神知，我知，子知。何謂無知！」令王密羞愧而出。

這番話正是今日「天知地知你知我知」的由來。所以只要人一起心動念，鬼神就會知道，一旦邪念興起，就像臺灣驛使，內心所想、所做，都會被鬼魅看得一清二楚，無所遁形。

天地鬼神，恆於一事偶露其巧，使人知警

名句的誕生

或曰：「忠毅[1]嫉惡嚴。漁洋山人[2]筆記稱鐸[3]人品日下，書品亦日下。然則忠毅先有所見矣，削其名，擯[4]之也。滌[5]之不去，欲著其嘗為忠毅所擯也。」天地鬼神，恆於一事偶露其巧，使人知警，是或然歟！

～卷二．灤陽消夏錄二

完全讀懂名句

1.忠毅：指趙南星，字夢白，號儕鶴，明熹宗時任吏部尚書。魏忠賢當政，他深惡痛絕，被貶。死後諡號忠毅。

2.漁洋山人：王士禛，原名士禛，字子真、貽上，號阮亭，又號漁洋山人，諡文簡。明末清初傑出詩人。

3.鐸：指王鐸，明天啟年間任翰林，後來降清，官至尚書，工善書畫。

4.擯：音ㄅㄧㄣˋ，遺棄、排斥。

5.滌：洗濯。

語譯：有人說：「趙南星嫉惡如仇。王士禛的筆記中說王鐸人品愈來愈低落，書法的品格也隨之低落，而趙南星早已察覺到了。去掉王鐸的名字，就是排斥他的意思。但王鐸的名字還是沒有辦法完全洗掉，則是為了顯示王鐸曾被趙南星所擯除。天地鬼神常在某事件中偶然顯露出他的機運巧合，來讓人有所警惕，這件事大概也是這樣吧！」

名句的故事

趙南星在書寫彈劾魏忠賢的奏疏時，用某塊硯研墨，硯額上有「東方未明之硯」六字，背後有銘文，大意是：「殘月淡淡，太白星閃閃。雞叫三遍，更敲五聲，這時寫奏疏彈劾大宦官。事成就記你一功，不成則和你一起遭貶。」末尾還有一行小字：「門人王鐸書」。然而這段銘文還來不及刻，趙南星便遭到貶謫了。後來他請人鐫刻時，特意告訴刻工這末一行不刻，但末尾的這行落款經過一百多年都沒有被洗去。

有人引王士禎的筆記表示，趙南星之所以不刻王鐸的名字，是因為早就察覺了他的品格日漸低下而排斥他。倘若趙南星讓工匠如實刻出硯銘，則王鐸曾因人品低落而遭排拒之事便難以為後人所知；然而，王鐸的落款如果真的再也不出現於硯銘之上，後人也根本無從證明他曾經題字卻被人擯棄。「門人王鐸書」的題字雖然沒有刻出，但由於墨色深入石中，拿水洗滌硯臺時便會自然顯現。紀昀認為這就是「天地鬼神，恆於一事偶露其巧，使人知警」。

王鐸的書法頗負盛名，卻因人品氣節有虧，連他於硯臺上的落款都不被刻出，可見古代為人重視的是人品氣節。本篇名句便是藉闡述天地鬼神之力，警醒人們氣節人格的重要。

歷久彌新說名句

這個故事說明了中國傳統對於文人的人品、文品的看法：要求文如其人。《孟子》：「頌其詩，讀其書，不知其人，可乎？是以論其世也，是尚友也。」因此奠定了「知人論世」的文學理論。漢代揚雄《法言》也說：「言，心聲也；書，心畫也。」以言為心聲，說明君子小說之心不同，故其言必定相異。

難道沒有人不如文的嗎？除了《閱微草堂筆記》這則故事外，最有名的莫過於金代元好問《論詩絕句》對晉朝潘岳的評價：「心畫心聲總失真，文章寧復見為人，高情千古閒居賦，爭信安仁拜路塵。」人言、人書都無法完全看出一個人的人格，因為潘岳所寫的〈閒居賦〉表現出一股高尚的情操，但他卻愛好名利、趨炎附勢，千百年後仍然遭人嫌惡。

文不一定如其人的例子，還有寫了許多優秀詩作的錢謙益，他在明清之際的文壇上，深受大家敬重。清兵入關後，由於錢謙益德高望重，多數人認為他一定會和明朝共存亡，絕不會苟且偷生；再加上愛妾柳如是的勸說，錢謙益高唱要效法屈原，投水自盡。沒想到錢謙益在湖邊走了一天，卻沒有跳湖的動作，倒是柳如是縱身一躍，而錢謙益卻說了一句水太涼了。後來錢謙益還以「頭皮癢甚」帶頭剃頭，當時人人以為他是理髮，沒想到竟是薙髮。

錢謙益降清以後並沒有得到信任和重用，乾隆不僅將他列為《明史．貳臣傳》之首，還寫詩挖苦他：「平生談節義，兩姓事君王，進退都無據，文章那有光。」錢謙益被人指責失去節操，還把責任全推給了小妾柳如是：「我本欲殉國，奈小妾不與可？」使得學者陳寅恪寫了一本《柳如是別傳》辨明是非，痛責錢謙益，並還柳如是清白。

巧者，造物之所忌。機械萬端，反而自及，天道也

名句的誕生

夫專其利而移禍於人，其術巧矣。巧者，造物之所忌。機械萬端，反而自及，天道也。神惡其嶮巇[1]，非惡其汙蔑也。

～卷二．灤陽消夏錄二

完全讀懂名句

1. 嶮巇：音ㄒㄧㄢˇ ㄒㄧ，高聳險峻，崎嶇不平，比喻艱難危險。這裡指行為奸險。

語譯：享受利益卻嫁禍他人，手段也夠狡詐的了。狡詐是上天所忌諱厭惡的。心機算盡，反而惹火燒身，這就是天道。神明厭惡他們的奸險行徑，而不是厭惡他們汙蔑神明。

名句的故事

本篇名句出自一則小情人嫁禍於神明的故事。有一對表兄妹私訂終身，女子懷孕後被母親發覺了，怕被責罰，便撒謊說夜裡有巨人來，壓在自己身上；母親認為這必定是泥像作怪，要她將彩線繫在巨人腿上。女子將彩線交給表哥，表哥則將彩線繫在關帝廟中周倉將軍塑像的腿上。母親循線一見，差點將周倉的腿給打斷了。後來兩人再度幽會時，周倉前來猛擊兩人的腰，讓兩人都僵臥在那裡，無法起身。大家都說：這是兩人汙蔑神明的報應。

雖然大家都這麼說，但紀昀卻認為：「巧者，造物之所忌。機械萬端，反而自及，天道也。神惡其嶮巇，非惡其汙蔑也。」上天討厭

投機取巧之人，這種人機關算盡，最終反而會害了自己。上天之所以降下懲罰，不是因為遭到汙蔑，而是因為他們使用了嫁禍他人，自己獨享好處的狡詐手段。

在《紅樓夢》中，賈寶玉神遊太虛幻境時，聽聞警幻仙姑演奏《紅樓夢曲》。其中的一支〈聰明累〉有云：「機關算盡太聰明，反算了卿卿性命」。說的是王熙鳳自小聰明伶俐，上討長輩歡心，下則作威作福、傷人害命，結果弄得家破身亡一場空，正印證了名句「巧者，造物之所忌。機械萬端，反而自及，天道也」的道理。

歷久彌新說名句

除了本句之外，《閱微草堂筆記》卷九〈如是我聞三〉有「巧者，造物之所忌。」這說的是一個隨主改姓的奴僕紀昌，他擅長各種文學藝術，平生很有心計，無一事不佔便宜，沒想到晚年得到一種目不能視、耳不能聽、口不能言、四肢不能動、全身肌肉麻痺的病，卻診斷不出任何病情，就連名醫束手無策，如此過了幾年才過世。因此，老和尚果成認為這是報應——沒犯什麼大錯，只不過事事追求自己的好處，用盡心機。由此可見，行事機巧狡詐會為上天所厭。

《閱微草堂筆記》卷十三〈槐西雜志三〉還有「信巧者，造物之所忌也」的說法，也同於名句「巧者，造物之所忌」。這是紀昀的老師陳世倌對他說的：有個人平生沒做什麼壞事，只是事事追求自己的好處，想盡辦法將害處歸給別人。一次，與幾位朋友一同出外住宿，忽然下起雨來。滿屋子開始漏水，只有北邊一面沒有漏水，這人竟說自己感冒，取了被子就在北邊的床榻睡下。眾人心知肚明他在裝病，卻也莫可奈何。雨愈下愈大，眾人如露宿一般淋著雨，而那人獨在北面的牆下酣眠。不料牆忽然傾倒，眾人奔出，此人被壓個正著，頭破血流，且折傷了一足一臂。這個人同樣沒犯什麼大錯，但上天卻給他這些報應，這也可以證明狡詐是上天所忌諱厭惡之事。

人心愈巧，則鬼神之機亦愈巧

名句的誕生

又曰：「冥司惡躁競，謂種種惡業，從此而生，故多困躓[1]之，使得不償失。人心愈巧，則鬼神之機亦愈巧。然不甚重隱逸，謂天地生才，原期於世事有補，人人為巢許[2]，則至今洪水橫流，並掛瓢[3]飲犢[4]之地，亦不可得矣。」

～卷二．灤陽消夏錄二

完全讀懂名句

1. 困躓：境遇艱難不順利。
2. 巢許：指巢父、許由，兩人皆是古代隱士，自許清高，不肯接受禪讓。
3. 掛瓢：據《太平御覽．器物部．瓢》載，許由常以手捧水喝，有人看了，給他一個水瓢，他喝完水後便把瓢掛在樹上。此時風起，將瓢吹得嗚嗚作響，他覺得受到打擾，又厭煩地把水瓢取下丟掉。
4. 飲犢：《高士傳》載，堯請許由當九州長（一說是讓天下），許由覺得玷汙他高潔的品格，到水邊洗耳朵。這時巢父正好牽牛來河邊喝水，便問許由洗耳的緣故。聽後，怕弄髒了牛嘴，改牽到上游去喝。

語譯：（顧德懋）又說：「陰間的判官討厭陽間的人們為了追求名利而互相競爭，說各種罪孽都是因此而產生，所以往往讓這種人不順利，使他得不償失。人心愈是機巧狡詐，則鬼神的安排也愈巧妙。陰間的判官也不重視隱居的人，認為天地造作萬物，原是希望對世事有所補益，要是每個人都成為巢父、許由，那麼到今天仍然像堯、舜時代一般洪水泛濫，連掛瓢、飲犢的地方都找不到了。」

名句的故事

員外顧德懋自稱是職掌五嶽與冥府的東嶽大帝手下的冥官，他說：在陰間非常重視貞婦烈女，但貞婦烈女也分等級，因愛情或財產不改嫁的是下等，以禮義克制情欲的萌動者是中等，最上等的是心如枯井，富貴、利害、飢冷都不計較。一日，有位節婦到了，閻王及陰間各官都穿戴整齊起身迎接，只見這位神色疲憊的老婦人步步登高，升天去了。此外，賢臣同樣也分為三等：害怕法律制裁者是下等，愛惜名聲氣節的是中等，只知國計民生而不計禍福毀譽的是上等。

由此可知，冥府對於因道德法律規範或珍惜名聲而成為貞節烈婦、賢臣的評價都不太高，上等都是不計較個人名利得失之人，之所以如此，與人們通常為了追求名利而產生許多心機有關。名句因此而生：「人心愈巧，則鬼神之機亦愈巧」——既然人為了博得好名聲而用盡心機，鬼神的各種報應或安排也更加巧妙。這也是為何用禮義來克制情欲萌動的只是中等節婦、愛惜名聲氣節的只是中等賢臣而已。表面上同樣守節、忠心的婦女或臣子，鬼神都能善加分辨，並予以不同的安排。

在這段話之後，《閱微草堂筆記》又說：陰間的法律就像《春秋》一樣，君子處處與人為善，但若因擇善固執而壞事，也會被視為過錯而記錄下來；小人雖然時常做惡，但偶有小事有利於他人，也同樣會因好事而得到報償。一般人只看到君子受責罰、小人得到好處，而認為報應不公、天地不明，這其實是不明白鬼神細察人事的道理。

歷久彌新說名句

《閱微草堂筆記》認為陰間判決貞婦、賢臣或君子、小人就像《春秋》一樣，那麼，《春秋》的判斷原則又是如何呢？司馬遷在

〈太史公自序〉說：「夫《春秋》，上明三王之道，下辨人事之紀，別嫌疑，明是非，定猶豫，善善惡惡，賢賢賤不肖，存亡國，繼絕世，補敝起廢，王道之大者也。」司馬遷秉持《春秋》精神寫作《史記》，而所謂《春秋》精神即在「寓褒貶，別善惡」上——褒揚善行、貶抑壞事、頌揚賢者、批判惡人，要藉此提醒世人分辨忠奸善惡，並知所警惕。為此，《孟子．滕文公下》才說：「孔子成春秋，而亂臣賊子懼。」

本篇故事將貞婦、賢臣細分為三等，將君子、小人所行的善惡詳細記錄下來，同樣有分辨忠奸善惡的功能，而因果報應、賞善罰惡也一樣要世人知所警惕，讓「亂臣賊子懼」。

鬼神賞善罰惡之所以如此巧妙安排，又與人的心機愈來愈多有關。名句「人心愈巧，則鬼神之機亦愈巧」中，兩個「巧」字也有巧妙的不同：前者講的是機詐，類似老子所說的「智慧出，有大偽」的「偽」，也就是機巧之智；後者較單純，講的是巧妙。

凡陰邪之氣，遇陽剛之氣則消

名句的誕生

余謂此凶悖之魄，聚為妖厲，猶蛇虺[1]雖死，餘毒尚染於草木，不足怪也。凡陰邪之氣，遇陽剛之氣則消。遣數軍士於月夜伏銃[2]擊之，應手散滅。

～卷三·灤陽消夏錄三

完全讀懂名句

1.虺：音ㄏㄨㄟˇ，一種毒蛇。

2.銃：音ㄔㄨㄥˋ，武器名，一種舊式的槍械火器。

語譯：我認為這是凶狠叛亂的魂魄聚集在一起，形成妖厲鬼怪，就像是毒蛇雖然死了，餘毒還沾在草木上一樣，沒什麼好奇怪的。凡是陰險邪怪之氣，遇到陽剛正大之氣就會消散。只要派遣幾個士兵在月夜之中用火槍射擊黑氣，黑氣就會隨之消散了。

名句的故事

乾隆三十三年八月，昌吉地區的叛亂份子在迪化城（烏魯木齊）西邊的樹林內被捕獲並誅殺，後來林子裡便生出了好幾團黑氣，往來迅速，使走夜路的人迷路，只要找一些軍士拿槍射擊黑氣，黑氣便會從此消散，這就是紀昀說的「凡陰邪之氣，遇陽剛之氣則消」。

「立天之道，曰陰與陽」，也就是說，無論在自然界或人事中，「陰」與「陽」皆是必須的成分，兩者必須平衡，宇宙才能正常地運行。此外，孟子說「浩然之氣」是「至大至剛」的，因此「邪」不僅與「正」對立，也與「剛」相對。因此，名句「凡陰邪之氣，遇陽剛之氣則消」，提出了兩組相對的概念：「陰」與「陽」、「邪」與「剛」。

由於陰氣大盛，走夜路之人才會因黑氣而迷路，而這正是陰陽不平衡所引起的。紀昀提出拿槍射擊黑氣的解決辦法，即根源於陽氣盛則陰氣衰的道理。

歷久彌新說名句

《閱微草堂筆記》卷九〈如是我聞三〉有類似的說法：「故《易》象以陽為君子，陰為小人。苟立心正大，則其氣純乎陽剛。雖有邪魅，如幽室之中，鼓洪爐而熾烈燄，沍（ㄏㄨˋ，凝結）凍自消。」用白話的方式來說，就是《周易》的卦象以陽卦代表君子，陰卦代表小人。要是內心立志正大光明，那麼他的氣也就純然陽剛。即便有邪物鬼魅，也會像在小屋中燒鐵爐，烈燄騰騰，凝結的冰塊自然消融。

每年元宵節，臺南鹽水鎮都會舉辦極具特色的蜂炮活動，把由數萬支沖天炮組成的炮城一起點燃，形成萬炮齊放的壯觀場面。這個活動相傳源於清朝光緒初年，當時鹽水鎮遭瘟疫肆虐二十多年，鎮上田地荒蕪、人煙稀少，居民於是在元宵節恭請關公及眾神出巡繞境，沿途大放煙火以驅逐邪氣，沒想到鎮上的疫情因此絕跡。這種以火炮克制邪氣的情況，與此則故事如出一轍。

當年鹽水鎮居民請關公及神明繞境的想法，也與以「陽剛之氣」克制「陰邪之氣」有關，因為自古以來，瘟疫這類造成大量死亡的疾病就被認為是陰陽失調、疫鬼作祟所引起的。如三國魏曹植在〈說疫氣〉文中就曾提到，建安二十二年癘氣流行，家家有僵屍之痛，室室有號泣之哀，便是因為「陰陽失位，寒暑錯時，是故生疫」。

海客無心，則白鷗可狎

名句的誕生

次日，告昀曰：「海客無心，則白鷗可狎1。相安已久，唯宜以不聞不見處之。」至今亦絕無他異。

～卷三．灤陽消夏錄三

完全讀懂名句

1.狎：親近。

語譯：第二天，姚安公告訴我說：「在海邊的人如果沒有捕捉海鷗的意思，也可以和海鷗一起遊戲了。我們和狐狸彼此和平相處了這麼久，對這件事只有抱持視而不見、聽而不聞的態度比較合適。」到現在那些狐狸也沒作過什麼怪。

名句的故事

紀昀家的假山上有座小樓，狐狸住在裡面已經五十多年了，家人不進樓，狐狸也不出樓，雙方相安無事。唯有無風而樓上窗戶自行開關時，才能覺察狐狸的存在。某一天晚上，奴僕忽然聽到彈琴、下棋的聲音，跑去告訴紀昀的父親姚安公。姚安公一點也不在意，只說：「這也比你們賭博、喝酒好得多了。」然後第二天又告訴紀昀：「我們和狐狸和平相處這麼久，對狐狸夜半彈琴、下棋之事最好保持視而不見、聽而不聞的態度。」

名句「海客無心，則白鷗可狎」的典故出自《列子．黃帝》：有個漁人非常喜歡鷗鳥，每次出海都與鷗鳥一塊玩耍，身邊常有上百隻的鷗鳥圍繞。有一天，他的父親對他說：「我聽說那些鷗鳥都願意和你一起玩，你明天就捉幾隻帶回家吧。」第二天漁人到海上，鷗鳥都離他遠遠的，再也不飛過來了。因此，後來白鷗演變為沒有機心的代表，而能與他們來往的人，就意指純樸、無機心之人。

紀昀對家中小樓上的狐狸從來沒有傷害之意，因此狐狸也不曾作怪、不曾傷害他的家人。一般人深怕狐狸惑人，先動了傷害牠們的念頭，反而招來更大的災禍。世間萬物有靈，彼此互相尊重，自然能相安無事。

歷久彌新說名句

「海客無心」四字直接出自李白〈江上吟〉詩：「木蘭之枻（ㄧˋ，船槳）沙棠舟，玉簫金管坐兩頭；美酒樽中置千斛，載妓隨波任去留。仙人有待乘黃鶴，海客無心隨白鷗。屈平辭賦懸日月，楚王臺榭空山丘。興酣落筆搖五嶽，詩成嘯傲淩滄州；功名富貴若常在，漢水亦應西北流。」也就是說，在華美的船上，演奏玉簫與金管，預備千斛的美酒，載著歌妓隨性隨波而去，或去或留皆隨我意。我不羨慕修煉成功的仙人，因為他待黃鶴來時才能上天；也不羨慕顯赫一世的楚王，修建了許多豪華的宮殿樓臺，如今空餘荒涼的山丘。我寧可作沒有機巧之心的討海人，才能與白鷗為伍；我希望可以像屈原一樣，留下如同日月一般長懸的詩賦。我要以一支巨筆搖撼五嶽大山，詩成後淩駕神仙居住的滄洲之上。倘若功名富貴若能長久，漢水也就能流向西北方了。

這首詩不論思想或藝術，都很能代表李白豪壯的氣魄、浪漫的情懷。歷來中國嚮往隱逸生活的詩人也將白鷗當成沒有心機的好友，如唐代劉長卿有詩〈負謫後登干越亭作〉：「牢落機心盡，惟憐鷗鳥親」，宋代陸游〈烏夜啼〉詞也有：「鏡湖西畔秋千頃，鷗鷺共忘機」，元代白樸的小令〈沉醉東風・漁父〉：「雖無刎頸交，卻有忘機友。點秋江白鷺沙鷗。」皆盛讚鷗鷺沒有心機，是文人隱居、遠離俗世後最好的朋友。

心無餘閒，則一切愛根欲根無處容著，一切魔障不祛自退矣

名句的誕生

以是諸念起伏，生滅[1]於心中，則心無餘閒。心無餘閒，則一切愛根欲根無處容著，一切魔障不祛[2]自退矣。

～卷三・灤陽消夏錄三

完全讀懂名句

1. 生滅：生出與消滅。不過，這兒只有「消滅」的意思。這叫偏義複詞。
2. 祛，音ㄑㄩ，消除。

語譯：由此可知，各種念頭起起伏伏，在心中生出後就立即讓它消滅，那麼心中就沒有空閒的地方。心中沒有空閒的地方，那麼一切愛欲的根源就沒有地方可以附著，於是心中的一切邪念，不必刻意去除就會自行退去了。

名句的故事

有個書生喜愛一個孌童，兩人如夫妻一般相愛，後來孌童過世了，死前哀婉依戀，難以形容；此後書生便無時無刻見到他出現在自己身邊，但叫他不應、靠近他便後退，書生因此得了心病。書生的父親讓他住進廟裡，沒想到病情如故；廟裡的和尚說：「這個孌童是心招來的幻影，並非孌童本身，只要排除心中所有的雜念，一切魔障都會消失。」又對書生講說道理，書生就漸漸見不到孌童的身影了。

名句「心無餘閒，則一切愛根欲根無處容著，一切魔障不祛自退矣」，即所謂「魔由心生」，說的是一般人容易被五光十色的外在物

象所迷惑，甚至被自己的「心魔」生出的無限幻象所迷惑，進而無法充分思考及判斷是非真偽，最後迷失自我或傷身喪生。

書生的「心魔」是由「愛根欲根」所引起的，也是由於孌童的美貌、死前哀婉依戀的情態，及不肯放手的牽掛所引發，因此和尚破除書生的「心魔」，最重要的手段就是讓書生認識到引起邪念的美好軀體全是一具「粉骷髏」。佛經有云：「當思美女，身藏膿血，百年之後，化為白骨。」和尚便以「膿血」等美色的消殞破除書生情欲的「心魔」。

歷久彌新說名句

所謂「心魔」，據《佛光大辭典》解釋，指的是貪欲、淫欲等使人步入邪途的力量。《楞嚴經》有「無令心魔自起深孽」之語，就是要世人學會心誠堅定，懂得把握「心」的作用；不過這是門高深的學問，連出家的僧人都未必能完全做到，所以故事中另一位老僧對和尚說：「法師對下等人說上等法，他沒有定力，心裡怎麼能空下來？」正是這個道理。

在《西遊記》的第十三回〈陷虎穴金星解厄　雙叉嶺伯欽留僧〉有類似的說法：當法雲寺眾僧知道唐僧要往西天取經後，紛紛表示水遠山高、路多虎豹、峻嶺陡崖難度、毒魔惡怪難降，但唐僧以手指心，回答：「心生，種種魔生；心滅，種種魔滅」，這與名句「心無餘閒，則一切愛根欲根無處容著，一切魔障不祛自退矣」異曲同工。當然，不僅「愛根欲根無處容著」，貪、瞋、痴、恐怖等同樣都無法迷惑內心。

足以退卻一切魔障是由於「心無餘閒」，而《閱微草堂筆記》認為所以能如此，是因為「諸念起伏，生滅於心中」，也就是說世間的萬事萬物都是心生的，如果能意識到「諸法性空」的道理，不會對世間的外相執著，則一切魔障就不會產生了。名句「心無餘閒，則一切愛根欲根無處容著，一切魔障不祛自退矣」，其實蘊涵深邃的佛理。

非禮之祀，鬼神且不受，況非義之祀乎？

名句的誕生

先一夕，廟祝夢神曰：「某金自何來，乃盛儀以享我？明日來，慎勿令入廟。非禮之祀，鬼神且不受，況非義之祀乎？」丙至，廟祝以神語拒之。怒弗信，甫至階，舁者[1]顛蹶[2]，供具悉毀，乃悚然[3]返。

～卷三．灤陽消夏錄三

完全讀懂名句

1.舁者：指抬東西的人。舁，音ㄩˊ，抬舉、扛抬。

2.顛蹶：顛仆、跌倒。

3.悚然：恐懼的樣子。

語譯：前一天晚上，廟祝夢到神對他說：「某丙將準備豐盛的供品祭祀我，他的錢不知道怎麼來的？明天他來，絕對不要讓他進到廟中。不合禮儀的祭祀，鬼神尚且不願接受，何況是不合道義的祭祀呢？」某丙到了以後，廟祝告訴他神明託夢所說的話，不讓他進廟。某丙聽了以後十分憤怒，不願相信，剛走到臺階，抬東西的人都摔倒了，準備的供品都摔爛了，某丙才害怕地打道回府。

名句的故事

此則故事主要有甲、乙、丙三人，甲見到乙的妻子極美，意圖設置圈套謀奪，甲講給丙聽，丙表面上熱心地為甲設計，實則趁機為自己謀財。丙先找個浪蕩子溜入乙家，並刻意讓乙發現，令乙懷疑浪蕩子與妻子有姦情，休了自己的妻子；丙又怕乙反悔，便教唆乙妻娘家與乙訴訟，讓乙妻娘家憤怒地將女兒另嫁，也使乙聽任妻子再嫁。而甲便趁機將女子納為小妾。

然而，丙還教唆浪蕩子反咬甲一口，揭發甲的陰謀，不知情的甲又聽從丙的建議，以賄賂浪蕩子來平息，丙就這麼前前後後侵吞了一千兩銀子。此時，丙聽說家廟要舉行迎神賽會，打算準備豐盛的供品祈福；然而，廟祝夢見神明託夢，不准丙入廟，理由即名句「非禮之祀，鬼神且不受，況非義之祀乎？」——不合禮儀的祭祀，鬼神尚且不願接受，何況是不合道義的祭祀呢？

果然，第二天丙堅持入廟時，剛走到臺階，抬東西的人都摔倒了，準備的供品也都摔爛了。一年多後，甲過世了，丙的女兒被浪蕩子誘拐私奔，丙因此被活活氣死；他的妻子則帶著家財改嫁。之後浪蕩子成為乞丐，丙的女兒更淪為娼妓。

這個故事中，甲、丙兩人居心不良，丙更是用心險惡，因此都遭到了報應。紀昀藉著這則故事揭示出因果報應的鬼神之理，鬼神不是只看供品的豐盛與否決定降福或降禍的，道德才是主要判斷的因素。

歷久彌新說名句

禮，是儒家思想中重要的成分，內容很廣，其中名句提到「非禮之祀，鬼神且不受，況非義之祀乎？」專就祭祀之禮而言，《論語．八佾》說：「祭如在，祭神如神在」，即表示了在祭祀中必須具備的莊嚴肅穆精神。如果心不在焉，或不誠心誠意，那又何必祭祀呢？如果只講究排場，內心並不莊重，神態輕浮隨便，那也不是禮的真義，這就是《論語．八佾》說的：「禮，與其奢也，寧儉；喪，與其易也，寧戚」，一切禮，都以內心真誠為重。

然而，名句說鬼神不受的祭祀除了非禮者外，還有不義者。《論語．里仁》：「君子喻於義，小人喻於利」，可見義與利是相對的兩個命題，也就是說，如果一個人只追求個人利益，不管其他人的死活，就是不義的行為；而君子應「義以為上」。因此《論語．陽貨》說：「君子有勇而無義為亂，小人有勇而無義為盜。」可見君子立身處世應以義為根本。

孔廟有兩個門：「禮門」、「義路」，《孟子．萬章下》也說：「夫義，路也；禮，門也。」以門和路來比喻禮和義是人生活必須遵循的規則。人出入一定要經過門和道路，可見禮、義兩者是儒家思想的根本。

《閱微草堂筆記》此則故事講述的是兩個心存歹念的惡人設下圈套奪人妻子、謀人錢財，這豈不正是「小人喻於利」的行徑嗎？這種不義的行為，非奸即盜，人神所共憤，鬼神豈會接受祭品呢？

知為妖魅所惑者，皆邪念先萌耳

名句的誕生

再從兄[1]旭升言，村南舊有狐女，多媚[2]少年，所謂二姑娘者是也。族人某意擬生致之，未言也。一日，於廢圃[3]見美女，疑其即是。戲歌豔曲，欣然流盼[4]。折草花擲其前，方[5]俯拾，忽卻立[6]數步外，曰：「君有惡念。」踰[7]破垣[8]竟去。……知為妖魅所惑[9]者，皆邪念先萌[10]耳。

～卷四．灤陽消夏錄四

完全讀懂名句

1. 從兄：指為同祖叔伯之子而年紀長於己的人，即現在稱謂中的堂兄。
2. 媚：引誘、誘惑。
3. 廢圃：廢棄的花園。
4. 流盼：眼睛轉動的樣子。
5. 方：才、始，剛要開始的時候。
6. 卻立：退後幾步才站住。
7. 踰：音ㄩˊ，越過、超過，同「逾」。
8. 破垣：破舊的牆。
9. 惑：迷亂、欺騙。
10. 萌：萌發、發生。

語譯：聽聞堂兄旭升提及，村莊南邊有個面貌姣好、婀娜多姿的狐女，經常引誘年輕男子，人稱「二姑娘」。村中有位男子一心想活捉她，只是沒說出口。某日，男子於廢棄園圃中瞧見一位美麗姑娘，懷疑是傳說中的狐女。於是暗送秋波，低唱情歌，又折取花朵丟擲於女子面前。女子低頭撿拾之際，突然踉蹌後退數步，低聲說道：「你有邪念。」轉身越過圍牆離去。由此可知，凡是被妖怪鬼魅所迷惑者，皆肇因於自己萌生了邪念。

名句的故事

本篇分別談及兩則與狐女有關的故事。其一，是二姑娘與年輕男子的曖昧相見；其二，是狐女與書生相處之事。

二姑娘是位顧盼生姿的狐女，相傳常引誘男子，村人多有所聞。村裡的一位男子暗暗下定決心想活捉她。有天，男子與二姑娘在花園中巧遇，男子於是施展種種示愛手段，更折花獻給她，表現出一副一往情深的樣子。正當男子以為計謀得逞，女子突然低聲歎道：「你有邪念」，踉蹌而去。男子心懷不軌，反被狐女識破，徒留尷尬。

另則故事談及兩位書生，一位住在南屋，一位住在北屋。原本相安無事的兩人，因為南屋書生與狐女相戀，而乍起波瀾。某日，南屋書生責備約會遲到的狐女，問道：「妳是不是還有其他戀人？怎麼來得這麼遲？」狐女辯解道：「你不嫌棄我是異類與我相好，我感激都來不及了。我為喜歡的人梳妝打扮，你何必如此狐疑？更何況，北屋書生心如止水，我又怎麼會靠近他？」南屋書生仍不罷休，繼續質問：「妳何不前去勾引他？以妳這麼貌美的人兒，想必他會動心。如此一來我便能嘲笑他了。」狐女正色予以拒絕，並說道：「磁鐵固然可把細針吸附過來，然而若氣質品類不同，總是無法相吸。你不要多事，自討無趣。」

本篇名句是紀昀的父親聽了這兩則故事後所下的評論。一般人相信妖鬼害人，「知為妖魅所惑者，皆邪念先萌耳」正打破這個迷思：我們總以為是狐女主動使出妖術魅人，卻輕忽唯有人心術不正，才會招致同屬惡念之屬的精怪攀附其身。若為人正直、心無雜念，即便與精怪共處也毋需懼怕。

歷久彌新說名句

酒色常使人耽醉，但是否真如古語云：

「酒亂性，色迷人」？在明代馮夢龍《警世通言》的〈玉堂春落難逢夫〉故事中，可見一則足以克服酒色亂性、端正人心的例子，證明並非酒色迷人。

玉堂春即我們於話本和戲劇所熟知的蘇三。蘇三雖淪落風塵，卻心懷正念，當她認識王景隆後，便誓言不再從人，且積極鼓勵其奮發向上求學。時值王景隆被家人驅逐於外，蘇三也重金相助；當王景隆終於如願考中進士，升任山西巡按。無奈此時蘇三遭惡人陷害，以死罪入獄，王景隆密訪探知冤情得以昭雪，兩人有情人終成眷屬，傳為地方美談。傳奇般的遭遇被地方戲曲編為《蘇三起解》、《玉堂春》，廣為流行。

總道是女色魅惑，其實不然。蘇三並不以美色誘人，反而潔身自好，傾力助王景隆奮發向上，而王景隆也不負她的期許，金榜題名。足證人心若無邪念，自是無法被美色酒氣所惑。一切亂源盡是從心而生，由念而起。所謂「酒不醉人人自醉，色不迷人人自迷」，迷戀是心的耽溺，非色本身誘人。佛家云：「一個善念周遍法界，一個惡念也是周遍法界。」起心動意合該謹慎端重，用端正意念收攝己心。心不隨之起伏流轉，自是正向世界。

悍戾者必遇其敵，人所不能制者，鬼亦忌而共制之

名句的誕生

此事瑣屑不足道，然足見悍戾[1]者必遇其敵，人所不能制[2]者，鬼亦忌而共制之。

～卷四・灤陽消夏錄四

完全讀懂名句

1. 悍戾：凶暴。
2. 制：操控、克服、抑制。

語譯：這件事微不足道，但足以說明那些凶神惡煞之人，一定有可與之相抗衡的對手。即便人無法與之對抗，鬼神也會制服他。

名句的故事

本篇名句典出一個談論王禿子蠻橫無理的故事。王禿子父母早亡，無人撫育，甚至連自己的姓名都無從得知。他被遠房親戚收養，姑父姓王，因而眾人便喊他王禿子。他從小凶惡狡猾，無論走到哪兒，大人小孩皆閃躲逃避，連雞犬都不敢靠近。某日，他和同夥從外地喝酒歸來，夜經墳地，被一群鬼怪攔下。同夥們紛紛趴地求饒，僅有他奮力與惡鬼相抗。某鬼對王禿子咆哮大叫：「禿子不孝，我是你父親，敢打老子。」禿子從小不識父母，乍聽其言，正感疑惑，另一個鬼大喊：「我也是你父親，還不下拜。」此時，群鬼帶著嘲諷語氣一起大喊：「禿子，你不祭祀母親，以致她挨餓流落在外，由我們大家代為照顧，我們都是你父親。」王禿子既羞愧又憤怒，揮拳數次，卻有如打在空布袋上。他奮力抵抗，直到清晨雞

嗚，才力氣用盡倒地不起。眾鬼嘻笑離去，留下這幾句話：「王禿子這回終於受到教訓了，今天我們可是為鄉親出了口怨氣。如果再不知悔改，以後我們都在這兒等著你。」王禿子跌坐草叢，一語未發。天亮後，同夥將他抬回家療養。自此，王禿子氣勢全消，彷彿換了個人似的，在某日夜裡帶著妻子悄悄搬走了。

這個故事的鋪陳結構嚴謹，起承轉合節奏緊湊，情節高潮點即是王禿子與群鬼的衝突。作者成功抓住讀者想要「以物剋之」的閱讀心理，讓群鬼以羞辱言語直擊王禿子難堪之處，大快人心。名句「悍戾者必遇其敵，人所不能制者，鬼亦忌而共制之」畫龍點睛，告知世人不論何等凶神惡煞，終有被收服的一日。

歷久彌新說名句

「以物剋物」除了是生物界的天然法則之外，其背後「相生相剋」的原理，更是中國文化中解釋萬物眾象彼此依賴、制約、協同進化的基礎原則。在宋代《五燈會元》中提到的「五行金木，相生相剋」，即是此道理。五行指「金、木、水、火、土」五種物質互相生發與克制的關係。這種相生相剋的理論可以用來解釋大自然、政治興替、人體疾病，應用極為廣泛。

陰陽五行相生相剋的重心，在於維持均衡。「木生火、火生土、土生金、金生水、水生木」，此在維持促進、順暢的運行，以利萬物叢生。而「木剋土、火剋金、土剋水、金剋木、水剋火」在於抑止萬物的過度張揚擴大，維持正負良惡的良好關係。此則故事所傳達的觀念是，為了維持自然天地間的和諧均衡，與人間社會的安定秩序，自有「相生相剋」的基礎。作亂於人世，即便無法可約束、無人能制止，蒼天之下自有天理可供依循。對於那些惡人與難忍之事，不妨捨下怨懟之心，世間自有與之相抗衡的對象可以約束管教。

勝妖當以德，以力相角，終無勝理

名句的誕生

吾聞勝妖當以德，以力相角[1]，終無勝理。冤冤相報，吾慮禍不止此也。

～卷十三．槐西雜志三

完全讀懂名句

1.相角：彼此競爭、角力，對抗的意思。

語譯：我聽說要戰勝妖怪，要以德行為首。徒用武力相抗，不可能得到勝利。以冤報冤更不是好對策，我擔憂的是如此一來還會招致更大的災禍啊！

名句的故事

本篇名句出自於一則描述學生與私塾附近的狐仙相處不睦的故事。

一位老儒生受雇於鄉里私塾，教導孩子識字讀書。私塾旁有個柴房，相傳是狐仙聚居處，村民都不敢稍有妄動。這群學生異常頑皮，經常在那兒撒尿胡搞。一日，老儒生到外地參加葬禮，隔日才能返校。學生趁著老師不在，相繼將課堂桌椅積聚為舞臺，且將臉塗上顏色，胡亂演起戲來。豈料，老儒生突然回來，將刁鑽學生毒打一頓，忿忿而去。村民覺得儘管學生頑皮，但畢竟年紀尚小，大的不過十一、二歲，小的只有七、八歲，都怪老儒生過於嚴厲。隔天老儒生回來，竟說昨日他並未回私塾，眾人這才發現原來是狐仙的報復。有村民想去土地公廟告狀，有村民想拆柴房洩憤。此時，某位村民表示，這群孩子實在過於無禮，被教訓一頓也不為過。要戰勝妖怪得依憑道德、品行，而非武力，若持續以武力相抗，冤冤相報何時了？以暴制暴可能會帶來更大的災禍啊！

全篇藉由鄰里間居民的對話，傳達出處世之道。其中規勸眾人的村民可謂深謀遠慮。試問若村民任情緒肆意高張，決定以武力相抗，豈不造成另一個災難的開端？心平氣和才是處事待人首要之策。

歷久彌新說名句

名句提到的觀念甚是明理，「冤冤相報」不僅不是制暴的方式，反而易產生更大的災禍。「以德服人」是中國歷史中最具智慧的治世錦囊。古語「得人心者得天下」和《孫子兵法》中提到的「攻城為下，攻心為上」都是此心法的延續。

以我們最熟悉的《三國演義》中蜀國丞相諸葛亮擒拿孟獲的故事為例，最足以說明「以德服人」的勝戰之理。諸葛亮以超人的智慧和忍耐力，七擒七縱孟獲，最終使得這位南方蠻夷領袖心服口服，徹底清除蜀國在南方的心頭大患。對於敵人或暴徒，一般人都傾向以暴制暴，然而以暴力克制的方法，雖然能使逞凶者一時隱遁求饒，卻不是長久之策。愈是刁蠻的對象，愈不該以暴力凌駕其上，因為若稍有閃失，將會造成兩敗俱傷的局面。如何讓對方心服口服地臣服，有賴智慧與德性。

《孟子．公孫丑上》提到：「以力假仁者霸，霸必有大國。以德行仁者王，王不待大。」其意思是說，依恃武力為王的霸主，雖然可以稱霸天下；但依靠德行治世的仁王，才是真能稱王於天下的王者。因為「以力服人者，非心服也；以德服人者，中心悅而誠服也」。依靠武力讓人服從，不是心悅誠服的歸服，而是力量不足以反抗的屈服，那僅是短暫的和平，非長久之道。再者，以力服人更會讓對方心生憎惡，反而會種下災禍的種子。紀昀說「勝妖當以德」，表面上雖在說妖談鬼，實際上是在比喻人間至理啊！

心定則氣聚，心一動則氣散矣

名句的誕生

心定則氣聚，心一動則氣散矣。此僧心初不動，故敢縱觀[1]，至閉目不視，知其已動而強制，故刃一下而不能禦[2]也。

～卷六．灤陽消夏錄六

完全讀懂名句

1.縱觀：放眼觀看。
2.禦：抵抗的意思。

語譯：心神定、氣息才能凝聚，心神一動、氣息就會消散。這個僧人的心一開始沒有動，因此可以隨意地觀看，等到他閉上眼睛、不敢看，就知道他的心已經動搖了、只是勉強忍耐著，因此一刀砍過去、他便無法抵抗了。

名句的故事

本篇名句顯示出兩個角度，一是指一個人的修養定力；另一是戰術上所說的「攻心為上」。這篇故事的背景是來自鄭成功佔據臺灣之時。當時，粵東有個怪異的僧人來到臺灣，他的武藝很高，懂兵法，還精通奇門術數。鄭成功原本很敬重他，但是時間一久，這個僧人開始跋扈起來，讓人無法忍受，鄭成功便想除掉他。但是要殺掉一個武藝高強、又懂術數的人，談何容易！鄭成功的大將劉國軒便自告奮勇來做這件事情。

劉國軒安排美麗的男童和女子十多人，在這位僧人的面前恣意情愛，只見僧人談笑自若，好像什麼也沒看到一樣。但過了一段時間，僧人忽然閉上眼睛不看了，劉國軒立刻拔劍一揮，把僧人殺掉了。

劉國軒之所以成功，是因為這名僧人的本領不是有鬼神相助，而是靠一股氣守著，劉國軒乘著他心念雜亂時，攻其心神不定，要殺掉他自然不費吹灰之力。紀昀很讚賞劉國軒的智謀，也從攻心為上。這正符合兵法上所說的個故事上判定，劉國軒能協助鄭氏得以立足閩南、臺灣多年，不是沒有道理的。

清人彭孫貽在《靖海志》一書中說：「劉國軒善於利用間諜，掌握敵軍的詳細動向，因此經常戰勝，才有『劉怪子』這綽號的產生。」由此可知，劉國軒是一名擅長心戰的軍事將領。

歷久彌新說名句

除了講修養、講戰術，莊子則是把氣聚、氣散視作生命的起與迄。《莊子》上說：「雜乎芒芴之間，變而有氣，氣變而有形，形變而有生，今又變而之死。」亦即宇宙在混沌之間變化出元氣，元氣的變化又出現形體，形體變化而產生生命，如今變化又回到了死亡。莊子認為，氣聚就是生命的開始，氣散就是生命的結束，就像春夏秋冬的交迭般，非常自然，生與死也是自然中的一環。

明朝的王陽明雖然是位儒者，但軍功赫赫，先是平定江西、福建、廣東交界一帶的民變，後以三十五天平定朱宸濠之亂，還平定少數民族如瑤族、僮族等的叛變。然而，他始終認為，外面的戰爭好打，內心的戰爭卻常常難以平息。意即，要用「心戰」去對付他人很簡單，但要用來摒除自我心中的雜念，達到心定，卻十分困難。所以王陽明曾說：「去山中賊易，破心中賊難。」他主張，人都應該往內求諸自心，而非求諸外物。

心定，自會精氣神皆定，則智慧清明開闊、氣息平和，自然也會感到快活自在、無疾病纏身！這或許就是道家鼓勵養神煉氣的原因吧。

人知兆發於鬼神，而人事應之；不知實兆發於人事，而鬼神應之

名句的誕生

人知兆[1]發於鬼神，而人事[2]應之；不知實兆發於人事，而鬼神應之，亦未始不可預測也。

～卷六．灤陽消夏錄六

完全讀懂名句

1.兆：事情發生前所顯示出的癥候、現象。

2.人事：人的作為。

語譯：人們知道預警是由鬼神發出，而應驗在人的作為上；卻不知這些預警其實都是先因人事的發展而起，鬼神才會發出這些預警，也不見得會無法預料。

名句的故事

本篇名句談的是人事與鬼神之間的互動關係。一般人常視靈芝草為瑞草，但紀昀在此以兩個小故事說明瑞草不一定就代表祥瑞之兆。

靜海人元中丞在甘肅任官時，衙門裡突然生出了九莖連葉的靈芝草，他以為是吉兆，因此自號「九芝」，沒想到不久就被罷官了。而在紀昀的家族中，也遇到了類似的事件。他的舅舅安五占公過世時，停靈在室內，棺材上面居然長出了一棵靈芝草。自此之後，子孫竟逐漸凋零，如今家裡已沒有小孩子了。

紀昀認為，人事的禍福將要發生之時，會有些癥候先行出現，但是這絕非憑空而來，乃是因應人事的變化而生；至於代表的是吉、是

凶，則無法先行知道。不過他的兄長則認為，既然這些預兆的發生都源於人事，不見得就無法預料。簡言之，這是要我們把焦點放在人的行事，而不是去關注鬼神的預警。

據《論語．述而》記載，孔子生病了，子路很誠心地向鬼神祈禱，孔子病好後，向子路問起此事：「你真的為我祈禱了嗎？」。子路回答：「有的，我還在祈禱文上寫著：『為您向天地神靈祈禱。』」孔子聽了之後便說：「我已經祈禱很長一段時間了。」在孔子看來，如果向天地神靈祈禱是有用的，那麼只要在日常生活中順應天道，也就等於是天天祈禱、天天受保佑了。反之，如果「獲罪於天」，即違背了上天的意思，那就「無所禱也」，即沒有地方可以禱告了。

因此，注意日常生活中的一舉一動是否合乎天道，才是真正決定禍福的關鍵。顯然地，紀昀與孔子對待人事與鬼神的道理，是相通的。

歷久彌新說名句

紀昀其實相信有鬼神的存在，但是他並不同意人們對鬼神的癥候，去擴大解釋。他以很科學的態度指出：「妖以人興，象由心造。」（〈如是我聞二〉）鬼魅的現象會因為人的精氣神虛弱，所以感覺特別顯眼，而這些現象則是由人心幻想而造成的。

通常，人的荒淫、墮落都是自己選擇的。紀昀認為：「千金之堤，潰於蟻漏，有罅故也。」（〈姑妄聽之一〉）千金搭設好的堤防，卻因小小的蟻穴而有了縫隙，所以崩壞了。換句話說，一個人如果沒有什麼弱點、空隙可鑽，想要引誘你的人，自然毫無機會。

《左傳》上說：「禍福無門，惟人所召。」禍與福的來臨並沒有一定的方式，都是由人所感召而來；意即，吉、凶、禍、福，都是人的行為所造成的，萬萬毋須假藉鬼神的名義，而推託自己該負的責任呀！

大抵名愈高則責愈嚴，術愈巧則罰愈重

名句的誕生

如是者，吾立鏡側，籍[1]而記之，三月一達於岳帝[2]，定罪福焉。大抵名愈高，則責愈嚴；術愈巧，則罰愈重。

～卷七．如是我聞一

完全讀懂名句

1.籍：用來登記以備查考的名冊。

2.岳帝：東嶽泰山之神，東嶽大帝的簡稱，傳說是掌管人間生死。

語譯：這樣的情況，我站在心鏡旁邊，都用登記簿記錄下來，每三個月去岳帝處一次，讓他來判定罪福。大致來說，聲譽愈高的人、懲罰就愈嚴格；愈有手段、心機愈重的人、懲罰也愈重。

名句的故事

《管子》上有句話說：「釣名之人，無賢士焉。」偽裝自己而獲得聲譽、名望者，絕對不是一個賢德的人，而這樣的沽名釣譽之士，就是紀昀在本篇中所要抨擊的。

于道光說：有個讀書人在深夜時經過東嶽廟，遇到了掌管神鏡的小吏。讀書人很好奇神鏡的用途，小吏便告訴讀書人，業鏡只能照出人外在行為的善惡，而人內心深處的細微情感、是否暗藏鬼胎，則必須要透過神鏡才能照見。意即天界有兩面鏡子：一是業鏡，照的是人們外在做事的行為善惡，可以照出真正的小人；另一則是心鏡、也就是神鏡，可以照出人心中的真實思維，因為有些人外表像鳳凰、內心卻像鬼魅，所以心鏡專照偽君子。尤其是在宋代之後，人心愈來愈狡詐，所以天神們決定同時用業鏡、心鏡映照人們，以讓人無所遁形。

那些人表面道貌岸然，可是有的心黑如漆，有的曲折如鉤，有的像荊棘、刀劍、毒蟲、虎狼那樣窮凶極惡，有的呈現金銀財氣、冠冕車蓋、男女祕戲圖的景象，其中如珍珠般瑩潤，如水晶般清澈的，千百個中大概只有一兩個人而已。

掌管神鏡的小吏又說，上天用雷轟伯夷的廟，也對柳下惠有所懲罰，而整部《春秋》幾百年的歷史，明明就有不少惡人，為什麼偏偏懲罰這兩個我們眼中的好人呢？那正是因為他們對自己內心的真實思維有所隱瞞的緣故。

真小人即使可惡，至少他們毫不掩飾自己的行徑，還算是言行一致，人們還能正面去拒絕；沽名釣譽者之所以可恨，就在於他們無聲無息地行欺騙之實，言行不一，人們可能連被騙了都不知道呀。事實上，紀昀非常厭惡那些宋明時期崇尚心性義理之學的儒者，多說少做，對於世事不見得有踏實作為，甚至淪落和宦官爭權，根本就是假借道學之名，來掩飾他們在政治或名利上的野心罷了，因此便藉此故事毫不留情地教訓這些心口不一的人。

歷久彌新說名句

耶穌在《馬太福音》上說過一句話：「因為要憑你的話定你為義，也要憑你的話定你有罪。」我們的一言一行都逃脫不了上帝的眼睛，會被確實記錄下來，成為末世審判的證據。其實，善人心中有善，就會發出善來，惡人心中有惡，就會發出惡來，怎麼能期待心中的偽善能被掩飾得住呢？更何況是經過知識洗鍊的人，當比其他人更懂得上天的規則，西方如此，東方亦如是。

紀昀透過于道光所說的故事，主張大家在日常起居中多多「觀心」，就是要觀照自己內心的意念，勉勵自己要言行一致。另外，紀昀也談到：「人鏡照形，神鏡照心。人作一事，心皆自知。」（〈姑妄聽之二〉）亦即人用的鏡子是照出人的形體外在，神用的鏡子則是照出人的內心情感，因為人每做一件事，即使是無意之間，自己的心都會知道，無所遁逃。神鏡所要分辨的，就是真正為善的人與真正作惡的人。

清代的儒將曾國藩也說過：「知識愈高，則天之所以責之者愈厚；名望愈重，則鬼神之所以伺察者愈嚴。」（《曾國藩文集》）智慧、聲望愈高的人，對社會價值具有引領的作用，可以對大眾產生諸多影響力，其所應擔負的責任也相對更高，這就是這類人會被賦予更嚴格標準的緣故。

唯愚故誠，唯誠故鬼神為之格

名句的誕生

夫受給[1]亦愚矣，然唯愚故誠，唯誠故鬼神為之格[2]，此無理而有至理也。

~卷七．如是我聞一

完全讀懂名句

1.給：音ㄉㄞˋ，欺騙的意思。

2.格：感通。

語譯：其實會受到這種欺騙也可以說是愚昧，但也因為這樣的愚昧才顯示出一個人的虔誠，唯有虔誠所以才會感動鬼神，這看起來沒有什麼道理，卻包含了最精深的道理。

名句的故事

紀曉嵐對於風俗教化的推動，總是不遺餘力。在本篇故事中，他特別支持了兩件發生在獻縣、行善得善報的事蹟，應該要載入地方志，以激發平民百姓的向善之心。

第一件事情是割肉點燈。韓守立的妻子俞氏，為了治好她祖婆婆失明的雙眼，聽信有意戲弄她的人的建議，割下自己身上的肉去點亮神燈，以感動菩薩，沒想到十多天後，祖婆婆的眼睛真的復原了。

第二個事件是拾金不昧、不圖回報。雙腳蜷曲，只能用手肘支撐地面、用大腿走路的王希聖，有一天在路上撿到富人丟了的銀子，他不僅物歸原主、不肯收下謝銀、更拒絕被供養。他認為自己的形體殘缺是上天給的懲罰，如果白吃白喝，會有大災禍。有一天，王希聖躺在一座廟裡睡覺，忽然有個喝醉酒的人跑進來拉他的腳，令他痛楚萬分，但是喝醉酒的人走了之後，王希聖的雙腳就變直，可以如常人一般行走了。

紀昀認為，這就是單純忠厚、正直善良的行為，感動了老天爺，而比起那些假道學的陳腔濫調，地方志書更應該收錄這種淳樸的故事，而《閱微草堂筆記》中就有很多這種行善的小故事。

歷久彌新說名句

紀昀自然不會隨意說怪力亂神之事，但他相信天地之間有鬼靈神明，強調「心誠則靈」，就可以與之相通。

除了心誠之外，紀昀還覺得對待鬼魅也要像對待人一樣，要以禮相待。葉守甫是紀昀家的世交，有一次他與家人出外迷了路、遇到大雨，走到了一座破廟前，廟門上掛了一個牌子「此寺多鬼，行人勿住」。葉守甫想了想，便推開廟門進去說：「我們只是路過，祈求神靈保佑，雨一停我們就離開。」話才剛說完，廟頂棚上便有人說話了，要葉氏一家好好休息，還提醒他們要注意會傷人的蠍子窩和毒蛇。葉氏一行人自是安然無恙地回到家。

紀昀認為：「蓋以禮自處，無不可以禮服者；以誠相感，無不可以誠動者。」（〈槐西雜志二〉）如果待人處世注重禮數，就沒有不被禮數所折服的；用真誠去感化他人，就沒有不被真誠打動的。與天地四方的眾生們相處，道理都是相通的呀！

鬼神之故，有可知有不可知，存而不論可矣

名句的誕生

自古及今，遭喪者恆河沙數[1]，何以獨示兆[2]於是夜。是夜之中，何以獨示兆於數家，其示兆皆擲以鵝鴨，又義何所取[3]？鬼神之故[4]，有可知有不可知，存[5]而不論可矣。

～卷八．如是我聞二

完全讀懂名句

1.恆河沙數：形容數量很多，如同恆河裡的沙粒一般，不可勝數。

2.示兆：顯示徵兆。

3.義何所取：取，取法、依據。意謂：整個事件依據什麼道理而生發？意即「這件事代表什麼意義？」

4.故：緣故、理由。

5.存：客觀地記錄、保存。

語譯：從古至今，遭遇喪事的情況極多，為什麼獨獨這個晚上預顯了徵兆？同一個夜晚，徵兆又為什麼獨獨展露在這幾個家庭？而徵兆展現的方式是擲下鵝鴨，這又代表什麼意義呢？關於鬼神現象的因由，有的今人已經可以解釋，有的尚不可解，面對不可解的事件，我們姑且把它客觀地記錄下來就好，毋需妄下評論。

名句的故事

雍正末年，在東光城的一個不尋常的夜裡，慘白的月光下，有個人披散著頭髮，拿著巨大的布袋，站在一戶人家的屋脊上，布袋裡

窸窸窣窣傳來千百隻鵝鴨的叫聲。然後，「咚咚咚」地，還真的從屋簷上掉下來兩、三隻鵝鴨，過了很久，那人又跳到另外一戶人家，也同樣怪異地擲下兩、三隻鵝鴨。

隔天，得到鵝鴨的人家把牠們殺來煮了吃，味道並無異狀。不料，此後不久，凡吃了鵝鴨的人家都遭遇死喪。

這件傳聞裡頭有太多不可思議，包括那個人的來歷？丟鵝鴨的意義？事件與後來的喪事究竟是真有關連？抑或一切只是巧合？……紀昀認為，面對這些奇異事件，我們毋需穿鑿附會、妄加詮釋，只需要詳實地將之記錄下來就好。不穿鑿附會，真相雖然暫時得不到彰顯，但至少不會被似是而非的說法淹沒，從此無人再去思考叩問；至於為什麼要記錄呢？事件傳聞記錄下來方能流傳後世，文化故事因而不斷累積，或許哪一天，人們會在龐大的線索中找到蛛絲馬跡，進而發掘真相。

歷久彌新說名句

子曰：「知之為知之，不知為不知，是知也。」（《論語．為政》）面對未知，保持「存而不論」是最真實誠懇的態度。一次子路詢問孔子鬼神及死後之事，孔子回答：「活著的人都還沒侍奉好，怎麼能談侍奉鬼神之事呢？人為何而生都還不清楚，怎麼能知道什麼是死呢？」（《論語．先進》）孔子把心思放在現世人生，對於「怪、力、亂、神」等人所未知之事絕口不提，既不否認其存在，亦不妄加論斷。到了清代紀昀《閱微草堂筆記》，顯然對於未知的態度已經開敞一些，改「置之不論」而為「詳實記錄」，但多數時候仍努力持守著「存而不論」的客觀角度。

時至今日，即使科學日新月異，在現代社會裡，世界各地猶然存在著許多無法以科學、常理解釋的超常現象：每年都會有遊客或研究者聲稱，在英國北部的尼斯湖裡見到類似於古代恐龍的長頸水怪；有無數飛機、船隻在百慕達三角洲離奇失蹤，聽說那兒有通往異時空的黑洞；世界上有二十多個國家的麥田裡，曾在一夜之間出現美麗的圖案，圖案上的麥子明顯受力下壓，卻沒有人為機械破壞的痕跡，有人懷疑那是外星人的傑作……

考察歷史，我們會發現哥白尼、伽利略、牛頓、愛因斯坦等舉世知名的科學家都篤信上帝。往往，愈是鑽研科學，愈加發覺世界之大、人力之渺，於是也就自然而然以更謙卑的態度面對萬事萬物。這或許正如希臘哲人柏拉圖於《對話錄》的〈申辯篇〉所記載，蘇格拉底的智慧，就在於「他知道他自己什麼都不知道。」

庶女呼天，雷電下擊

名句的誕生

飛渡泥淖[1]，如履康莊，雖仄徑[2]危橋，亦不傾覆，至縣衙乃屹然立，其事遂敗。因知「庶女呼天，雷電下擊」，非典籍[3]之虛詞。

～卷九．如是我聞三

完全讀懂名句

1. 泥淖：濕黏的泥地。淖，音ㄋㄠˋ，爛泥巴。
2. 仄徑：狹窄的小路。仄，音ㄗㄜˋ，狹窄。
3. 典籍：「庶女呼天，雷電下擊」一句原出於《淮南子．覽冥訓》，故此處典籍即指《淮南子》。

語譯：馬車飛快地穿過泥濘不堪的路面，猶如走在平坦的康莊大道上，途經狹窄的小路與險橋，也沒有傾倒翻覆，一路直到縣衙才停下來。這件荒唐的事就此失敗。由此可知，《淮南子》上記載的「民女向上天喊冤，雷電下擊景公臺」的故事，並非虛假了。

名句的故事

這則故事說的是一個節女的故事。洛陽人郭石洲說，在鄰縣有一對公公婆婆，他們拿了一位有錢人的二百兩銀子，答應把守寡的兒媳婦賣給人家，去做他的小老婆。到了迎娶那天，他們強迫媳婦穿上綵衣、硬把她推上車，媳婦不肯走，還有人用紅布巾把她的手反綁於身後，媒人、老太太一同把她押上車。見到這個場面的人無不歎息、憤憤不平。可惜她娘家已經沒人，也就無法阻止了。當車夫揚鞭催馬準備出發，那媳婦不禁發出悲號。突然，狂風暴起，三匹馬同時受到驚嚇，再也不受控制。馬車背離通向有錢人家的路，一直朝縣城的方向狂奔急馳，飛快地穿越泥濘、狹窄的小路與危橋，竟然如履平地，直到了縣衙門馬車才戛然而止。這件事因此敗露，被宣揚開來。

《淮南子》上也曾有類似的記載：「庶女叫天，雷電下擊，景公臺隕，支體傷折，海水大出。」（民女向上天呼喊冤情，雷電因而下擊，打壞了景公臺，海水也隨之湧現。）據後人的註解，這是一位齊國寡婦被迫改嫁的故事。她的小姑為了利益，教唆母親把寡婦嫁出去，寡婦不肯，小姑就把母親殺了，誣陷寡婦。她自知無法證明自身清白，只好向天呼告，因而雷電下擊，擊壞了景公臺。由此可知，做有違天道之事會遭天譴，像「庶女呼天，雷電下擊」一事，果然並非空穴來風啊！

歷久彌新說名句

這則故事與《淮南子》的記載呼應，都是婆婆強迫守寡媳婦改嫁，但媳婦不依，因而發生了一連串感天應地的故事。

元代的劇作家關漢卿的代表作品《竇娥冤》，其實也是脫胎自此。竇娥自小被父親送至蔡家當童養媳。十年後，她與丈夫完婚，沒想到才不到兩年，丈夫就過世了。她與婆婆相依為命，卻被張驢兒看上，與其父一同威脅要分別與她們婆媳倆成親。竇娥堅決不從，張驢兒因而想了辦法要毒殺竇娥的婆婆，以使竇娥在走投無門下答應成親，卻陰錯陽差地將自己的父親毒死。得不到竇娥的張驢兒索性陷害竇娥，串通知府判竇娥死罪。臨刑前，竇娥哭天喊地，並立下誓言，要證明自己是被冤枉的。後來竇娥死後，其誓言果真一一實現，也順利為竇娥平反冤屈。

由此可知，中國因冤屈而產生的「感應」傳統頗多，從《淮南子》到《竇娥冤》，乃至於《閱微》的這則故事，都在在顯示了天地感應的效果：彰顯天道、修補人世間的冤屈。

自恃可為，遂為人所不敢為，卒至潰敗決裂

名句的誕生

天下自恃[1]可為[2]，遂為人所不敢為，卒[3]至潰敗決裂[4]者，皆此僧也哉！

～卷十五．姑妄聽之一

完全讀懂名句

1.恃：音ㄕˋ，依靠、仗勢。

2.為：有所作為。

3.卒：最後、最終。

4.決裂：指感情或事態的破裂。

語譯：天下那些對於自己能力過度自信的人，敢於做一些別人不敢做的事，最後落得一敗塗地的下場，便是和這個和尚相近的行為。

名句的故事

本篇名句典出一則立志精進的浙江和尚的故事。這位和尚艱苦修行，發願精進，整日打坐，不躺下休息。一日夜裡來了位美女倚窗偷窺，和尚知道她是妖魅，視而不見。美女擺出各種撩人姿態，最終還是無法靠近禪床。黔驢技窮的美女對和尚說：「師父定法到如此程度令人佩服，吾自不敢妄為。修法境界如此高深，想必即便懷抱女人也如懷抱冰雪，將美貌視為塵埃不屑一顧。何需再害怕我？若師父能讓我接近又能做到真空不染，我將皈依佛門不再前來打擾。」這位對於修煉功夫抱有自信的和尚便答應了。妖女近身依偎使盡挑逗之能，終使和尚破了戒身，懊惱不已的他最終羞愧落

魄而終。

世界上那些對於自我能力過度自信的人，就如同這位和尚，敢於從事別人所不敢嘗試的事，還以為那是對自我能力的挑戰而沾沾自喜。他們高估自己的能力，忽略了許多明知不可為而為之的陷阱，還貪執謀取美名的想像，反將自己置於險地。殊不知，正如孔子所言「磨而不磷，涅而不緇」，磨了以後不變薄，染色之後不變黑，這是只有聖人才能達到的境界。大賢以下之人尚且無法做到，更何況這位和尚？他僅是中了美女的激將法，便開門揖盜，使自己陷入萬劫不復的地步。

歷久彌新說名句

這位和尚自視過高，以致超過實際情況而不自知。相同例子，我們在《閱微草堂筆記》的〈槐西雜志一〉也能見到。在永春縣中有位僧人善念咒降妖，他徒弟見夜間有山魈活動，請他制服。僧人卻認為：「人歸人，妖歸妖，兩不相干各不妨礙，世上萬物並生各得其所，何必得收束妖怪？」豈料，山魈活動日益熾盛，白天漸漸騷亂人群，竟至沒有安寧之處。僧人此時才大施法術，誰料山魈已自成氣候，難以控制；商請高人相救，大費周章，好不容易才消滅，但寺廟也成焦土一片。僧人捶胸感歎：「我真是罪過，當初法術足以制服時不管束，等到無法控制時才妄想一戰求勝。博得一時虛名，卻一敗塗地。這真是養癰貽患！」

這兩位和尚都是為了博取美名，讓自己暴露於危險之中，這是一種「養癰貽患」的行為。自恃者縱有修持，皆屬魔業；留著毒瘡而不醫治，徒使其後患無窮。如此縱容姑息壞人壞事的行徑，早晚會使得自己陷入險惡。如果和尚在面對美女誘惑、山魈挑釁時，能意識到「自恃」是對於惡人行為的縱容、姑息，與對於自我能力的疏忽，便能走出博善名的虛妄，當機立斷採取行動，如此才能免於禍害。

世故太深，則趨避太巧耳

名句的誕生

「乃視若路人，以推諉[1]啟疑竇，何貴有此朋友哉。」遂亦與絕。死竟不弔[2]焉，乙豈真欲殺人哉，世故太深，則趨避[3]太巧耳。

～卷十三・槐西雜志三

完全讀懂名句

1.推諉：找藉口推託不負責任。

2.弔：到喪家慰問、以示哀悼。

3.趨避：急著依附或是趕緊走避。

語譯：「你把我當作陌生人一樣對待，正因為你的推託才讓我更加懷疑，這樣的朋友還有什麼值得珍惜？」於是便和乙斷絕了關係，連乙死後都沒來弔唁。乙難道真是想害人嗎？只是因為太過世故，想要趨利避害的心思太過機巧了。

名句的故事

本篇故事是講述原本親如兄弟的甲乙兩人，甲方因為懷疑妻子與他人私通，所以暗地裡請乙方幫忙查明真相，乙方原本的性格就膽小怕事，一聽到這種私事，不想介入，立刻就拒絕幫忙。甲方便以為，乙方不肯幫忙，是因為自己的妻子真的有不忠的行為，自此便不再理會妻子。甲方的妻子則因為無法洗脫罪名，最後抑鬱而終。

甲方的妻子成為鬼魅後，到閻王爺面前告了乙方一狀，要求乙方還個公道，乙方果真在幾日後也隨之死去。而失去妻子、好友的甲方，更是難過，因為他在最需要朋友的時候請乙方幫忙，而乙方卻待他如陌生人。紀曉嵐認為，既然是好朋友，就該以真心相待，如果凡事都以自保為前提，不僅會害了自己、也害了別人。

不過，現實生活中的紀曉嵐，也有不敢真心面對好友的時候。

乾隆晚期，御史曹錫寶想要彈劾貪官和珅。紀曉嵐雖為好友擔心、卻不敢明說，只是用宋人的《詠蟹》詩告誡曹錫寶：「水清詎免雙螯黑，秋老難逃一背紅。」意思是說，現在彈劾和珅，時機恐不夠成熟。曹錫寶並沒有將紀曉嵐的意思聽進去，毅然上書彈劾。結果乾隆很生氣，要將曹錫寶治罪，並懷疑紀曉嵐是幕後指使。由於紀曉嵐曾經為了救親家盧見曾，捲入是非、並且獲罪，這次他可是向乾隆力辯自己的清白。或許這也是為人不得已之處，紀曉嵐畢竟還是要為五斗米折腰。

歷久彌新說名句

魯迅有一篇收錄在《南腔北調集》中的〈世故三昧〉。魯迅開頭便道：「說一個人『不通世故』，固然不是好話，但說他『深於世故』也不是好話。」因為「不通世故」，對社會人情的應對進退便容易不周到；「深於世故」就是太清楚他人的一舉一動、甚至可以計算到他人的下一步，所以就容易從中取巧，自然也知如何投機。

因此，「世故」這個東西「不可不通，而亦不可太通」。魯迅更玩味地說：「得到『深於世故』的惡諡者，卻還是因為『不通世故』的緣故。」一個人如果被其他人批評為太過世故，實在是因為這個人行事過於著露痕跡，還不夠精通世故的緣故；所以「世故」的最高境界就是「深到不自覺其『深於世故』」。魯迅這番妙論，不愧是諳於世故的箇中老手。

緇衣黃冠，或坐蛻不仆；忠臣烈女，或骸存不腐，皆神足以持其形耳

名句的誕生

凡人之形，可以隨心化。郗皇后[1]之為蟒，封使君[2]之為虎，其心先蟒先虎，故其形亦蟒亦虎也。舊說狐本淫婦阿紫[3]所化，其人而狐心也，則人可為狐。其狐而人心也，則狐亦可為人。緇衣黃冠[4]，或坐蛻[5]不仆；忠臣烈女，或骸存不腐，皆神足以持其形耳。

～卷十四．槐西雜志四

完全讀懂名句

1. 郗皇后：梁武帝之妻。相傳她在臨終前因起了怨憤之心，死後變成巨蟒。郗，音ㄔ。
2. 封使君：據《述異記》所載，漢代的宣城太守封邵一日突然化為老虎，生前不好好治理地方讓人民安樂，死後還吞食人民。故後來以封使君做為虎的代稱。
3. 阿紫：相傳古早之前有位淫婦名叫阿紫，後來化為狐狸，故後以阿紫為狐狸的別稱。典故出自晉人干寶《搜神記》。
4. 緇衣黃冠：緇衣為僧尼所穿的衣服，而黃冠指道士所戴的帽子，在此以緇衣黃冠借代為僧人與道士。
5. 坐蛻：佛家語，指高僧在臨終時端坐而逝，又作「坐化」。

語譯：大凡人的形貌，能夠隨心境而變。梁武帝的郗皇后變成巨蟒，而封使君變為老虎，皆因他們內心已先成了巨蟒、老虎，因此外貌也跟著變為巨蟒、老虎。以前曾傳說狐狸精原來是淫婦阿紫變的，那是由於她外在雖是

人形，卻已有狐心，所以變成狐狸。而要是外貌是狐狸，而具有人心，那狐狸也能變成人。有些僧人與道士，在端坐過世時，身軀不會倒下；不少忠臣烈女死後，保存的屍骸不會腐爛，那是由於心靈足以維持其外在形貌的緣故。

名句的故事

紀昀筆下有許多和狐狸有關的故事，此篇即是其一，藉一狐女與人面獸心之人做了鮮明的對比。

話說劉某與一狐女相戀，甚至娶她進門做續絃。狐女如同常人一般禮敬公婆，和妯娌的相處也十分融洽，更對劉某與前妻所生的子女視若己出。她老死後，屍體竟未化為狐形，而維持人的外貌，眾人不禁嘖嘖稱奇。有人說：「我看這名狐女其實是人，只是因為和劉某私奔才假託是狐狸。」有人說：「我看她是真的狐女，因未修煉成仙才會老死。但她已煉成人道，屍體才會和人一樣。」

據說劉某要娶狐女時，心裡多少也有點忌憚。狐女說：「娶妻只要能家庭美滿就好，我是人是狐又有什麼差別呢？人們只知害怕狐狸，哪裡曉得有些婦人雖然是人，卻虛索無度使人折壽，這與狐狸採補有什麼分別？她們紅杏出牆與人偷情，淫蕩的樣子與狐狸有什麼分別？她們長舌搬弄是非，與狐狸惑人有什麼分別？她們中飽私囊，把家產送給相好，與狐狸偷盜有什麼分別？她們潑婦罵街弄得全家雞犬不寧，與狐狸作祟有什麼分別？為什麼不怕她們只怕我呢？」

名句「緇衣黃冠，或坐蛻不仆；忠臣烈女，或骸存不腐，皆神足以持其形耳」，正是在說明人的形貌都是隨心境而變。故事中的狐女正如同得以坐化、屍骸不腐的僧人道士、忠臣烈女，因為正向的心念才能夠在死後也維持人的形貌。相反地，鄰皇后、封使君會變成蟒蛇、老虎，都是因為他們的心已墮落了。由此看來，人怎麼能不謹慎地修持己心呢！

歷久彌新說名句

佛語云：「命由己造，相由心生。」這恰巧與本篇故事有所呼應，也足以說明狐女最終能維持人形的原因。她雖身為狐，但以「成為人」為志向，不管在心思或行為上，所作所為都超越一般人，最後求仁得仁，自然能從狐狸變成真正的人了。

《孟子．離婁章句上》說：「存乎人者，莫良於眸子；眸子不能掩其惡。胸中正，則眸子瞭焉；胸中不正，則眸子眊（ㄇㄠˋ，眼睛混濁、看不清楚的樣子）焉。」大意是說要觀察一個人善不善良，看他的眼睛是最準確的。心胸磊落之人則眼睛明亮；心術不正的人則正好相反，眼睛看來會十分混濁。由此可知，我們的外在如眼睛、面相等，能非常誠實地呈現我們的內心是善是惡，只要旁人仔細觀察，是怎麼樣都隱藏不了的。這就好比我們可以從猛獸的眼睛看出其凶狠，也可以從兔眼看出其溫馴。

知足常樂之人多半眼裡充滿喜悅，嘴角上揚；性情溫和之人，舉止必然安適和緩，外貌自然和善。紀昀之所以記下本篇，並以「神足以持其形耳」讚揚狐女死而不變其形，多半存有以此勉勵人常以善為樂，隨時端正品行的用意。

一切世事心計，皆出古人上

名句的誕生

蓋風氣日薄，人情日巧[1]，其傾軋攻取之術，兩機激薄，變換萬端，弔詭[2]出奇，不留餘地。古人不肯為之事，往往肯為；古人不敢冒之險，往往敢冒；古人不忍出之策，往往忍出。故一切世事心計，皆出古人上。

～卷十五．姑妄聽之一

完全讀懂名句

1.巧：狡詐、虛假。

2.弔詭：乖誕、離奇。

語譯：因為世風日下，人情日益狡詐虛假，人們彼此間使出排斥攻奪的手段，敵對的兩方相互激發刺激，顯得五花八門，各種乖誕、離奇的事層出不窮，完全不留餘地給別人。古人不肯去做的事，後人往往肯去做；古人不敢冒的風險，後人往往勇於冒險；古人不忍使出的計謀，後人往往捨得使出。因此現在處心積慮鑽營的伎倆，都是在古人之上的。

名句的故事

此篇由扶乩請下的乩仙展開，乩仙自稱自己是南宋的圍棋國手，旁邊的棋手聽了，便邀請他互相切磋。乩仙推辭道：「若是下棋，我一定會輸。」棋手仍再度邀請，乩仙才答應，最後輸了半子，結果正如乩仙所說。

乩仙輸棋後，眾人還以為是乩仙謙讓，他表示：「不是的，後人事事無法與古人相比，唯獨測天象與下棋都勝過古人。」接著他繼續表明：「我會輸棋，完全是新舊交替下的結果。尤其在社會風氣每況愈下的現在，人的心機城府，絕對勝過古人許多，因為古人不肯做的事、不願冒的險、不忍出的計策，現在人都會去做，甚至不擇手段。下棋也是心計的一種，我當然會輸了。」

名句「一切世事心計，皆出古人上」點出了世風日下，人心不古的情況，而之後，乩仙更指出世上根本沒有常勝之道，只有常不敗的辦法，那便是置身事外。世人追名逐利，身在其中必定免不了失敗的可能，全身而退更是困難。若已身陷泥沼中，千萬要記得格外小心才是。

歷久彌新說名句

世風日下，人心不古，在晚清譴責小說《二十年目睹之怪現狀》的第十二回〈查私貨關員被累　行酒令席上生風〉中，就有個描述人心巧詐的事件。

福建的關卡有天接獲線報，表示明天有人要假裝扶喪藉以走私，在棺材裡挾帶大量珍珠玉石通關。由於要開棺茲事體大，關員便將線民留下來以做見證。果然在隔日下午，有一家出殯的經過，關員們便將服喪的孝子扣住，令他又驚又怒。眾人覺得疑點重重，怎麼父親昨天剛過世，連後事都沒料理就要運回原籍？怎麼孝子表面哭號，眼中卻沒有一滴眼淚？於是強行開棺。一劈開，嚇得眾人面無人色：這哪裡是什麼私貨，分明直挺挺睡著一個死人！孝子一把扭住關員要他去見長官，此時連線民也逃逸無蹤。鬧了好一陣，總算賠錢、賠棺材重新收殮才讓事件平息下來。但從這回之後，一連幾天都有棺材出關。這些關員早成了驚弓之鳥，不再過問。後來大家一想，才發現那可能是走私商人故意設下的陷阱，之後的棺材，裡面多半真的裝滿私貨哪！

主角的友人在說起此事時，曾說：「唉！真是人心不古，詭變百出，令人意料不到的事，儘多著呢！」詭詐之人如此之多，也只能行事處處小心才能防患了。

天地無心，視聽在民

語譯：有個州官因為貪得無厭又暴戾，而被朝廷處死。在他被砍頭之後，州裡的百姓議論紛紛，到處傳著關於他在陰曹地府所受的報應，各種說法眾多，甚至多到無法全部記下來。我認為這是因為百姓痛恨他的怒氣始終沒有停止，所以才會編出這些謠言。我的兄長紀晴湖則說：「天地本來就是無心的，所見所聞全部根據百姓的反應。百姓的討論既然都是這樣，那位州官在陰間的情況，恐怕就會變得非常危險了。」

名句的誕生

有州牧[1]以貪橫伏誅。既死之後，州民喧傳其種種冥報[2]，至不可殫[3]書。余謂此怨毒未平，造作訛言[4]耳。先兄晴湖則曰：「天地無心，視聽在民；民言如是，是亦可為也已。」

～卷十五．姑妄聽之一

完全讀懂名句

1. 州牧：職官名。古時分九州，州牧為每州的最高長官。
2. 冥報：指在陰間遭到的報應。
3. 殫：竭盡。
4. 訛言：謠言。

名句的故事

此章講述原以為可以隻手遮天的州官，終被朝廷判罪處死，惡行罄竹難書的結果，就是雖已惡有惡報，依舊民怨沸騰，百姓紛紛討論著他死後還不得安寧的事，可知對他有多麼痛恨。

紀昀與他過世的兄長曾對此事有所討論，紀昀認為這件事是因為百姓的痛恨，才有州官在陰間遭受報應的謠言。而他的兄長則更進一步指出「天地無心，視聽在民」天理是順應民心而生，一旦行了天怒人怨之事，最後必定會得到報應，使公理能得以彰顯。

此段記載多半有告誡為官者的意味，所謂「得民心者得天下」，沒有什麼比百姓更重要。為官者如果善待百姓，必定能修得善果，否則善惡到頭終有報，終歸如這名州官一樣遭受報應哪！

歷久彌新說名句

翻開歷史，我們不難看到一個事實——民心的重要性，有太多因為主事者的惡政，導致生靈塗炭，最後終於揭竿起義的例子。如：隋煬帝荒淫無道，將皇宮修得金碧輝煌，以供一己享樂，虧空國庫還勞民傷財，導致人民揭竿起義，隋朝滅亡。

又如清末慈禧太后獨攬政權期間，內憂外患不斷，百姓們紛紛在中國四處集結起義，不惜拋頭顱、撒熱血，也要推翻滿清政府，這恰恰印證「得民者昌，失民者亡」的道理。

能做到順應民心者首推唐太宗，深諳帝王之術的他，一即位便立刻整頓吏治、實施仁政、選用廉吏，重點在使百姓安居樂業。在災荒期間，甚至下令開倉救災，締造「貞觀之治」，奠定唐朝百年大業基礎。

觀看歷史的興敗衰亡，可以看出開國雖然可靠武力獲取，但絕對無法在失去民心下，還能長治久安；武力只能取天下，但無法治理天下，就像武力強大的元朝，因為歧視漢族和元順帝的無道，最後失去民心。因此紀昀才特別在此說明「天地無心，視聽在民」的重要性。

肴酒必豐，敬鬼神也；無所祈請，遠之也

名句的誕生

夫肴酒必豐，敬鬼神也；無所祈請，遠之也。敬鬼神而遠之，即民之義也。視流俗之諂瀆[1]，迂儒之傲侮，為得其中矣。說此事時，余甫八九歲，此表丈偶忘姓名。其時鄉風淳厚，大抵必端謹篤實之家，始相與為婚姻。行誼似此者多，不能揣度為誰也。「高山仰止，景行行止」，俯仰七十年間，能勿睪然[2]遠想哉！

～卷十八．姑妄聽之四

完全讀懂名句

1. 諂瀆：諂媚、褻瀆。
2. 睪然：睪，「臯」的俗寫，高遠的樣子。

語譯：祭祀的酒菜務求豐盛，表示對鬼神的恭敬；不去向鬼神祈求，是為了與鬼神保持距離。尊敬鬼神又與他們保持距離，是百姓應當遵循的原則。相較世俗之人對於鬼神的諂媚、褻瀆，迂腐的儒生對鬼神的高傲、凌侮，可算是適當中肯的態度。堂伯說起這事時，我才八九歲，這位表丈的姓名我也不記得了。當時鄉下民風純樸，一定是端正謹慎、行事踏實的人家，才會互相結為親家。我家親戚為人處事像這位表丈的人很多，現在也不能推測是誰了。《詩經．小雅．車舝》說：「巍峨的高山可以仰望，寬廣的大道可以循著前進。」他們的品德像聳立的高山，令我仰望。不知不覺七十年過去，怎能不令我想起遙遠的往事呢！

名句的故事

紀昀的堂伯君章公在他八九歲時，曾對他說了一個發生在表丈身上的經歷。表丈有個晚上在村外納涼，遇上一位與先人認識卻已經去世的秀才化成的鬼魂，鬼魂希望表丈代為向土地神祈禱，為他解除土地神的譴責。可是表丈拒絕了他，說明自己祭祀土地神的供品豐厚，是表示對神明的尊敬；自己從未向土地神祈求事情，則是與神明保持距離。那個鬼魂無法諒解，於是生氣地離開了。

紀昀對此大加讚揚，說明了敬鬼神而遠之的道理——祭祀的酒菜務求豐盛，表示對鬼神的恭敬；不去向鬼神祈求，是為了與鬼神保持距離。尊敬鬼神又與他們保持距離，這就是百姓應當遵循的原則；這種態度比起諂媚鬼神、褻瀆鬼神的態度又好很多，這或許就是儒家中庸的一種表現。

名句「肴酒必豐，敬鬼神也；無所祈請，遠之也」說的也就是「敬鬼神而遠之」的態度，這個思想出自《論語．雍也》：「樊遲問知。子曰：『務民之義，敬鬼神而遠之。可謂知矣。』」由於我們對鬼神一無所知，所以，要對其存著尊敬心態，就像我們面對未知事物的態度一樣。但因為敬，很多人就容易陷入迷信，不管是從利益的角度、或從神祕的角度。儒家以人為本，講求依靠人為力量，對於人以外的天地鬼神都視為不可知，不能依靠，當然更不可以著迷。

歷久彌新說名句

現在社會仍然有許多人，不論大廟小廟，只要遇廟就雙手合十，恭恭敬敬地鞠個躬，然後離去；進廟見了菩薩就雙膝一跪，垂手叩頭，然後離去。他們並不特別對神明祈求什麼，但還是恭恭敬敬地行禮如儀，這豈不就是「敬鬼神而遠之」嗎？

然而，並非所有人都是這麼做的，例如秦始皇認為自己是天下的皇帝，自以為上比泰皇，功高五帝，因此對於人間俗世，則挾兵戎征討，以統御海內郡縣；於山川鬼神，順從則定時奉祀，違逆則必定厭勝；務使天人兩界完全臣服，天上地下唯皇帝獨尊。一次，他要上泰山封禪，齊、魯儒生博士出於仁愛之心，認為車輪應以蒲草包裹，避免傷害山上的土石草木，但秦始皇不聽，反而直接開道上山。至湘山，遇上大風，更怒伐湘山樹，塗紅整座山。這些皆可以看出秦始皇對鬼神不但沒有採取敬而遠之的態度，反而驕矜自是，凌侮鬼神。

魏晉志怪小說中有名的故事〈定伯賣鬼〉，敘述了一個年輕人宗定伯，夜裡走路遇到鬼，不但不害怕，反而佔了鬼的便宜，並從鬼的談話中得知鬼所害怕的事物，最後利用自己的機智，將鬼所變化而成的羊給賣了，還得了一千五百錢。因此，當時人們都傳說：「定伯賣鬼，得錢千五。」定伯對鬼神不但沒有採取敬而遠之的態度，甚至是利用鬼、欺負鬼。

禍患常生於忽微，智勇多困於所溺

名句的誕生

比曉，門不啟，呼之不應，急與主人破窗入，噀[1]水噴之，乃醒，已儽然[2]如病夫。送歸其家，醫藥半載，乃杖而行。自此豪氣都盡，無復軒昂意興矣。力能勝強暴，而不能不敗於妖冶[3]。歐陽公[4]曰：「禍患常生於忽微，智勇多困於所溺。」豈不然哉！

~卷二十一．灤陽續錄三

完全讀懂名句

1. 噀：音ㄒㄩㄣˋ，將水含在口中噴出去。
2. 儽然：虛弱、疲倦。儽，音ㄌㄟˋ。
3. 妖冶：原指女子舉止欠端莊，這裡指鬼怪化成的女人。
4. 歐陽公：即歐陽脩，字永叔，晚號醉翁，又號六一居士，北宋廬陵人。工詩、詞、散文，所作文章，為世所重，是當時文壇領袖，為唐宋八大家之一。

語譯：天亮後，他的房門沒開，叫他也沒有回應，同行的友人和店主人急忙打破窗子進去，用水把他噴醒，他卻已經虛弱得像個生病的人。把他送回家後，醫治了半年，他才能拄著拐杖走動。從此他的豪氣全都沒了，不再有那種雄糾糾的氣概了。他的力氣能勝過強橫凶殘的壞人，卻不能不敗在妖魅的手中。歐陽脩說：「禍患經常發生在細微的小事之中，智者勇者往往被所溺愛的事物所困。」難道不是這樣嗎！

名句的故事

有個人和朋友到濟南參加鄉試，夜晚投宿在旅舍中，旅舍破舊不堪，但旁邊院子的兩間鎖上的小屋卻很整潔，店主人解釋說這兩間屋有魅怪。其中一位朋友堅持要店主人開門，獨自鋪了被褥就睡下，並大聲說：「要是男魅，我就和你比比武，要是女魅，你就來陪我睡覺吧。」到了半夜，先來了個男魅，力氣很大，不過那人也是力氣大的人，於是和怪物搏鬥了起來；朋友們都聽見了打鬥的聲音，在門外等著，後來妖怪的要害被打了一拳，逃了。等到大家都回去睡後，又有個女妖來了，那人雖然明白這個女妖居心不良，但心想睡一覺應該無妨，沒想到到了極歡暢處，女妖似乎將他身體內的氣給吸光了，令他心神恍惚，不省人事。直到第二天一早，大家將他喚醒，他已經虛弱得不成人形，回家醫治了半年，才勉強能拄著拐杖行走。

為此，紀昀引述歐陽脩的話「禍患常生於忽微，智勇多困於所溺」評論這人，認為真是一點也沒錯啊！

本篇名句「禍患常生於忽微，智勇多困於所溺」原本出自歐陽脩所寫的〈新五代史伶官傳序〉一文，文中說明唐莊宗復仇興國，之後卻渙散其心、逸豫其身，最終竟然讓數十伶人使他身死國滅——這是因為禍患常常是由細小的錯誤積累起來的，縱使是聰明有才能和英勇果敢的人，也常常對自己的聰明能力太過依賴，最後敗得很慘。殷紂王、秦始皇、項羽不都是聰明、能力很強的人嗎？最後「自矜功伐，奮其私智，而不師古」（《史記・項羽本紀》），失敗，當然是無可逃避的下場。

歷久彌新說名句

歐陽脩〈新五代史伶官傳序〉提到的唐莊宗正是「生於憂患，死於安樂」的最佳代表。一般人對於「生於憂患，死於安樂」耳熟能詳，也大多知道出於《孟子》，舉出了舜、傅說、膠鬲、管仲、孫叔敖、百里奚六人為例，說明吃得苦中苦，方為人上人的道理；同樣地，《史記．太史公自序》也有一段，提到文王被拘羑里、孔子困於陳蔡、屈原遭到流放、左丘明失明、孫臏跛腳、呂不韋遭遷蜀地、韓非子被囚於秦國，因此產生《周易》、《春秋》、《離騷》、《國語》、《兵法》、《呂覽》、《說難》、《孤憤》等書，皆是發憤所作。所以，對人來說，逆境和憂患未必是壞事。人們常常正因為困境，才能產生奮發向上的動力，造就不凡的事業。

至於「死於安樂」的例子，歷史上也不勝枚舉。如南唐李後主在書畫、文詞、音律上的造詣極高，然而他卻不是一個稱職的好皇帝。當他即位為帝時，趙匡胤奪取了北周政權，建立了宋朝，準備興兵南渡，統一中國，而南方的十國衰弱不堪，根本無法與之抗衡。處在這種緊張的情勢，李後主並不積極備戰、養精蓄銳、奮發圖強，反而仍沉湎於詩酒、歌舞、脂粉之中，詞曲酬唱，文字品評，纏綿後宮，荒疏政事，因此《新五代史》說他「日與臣下酣飲，愁思悲歌不已」。為此，王國維《人間詞話》曾評論李後主說：「詞人者，不失其赤子之心者也。故生於深宮之中，長於婦人之手，是後主為人君所短處，亦即為詞人所長處。」又說：「主觀之詩人，不必多閱世，閱世愈淺，則性情愈真，李後主是也。」皆說明了李後主作為一位詩人是成功的，但作為一位君主卻是失敗的。

天下之大，孰肯以真形示人者

名句的誕生

又一人戲曰：「《莊子》言姑射神人[1]，綽約[2]若處子[3]，君亦當如是。」即應聲現一美人形。又一人曰：「應聲而變，是皆幻耳，究欲一睹真形。」狐曰：「天下之大，孰肯以真形示人者，而欲我獨示真形乎？」大笑而去。子青曰：「此狐自稱七百歲，蓋閱歷深矣。」

～卷二十四．灤陽續錄六

完全讀懂名句

1. 姑射神人：據《莊子．逍遙遊》所載：「藐姑射之山，有神人居焉。肌膚若冰雪，綽約若處子。」傳說在姑射山上有肌膚白皙，柔媚多姿的仙人居住，故後來多用以指美女。射，音ㄧㄝˋ。
2. 綽約：婉約柔媚。
3. 處子：尚未出嫁，仍保有貞操的女子。處，音ㄔㄨˇ。

語譯：又一人開玩笑說：「《莊子》說姑射山的神人，柔媚婉約像是未出嫁的女子，你也應該是這個樣子。」狐狸又應聲變為一位美人。又一人說：「隨著大家所說的話而變化，不過都是幻化的形態而已，終究還是想看看真面目。」狐狸道：「天下這麼大，又有誰願意以真面目示人，為何你們卻只要我現出原形？」說完便大笑離開。朱子青說：「這隻狐狸自稱有七百歲，見過的世面果然夠多。」

名句的故事

濟南有個朱子青和狐狸做朋友，狐狸常常參加他與友人品酒論文的宴會，辯才無礙，誰也難不倒牠。但他們都只聞其聲，不見其形。一天，有人要求一睹牠的廬山真面目，狐狸反問：「若是真面目，怎會給你們看見？若想見我幻化而來的樣子，既然知道是假的，又有什麼好看的呢？」但由於大家堅持，狐狸只好應大家的要求現形為老人、道士、仙人與嬰孩，之後更化身為一位「綽約若處子」的美女。沒想到還有人不肯罷休，認為還是要看看真面目才好。這位自稱已七百歲的狐狸便說出名句「天下之大，孰肯以真形示人者」，點出天下無人以真面目示人，人人都戴著假面具為人處世，由此可看出牠的老成世故。

在故事最後，狐狸仍然沒有露出真面目。牠非常清楚在座的人雖然外形就是本來的樣貌，但表現於外的行為談吐，無一沒有經過包裝，一旦自己真的露出真面目，就容易招來禍害。俗話說「防人之心不可無」，狐狸未輕信眾人，展現出極大的智慧，也難怪朱子青會讚美牠閱歷豐富了。

歷久彌新說名句

談到「真、假」、「表、裡」，就不得不令人聯想到「偽君子」與「真小人」。在金庸小說《笑傲江湖》中，被封為「君子劍」的岳不群，便被認為是個標準的「偽君子」。他表面上擺出讓人稱讚的「君子」樣貌，欺騙妻女、徒弟和天下人，實則虛偽陰狠，為了奪得權位、習得更高深的武功無所不用其極；相對於岳不群，左冷禪的野心及不擇手段卻是人人皆知，可謂「真小人」。

兩人雖然皆是反派人物，但由本篇名句「天下之大，孰肯以真形示人者」的感歎，就不難理解何以岳不群更令人恐懼，畢竟天下多的是不以真面目示人，寧可戴著溫情的假面具贏得他人喜愛信任者，少有人會直接了當讓人知道自己的心機或壞心眼啊！

聞之者足以戒

即求而得之，亦必其命所應有，雖不求亦得也

名句的誕生

然庚辰[1]鄉試[2]，二生皆中試。范仍四十八名，李於辛丑[3]成進士[4]。乃知科名有命，先一年亦不得。彼營營[5]者何為耶？即求而得之，亦必其命所應有，雖不求亦得也。

~卷二．灤陽消夏錄二

完全讀懂名句

1.庚辰：中國古代以干支紀年，庚辰即乾隆二十五年，西元一七六〇年。

2.鄉試：古時地方各省三年舉辦一次的考試，中試者稱為「舉人」。考中舉人者方能於次年至京城參加會試、殿試。

3.辛丑：乾隆四十六年，西元一七八一年。

4.進士：在隋唐至宋時，進士最早指科舉的科目「進士科」，由隋煬帝所設。凡舉人試於禮部合格的，皆以「進士」稱之。明清時，會試中式者可參加由皇帝主考的殿試，之後依一、二、三甲的等第賜進士及第、進士出身、同進士出身，三者皆通稱為「進士」。

5.營營：奔逐求取。

語譯：但是在乾隆二十五年的鄉試，兩人都考中了。范學敷仍然是第四十八名，而李騰蛟於乾隆四十六年考上進士。由此可知，科舉功名也自有定數，早一年也不行。那些逐取功名的人還有什麼好刻意營求的呢？經過努力所得到的，一定是命中註定應該有的，即便不去刻意追求也能得到。

名句的故事

紀昀在乾隆二十四年主持山西鄉試時，有兩份合格的試卷發生離奇的事情。第一位原本應是第四十八名，沒想到在填寫草榜時，范學敷的卷子被錯收在考官呂令瀌的衣箱內，遍尋不著；另一份李騰蛟的卷子則原本應為第五十三名，但在填寫草榜時，又突有陰風吹來，將蠟燭吹滅三、四次，換了別人的卷子就沒事。因此這兩個人當年落了榜。紀昀原本懷疑這兩位考生冥冥之中受到上天責罰，不過第二年鄉試，兩人都中舉了，范學敷仍是第四十八名，李騰蛟甚至在二十年後考中了進士。於是紀昀有感而發，感歎科舉功名之事命中自有定數，該是哪一年考上就是哪一年，早一年也不行。如此一來，世人何必汲汲營營於功名富貴呢？命裡有時終須有，不論是否通過鑽營都會得到。

可見名句「即求而得之，亦必其命所應有，雖不求亦得也」，表達的是紀昀相信功名富貴乃命中註定的看法。這並非紀昀所獨有，如清代曾國藩寫給兒子的家書中曾提到：「凡富貴功名，皆有命定，半由人力，半由天事。」

甚至宋仁宗年間，宋庠、宋祁兩兄弟一起進京趕考，同榜進士，而宋祁雖是弟弟，文章學問皆在哥哥之上，他原本考中狀元，哥哥只得探花，卻被太后一句：弟弟不可列在兄長之上，而改宋庠為狀元，宋祁落至第十名。此一事件，後來有人附會為故事，說兩人雖是雙胞胎，但個性不同；小時候宋祁與朋友玩水，把地上弄出一窪一窪的水坑，而哥哥在一旁拿了許多樹枝和樹葉，在每一個水窪上搭橋，讓淹在水中的螞蟻可以爬到樹葉上逃命。此時，有個胡僧經過，預言了哥哥將會是狀元郎：「救蟻之心，厚慈感天，此君日後必定得天獨厚。」說明了命由天定，未必由人的道理。

歷久彌新說名句

名句「即求而得之，亦必其命所應有，雖

不求亦得也」在本文中說的雖是功名，但不僅適用於功名，在唐代以後，中國有「姻緣前定」的觀念，甚至一直影響至今日。這個觀念並非中國自古就有的，在唐代以前，婚姻是純人事的事，全由父母之命所決定，很少涉及人事以外，然而到了唐代，不僅傳奇小說中普遍存在男女結合是由於「姻緣前定」的說法，在唐代的訓誡女子言行舉止的《女論語》中也有「前生緣分，今世婚姻。」一句，這種觀念標舉出佛教因果、輪迴的影響。

倘若結合名句「即求而得之，亦必其命所應有，雖不求亦得也」及「姻緣前定」兩者，可以解釋為：如果拚命追求最後得到，那也是命中註定應該有才有，那麼，其實不論是否苦心乞求都會得到的。而此一觀念甚至也不僅適用於功名及姻緣，在富貴、壽命、子孫等方面，皆可見命定思想的影響。

明代蘭陵笑笑生《金瓶梅》第十四回〈花子虛因氣喪身　李瓶兒迎奸赴會〉中也有一句：「富貴自是福來投，利名還有利名憂；命裡有時終須有，命裡無時莫強求。」說的也是同樣的道理。命中註定你該有的，到最後你一定會擁有，不論是富貴或利名，命裡沒有的東西，你也不要勉強求取，以免惹禍上身。

偏伐陽者，韓非刑名之學；偏補陽者，商鞅富強之術

名句的誕生

嗜欲日盛，羸弱[1]者多，溫補之劑易見小效，堅信者遂眾。故余謂偏伐陽者，韓非[2]刑名之學[3]；偏補陽者，商鞅[4]富強之術。初用皆有功，積重不返，其損傷根本，則一也。雪蓮[5]之功不補患，亦此理矣。

～卷三．灤陽消夏錄三

完全讀懂名句

1. 羸弱：瘦弱。
2. 韓非：人名，戰國時韓國的諸公子之一，曾與李斯同受業於荀子。喜刑名法術之學，集法家之大成。因以書諫韓王而不受重用，發憤著《韓非子》。
3. 刑名之學：法家學說的重要內容，主張循名責實，慎賞明罰。
4. 商鞅：人名，姓公孫，名鞅，戰國時衛人，或稱為「衛鞅」。法家代表人物，說服秦孝公推行新法，使秦國得以富強。又因受封於商，後人習以商鞅稱之。他因用法嚴苛、樹敵眾多，在秦孝公過世後，被車裂而死。
5. 雪蓮：植物名，生於高山石縫中，形如蓮花。可供觀賞，亦可入藥，有強心、利尿、滋補、調經等療效。

語譯：縱欲的風氣愈來愈興盛，因此身體衰弱的人多了起來，溫補的藥方容易產生一點效果，因此相信的人也就多了。所以我說，偏重抑制陽火的，接近韓非講究循名責實，慎賞明罰；偏重在補充陽氣的，近於商鞅富國強兵

的方法。剛開始用都有成效。但是病情嚴重，不去挽回；只在末端下工夫，讓根本受到損傷，這兩種治療法都是一樣的。雪蓮的藥效不能補虛虧，也是這個道理啊。

名句的故事

紀昀流放新疆時，得以目睹雪蓮，了解它的藥效，並由此引申出治國的方針。雪蓮必定成雙成長，但不長在一起，也不同根，雄的花略大、雌的花略小，相距必有一兩丈遠；見到其中一株，必定可以找到另一株，然而，由於兩者之間氣息相通，所以如果指著雪蓮花相互告知，花將會縮入雪中，消失不見。草木有知覺的現象，難以理解，只能說是山神對它特別愛惜吧！

雪蓮生長在極寒冷的地方，但它的藥性卻是極熱的，紀昀認為大概是陰氣凝結於花外，純陽之氣便聚集於花內，因此若將雪蓮做成補藥或春藥服下，便會對人的身體造成損害。這是因為人體內陰陽均勻調和，藥性太寒或太熱，都會損傷生命的根本，甚至於導致送命，所以溫和滋補的藥通常容易見到療效。

運用於治理國家上，紀昀認為倘若醫生用苦寒之藥伐陽，就好比韓非的刑名法術之學；如果醫生用大熱之藥補陽，又如同商鞅的富強之術，都是在剛開始時能見到功效，但時間一久，反而會損傷根本，就像是雪蓮對人體的滋補功能無法彌補它對身體的傷害。

由此可知，名句「偏伐陽者，韓非刑名之學；偏補陽者，商鞅富強之術」並非對韓非刑名之學或商鞅富強之術的讚揚，反而是對兩者的批評，認為兩者皆非治國最好的辦法。國家與人體一樣，皆須陰陽均勻調和，治理時也需講求中庸均衡，才是最好的方法。

歷久彌新說名句

名句「偏伐陽者，韓非刑名之學；偏補陽者，商鞅富強之術」中提到兩個先秦法家的代表人物；戰國前期商鞅重「法」、申不害重「術」、慎到重「勢」，戰國後期韓非集法家之大成，認為法、術、勢三者缺一不可，主張富國強兵、嚴刑峻法、賞罰分明、君主集權，是君王治理天下的必要方法。這個方法成為了秦統一天下的指導思想和直接推動力，就如同用猛藥一般，短時間可以見效，但時間一長就見到了缺點。

至於紀昀所提出的陰陽調和之方，正與儒家的中庸思想一脈相承，認為做事不偏不倚才是最高的道德準則。最能表現孔子中庸思想的故事，莫過於「過猶不及」。一次，子貢問孔子：「子張和子夏哪一個比較賢能？」孔子說：「子張做事過頭了一些，而子夏做事又稍嫌不足一點。『太過』和『不及』同樣不好。」另外，《論語．陽貨》也有一段話表現出中庸的思想：「好仁不好學，其蔽也愚；好知不好學，其蔽也蕩；好信不好學，其蔽也賊；好直不好學，其蔽也絞；好勇不好學，其蔽也亂；好剛不好學，其蔽也狂。」說明了六種美德將伴隨著六種流弊：仁愛是一種美德，但只是仁愛卻不好學，便會流於愚昧；聰明也是好的，僅有聰明卻不好學，便會流於放蕩；正直也是優點，但只正直卻不好學，便會有急切的毛病；勇敢也值得讚許，只是勇敢卻不好學，便易招來禍亂；剛強是美德，如果只剛強卻不好學，便會狂躁。由此可見，中庸最好的境界，就是不走極端，不偏不倚，合乎中道。

夫死生數也，數已盡矣，猶以小術與人爭，何其不知命乎？

名句的誕生

夫死生數[1]也，數已盡矣，猶[2]以小術[3]與人爭，何其不知命[4]乎？

～卷十三．槐西雜志三

完全讀懂名句

1. 數：命運、命數。
2. 猶：尚且、依然。
3. 小術：粗略、瑣碎的技術、法術。
4. 命：先天註定的本分，不是後天所能改變的。

語譯：人的死生命數是有所定數的。當氣數已盡之際，還想利用小法術抗爭求取生機，為何這麼不通曉、覺知天命呢？

名句的故事

此則故事談及一位住在泰興縣的賈姓書生，他雖然是當地優秀的秀才人選，私下卻十分偏好與符籙、咒語有關的事情。為此他四處尋訪名師高友，終於修煉成了「五雷法」。後來他生了一場大病，病危時，恍惚間彷彿看見群鬼拿著令牌來拘提他，於是舉手頻念咒語，使得群鬼不敢近身。一會兒之後，家人開始聽聞屋頂上發出刀劍相擊的鐵器聲，猙獰恐怖的厲鬼蜂擁而至。家人都驚慌地奪門而出，躲到遠處去。依稀聽到屋內不時發出格鬥的聲響，直至清晨才停止。等天亮之際，家人進屋察看時，賈生已然趴在床下嚥氣了，不知什麼原因，他的雙手還在地面上挖出很深的洞穴。

名句「夫死生數也，數已盡矣，猶以小術與人爭，何其不知命乎？」出自這個故事的結尾，點出人的生死在冥冥之中有其定數。故事中的賈生在氣數已盡時，仍奢望利用法術躲過災難，也難怪紀昀會感歎他不知天命了。

在《論語．顏淵》中我們可以見到與此相近的天命論述。當司馬牛憂傷地感歎：「別人都有兄弟，為何唯獨我沒有？」溫暖且有智慧的子夏安慰他說：「我聽說過：『死生有命，富貴在天』。君子只要關注在敬業而不犯錯誤，對人恭敬而有禮貌。四海之內都是皆兄弟，君子無須擔心沒有兄弟？」子夏此語傳達出一個重要觀念：與其以比較的心看自身與他人的差異，哀歎家庭出身等早已無法改變的外在條件，還不如好好修養自己的德性。生死之數是命中註定，非人力可輕易改變。就像故事中的賈生，即便練就一身精湛法術，但在面對死亡的當下，一樣無力回天，沒有力量改變整個命運方向。福禍有命，死生有數，雖聖賢也不能與造物者相爭呀！

歷久彌新說名句

在中國文哲系統內對於何謂「命」、何謂「性」，有諸多精湛的討論分析。命定觀念簡單說來，便是相信現在或未來命運是已經被決定了。它是一個通俗、卻也複雜的概念。時值現代科學發達之時，或許我們也能用一種積極的心態來省思這種思維。

命定思維大抵可區分為幾種形式：天意命定、天道命定、天體命定與因果命定，本篇所提到的「命數」是屬於「天意命定」。所謂「天意命定」就是認定個人或社會命運是由天所決定的。這與西方所謂「神學命定」的立論和中國傳統經典《詩經》、《尚書》強調萬事萬物都存在一個更高的決策者：「人格天」，支配著人世命運的意味是一致的。這種精神或隱或顯地活躍於人類社會，也深深影響著各種宗教的思想主軸。因此，我們可以見到許多思想家、文學家在面對生命困頓時，在對於蒼天發出的無奈慨歎中，隱藏著這種「天意命定」

的思維。

孔子就曾在《論語．憲問》中提到：「道之將行也與，命也；道之將廢也與，命也。」漢代經學家王充在《論衡．命義》中也提到近似觀念：「操行善惡者，性也；禍福吉凶者，命也。」甚至在《三國演義》中，董卓遭呂布刺殺後，作者藉故事之筆，大發人事寂寥之歎，他如此寫道：「霸業成時為帝王，不成且作富家郎。誰知天意無私曲，郿塢方成（董卓為積聚珍寶所建的郿塢剛落成）已滅亡。」這種天意命定的思維，經常在我們面對生活坎坷或際遇難料的當口，無意識地由心頭浮生；若從積極樂觀面思考，只要我們盡力即可，不需對於自我產生過多批判指責，因為人生在世有諸多事項的確是無法盡如人意，也由不得我們掌控與主導。

天意命定的想法，不是一定是退縮、對於人生懷抱悲觀心態，也可是對於人的能力極限有清楚自覺的省思，不做無意義的試探與無謂傷悲。

顧天地生財，只有此數。此得則彼失，此盈則彼虧

名句的誕生

人之一生，蓋無不役[1]志於是者。顧[2]天地生財，只有此數。此得則彼失，此盈則彼虧。

～卷五．灤陽消夏錄五

完全讀懂名句

1.役：使喚、差遣、影響。
2.顧：不過、但是。

語譯：人的一生沒有誰不被利益所驅使。但是天地間的財寶是有固定數目的。所以你這方面獲得利益，另一方面就會失去利益；這一次滿足了，下一次可能就虧空了。

名句的故事

紀昀相信因果報應，並常以此勸人向善。他認為生命輪迴就像滾動的車輪，因此人與人之間累積出的因果關係，也就多到難以估算；而因果也就像白雲變化一樣，不知道會以什麼形式出現。比較特別的是，紀昀相信人的生命多是由怨恨、過失而糾纏在一起，且出於錢財爭奪者居多，即使是父母與子女之間。他在本篇便用朱元亭與其兒子之間的關係作為例證。

話說朱元亭有一個兒子病得很嚴重，兒子在昏迷的狀況中一直呢喃著：「你們還欠我十九兩銀子呢！」診治的大夫看這個小孩的情況很危急，便吩咐幫手先去熬煮參湯，補充小孩的元氣。不料，參湯才剛剛熬好，這個兒子一

口都沒有喝、就斷了氣，而這碗參湯偏偏就剛好值十九兩銀子。

當時民間傳說未成年而死的兒女都是來向父母要債的討債鬼。對此，紀昀也感慨地以為，這就是一種因果循環，無法避免。人的一生無不汲汲營營於求取利益，但天地間財富是有一定數目的，如果這輩子貪得他人太多，下輩子還是得還給別人。有失必有得，有得必有失，總無法兼得。名句「顧天地生財，只有此數。此得則彼失，此盈則彼虧」闡述的就是這個道理。

歷久彌新說名句

所謂「天地生財，只有此數」，係指我們個人生命歷程所能擁有的財富數量是固定的，就像整個生存環境所能擁有生養萬物的財富數量，也是固定的。

例如《宋史．食貨志》的序言上記載，宋朝承兵荒馬亂的五代十國的基礎上而起，農事荒廢不少；再加上北方外族的需索無度，所以宋朝初期對於創造糧食、勸農之事，相當迫切而且謹慎。〈食貨志〉中便提及：「天地生財，其數有限，國家用財，其端無窮，歸於一是，則『生之者眾，食之者寡，為之者疾，用之者舒』之外，無他技也。」天地所提供的財物是有限量的，但是國家之所以需要錢財、卻有各種不同的因素，唯一的方法就是「生產的人多、吃的人少，創造得快、使用得慢」，此外別無他法。

就像大陸散文作家伍立楊在〈天地生財只此數〉一文中提及，「自然的資源有其限度，不可無休止開發；人間的創造也有其尺規，不可能無休止增進」（收錄於伍立楊：《大夢誰覺》）換句話說，自然資源的數量、人為的創造力，都絕非無窮無盡，我們應當真誠面對資源有限的問題。近年來環保人士推動「周一無肉日」，目的便在於讓地球的生態資源取得平衡，鼓勵大家愛護天地之財。

人能事事如我意，可畏甚矣

名句的誕生

夜夢城隍[1]語之曰：「乙險惡如是，公何以信任不疑？」甲曰：「為其事事如我意也。」神喟然[2]曰：「人能事事如我意，可畏甚矣，公不畏之，而反喜之，不公之紿[3]而紿誰耶？渠惡貫將盈[4]，終必食報，若公則自貽伊戚[5]，可無庸訴也。」

～卷八．如是我聞二

完全讀懂名句

1. 城隍：兼管陰陽的神祇，專司人間的善惡記錄、通報及死者亡靈審判和移送。源於道教，由中國神話中守護城池的神演變而來。
2. 喟然：惆悵慨歎的樣子。
3. 紿：音ㄉㄞˋ，欺騙。
4. 惡貫將盈：罪孽深重，如水即將滿溢。
5. 自貽伊戚：自己招致禍患。貽，音ㄧˊ，遺留。戚，悲哀、憂傷。

語譯：夜間，甲夢見城隍來找他問話：「乙這麼險惡，你為什麼還對他如此信任，沒有任何懷疑呢？」甲說：「因為他事事都順著我的意思。」城隍不勝感慨，說道：「有人事事順著自己的意思，最教人擔心害怕。你非但不怕，反而因此歡喜，他不盯上你，找你麻煩，還要找誰呢？他作惡多端，終會自食惡果，受到報應，至於你則是自作孽，也毋需找我申訴了。」

名句的故事

這則故事藉城隍之口，道出領導者需特別注意的盲點與迷思。故事中，某乙是某甲的好朋友，起初甲請乙幫忙理家，乙打理得妥妥貼貼；後來甲升官了，更請乙來當左右手，乙更是對甲百依百順、處處討好，故而甲對乙也是言聽計從，一再姑息。後來，發現家產盡為乙掠奪，想找乙理論，孰料乙握有甲太多的把柄，反而以此威脅，把某甲陷害得更為不堪。某甲滿心怨懣，向城隍哭訴，請求復仇。城隍乃藉著「人能事事如我意，可畏甚矣」這句話開導某甲，促其思考，過程之中究竟是渾然無覺，抑或貪圖「事事順己意」的權威感，故意自我麻醉，不去多想乙為惡的可能？若此，則是咎由自取，無從怨尤。此話果然一針見血，一語道破「讒言足以使人耽溺盲目而不自覺」的人際陷阱。

這個故事所探究的議題普遍存在於各種形式的「長官—部屬」關係。在上位者遠離基層，要了解「民情」必須透過身旁的近臣，近臣看似位階在下，但若居心不良，阿諛討好，很容易矇蔽、把持上層。諸葛亮在《前出師表》裡向後主劉禪再三叮囑：「親賢臣、遠小人，此先漢所以興隆也；親小人、遠賢臣，此後漢所以傾頹也。」在位者的判斷與決策，關係到整個團隊組織的福祉，一有偏失，無從彌補，豈可不慎！

人總有趨易避苦的心理，最好事事如意順心，但是良藥苦口、忠言逆耳，真相事實常常不是那麼美好，在「忠言」與「甜言」之中如何理性分析判斷，知人善任，實是試煉人性的一大考驗。

歷久彌新說名句

「人能事事如我意」究竟有多麼「可畏」呢？早在春秋時代，便有這樣一個令人驚心動魄的故事：齊桓公任用賢相管仲，成為春秋五霸之首，可惜管仲臨終之前的叮嚀他沒有認真聽進去，結果一代霸主竟然晚景淒涼，死況甚慘。究竟是怎麼一回事呢？

管仲臨終，桓公問他有誰可以委以重任？管仲斟酌再三，未有答覆。這時齊桓公問：「衛開方這個人怎麼樣呢？他為了我，連母親的喪事都沒有回去奔喪，對我很忠心哪！」管仲搖搖頭。桓公又問：「不然就用豎刁吧，他為了向我展現忠誠，甚至甘願自宮以服事我，我還有什麼不可信任的呢？」管仲更加皺緊眉頭。最後，齊桓公又說了：「那用易牙如何呢？他為了我，連自己的孩子都殺了給我做好料理，對我真好哇！」管仲聽了乾咳了好幾聲，衰弱地喊道：「絕對不可以！您想，一個人最值得珍愛的，莫過於自己的父母、孩子與自己的身體，他們為了從您這裡得到利益，連這幾樣都可以犧牲，未來，你的權勢不再，他們怎麼可能還會在乎您呢？」齊桓公沒有聽懂這個道理，在管仲死後仍然任用這三個小人，結果他們得勢之後，果然忙著爭權作亂，築起高大宮牆將齊桓公囚禁於宮內，最後，齊桓公飢餓而死，三人仍祕不發喪。直到屍體腐爛所生的蛆蟲爬出宮牆，大家才知道齊桓公已經死了。（《史記・齊太公世家》）

神仙必有，然非今之賣藥道士；佛菩薩必有，然非今之說法禪僧

名句的誕生

蓋符籙燒煉之術[1]有時而效，有時而不效也。先師劉文正公曰：「神仙必有，然非今之賣藥道士；佛菩薩必有，然非今之說法[2]禪僧。」斯真千古持平之論矣。

～卷八．如是我聞二

完全讀懂名句

1. 符籙燒煉之術：道士以符籙、丹藥驅使鬼神、鎮壓邪魔的法術。符籙，筆畫屈曲、似字非字的圖形；燒煉：以丹爐長日燃燒，煉丹製藥。
2. 說法：用淺顯易懂的故事、道理向一般民眾宣講佛法。

語譯：道士符籙丹藥等江湖法術有時見效，有時卻不靈驗。已故的劉文正老師曾說：「世上必然有真正的神仙，但絕不是現今所見的賣丹藥的道士；世上必定真有佛祖菩薩，但並非現今所見講說佛法的禪士僧人。」實在是經得起時代考驗的中肯持平論述。

名句的故事

這則筆記記載一個鄉里奇人——李老人。李老人自稱已經好幾百歲，講話顛顛倒倒、神神祕祕，會以符籙為人治病，有時真有神奇療效，有時又不怎麼靈驗。一次，一名官家子弟夜飲醉歸，遇厲鬼纏身，竟然發狂瘋顛，拿刀剖腹自殘，弄得自己奄奄一息，這時李老人突然現身，把他抱去療養半個月，怪病便痊癒

了！但又有一次，那官家子弟的爸爸迷信巫術偏方，自己割下手指上的贅疣，結果引發感染，一命嗚呼，這一回李老人的神蹟法術就沒有派上用場了。

紀昀的老師劉文正先生曾對這一類江湖術士提出見解，他相信世上必定有真正的神仙菩薩，但並不是這種鄉里間的僧道奇人。言下之意，僧道奇人是否真正掌握玄祕力量，姑且存而不論，重點是，真正的神佛境界應是一種無盡的美善昇華與修行，而非拿出來招搖叫賣的。

《閱微草堂筆記》卷十七〈姑妄聽之三〉另外記載了一則故事，更直白地表達了對於「虛張聲勢」之徒的諷刺：河間有一賣藥遊僧，在桌上擺了一個銅佛，問病之人必須手捧藥盤，虔誠地於佛前祈禱，若其病可治，藥丸便會神奇地自動躍到銅佛手上，若藥丸不躍，則表示病不能治，全國之人盡皆信服，虔敬不已。後來有人暗中研究，才發現這個遊僧私下研磨許多鐵屑，進而發現原來他把部分藥丸摻進鐵屑，再於佛手處安裝磁石，這個看似奇異的所謂「佛蹟」就這麼形成了！故事末尾附加補充了另一個「假道學」的故事：某文人常常寫狀子攻訐別人，在官府面前講得頭頭是道，自以為了不起，後來被人查驗出來，狀子及講述的內容全部都是抄自當時的科舉參考書《性理大全》，拾人牙慧，了無新意。道學家無真才實學，猶如僧道郎中藉神佛名義招搖撞騙，被揭穿之後令人不齒，於其自身也不可能得到真正的成就感與充實感，或許這才是紀昀真正想要諷喻的對象。

歷久彌新說名句

俗諺有句話說：「江湖一點訣，講破不值錢。」許多所謂的神蹟、奇術，其實關鍵只在於一個很簡單的手法技巧，說破就一文不值了。這樣的手法技巧，倘若用在魔術表演等自娛娛人的活動上倒是無傷大雅，但倘若用以塑造權威，甚而以此牟利，則心態可異。

明代劉基曾說過一個故事：杭州有個水果

商所賣的柑橘，外表色澤光亮，經寒暑而不壞，人們爭相購買。豈料回去一切開，裡頭乾癟無水分，簡直就像一團破敗的棉絮一般。有人上門找他理論，認為他欺騙世人，沒想到這個水果商竟「義正辭嚴」地辯駁：「世之為欺者不寡矣，而獨我也乎？」全天下名不符實，坐擁虛名的多得是！哪一個武官看起來不英挺？哪一個文官看起來不威風，但是說到清明吏治，解救民生疾苦，卻一個個敷衍塞責，滿不在乎，豈非「金玉其外，敗絮其中」？

（《郁離子．賣柑者言》）

文中對於官吏沉淪提出深沉的控訴，也言明江湖郎中、販夫走卒以技倆騙人事小，一旦位居高位卻虛有其表，無足夠眼界與能力做事，則為害甚切。

食人之食，不可不事人之事

名句的誕生

王徵君[1]載揚[2]言，嘗宿友人蔬圃中，聞窗外人語曰：「風雪寒甚，可暫避入空屋。」又聞一人語曰：「後垣[3]半圮[4]，偷兒闖入，將奈何？食人之食[5]，不可不事人之事。」

～卷九．如是我聞三

完全讀懂名句

1. 徵君：指曾被朝廷徵聘，但不應聘之隱士。
2. 載揚：王徵君本名王載揚，清朝吳江人，號梅沜（ㄆㄢˋ）。
3. 垣：音ㄩㄢˊ，意指矮牆。後垣，指的是後庭的矮牆。
4. 圮：音ㄆㄧˇ，意指毀壞、傾倒。
5. 食人之食：第一個食為動詞，意指吃；第二個食為名詞，意指食物。下文事人之事，結構相同，第一個事為動詞，意指執行；第二個事為名詞，意指任務。

語譯：王載揚說了一段自己的經歷：我曾夜宿朋友家的菜園小屋，夜半聽見窗外有人說：「風雪如此之大，我們應該要暫時到空屋裡避避風寒。」又聽到另一人回答：「可是後庭的矮牆已有點毀壞了，要是小偷闖了進來，那該怎麼辦？我們靠別人生活，就不能不完成他交代的任務。」

名句的故事

這則名句出自於隱士王載揚一個奇特的經歷：一日，王載揚夜宿友人菜圃小屋，到了半夜，突然聽聞外面兩人對話：一人覺得風雪太大、太冷了，提議不妨進空屋躲躲風寒；另一人則堅守崗位，以後庭矮牆毀損為由，害怕會有小偷闖入，認為「食人之食，不可不事人之事」，別人賞自己一口飯吃，就應該要完成他所吩咐的任務，因而婉拒了躲避風雪的提議。

王載揚本以為是守夜僮僕的對話。但隔天清晨，卻發現地上並無人跡，只見兩條看門犬躺在傾倒的矮牆下，而大雪已覆蓋了他們的肚子。

山東嘉祥人曾映華聽了，認為這是王載揚自己編纂的寓言，目的是用來警惕不完成主人命令的僮僕們。紀昀則進一步論述這樣的觀點，認為看門狗能夠不厭主人的驅策，在寒夜中仍不怠忽職守，忍著飢寒，只為了完成主人的使命，這實在是天下僮僕所不能及的！

歷久彌新說名句

本篇故事先以第三人（王載揚）之經歷，帶出「食人之食，不可不事人之事」這個重要的觀念；再以另一人（曾映華）判斷，這根本不是真實經歷，而是一則「寓言」，目的是要警示僕人；最後，紀昀再比較犬、人之間的差異，認為犬尚能忠心耿耿地完成主人的吩咐，何以人不能？深入說明這個觀念的真諦。

事實上，這樣的觀念，也可擴大到士大夫階層。唐朝詩人柳宗元〈弔屈原文〉中有言：「食君之祿畏不厚兮，悼得位之不昌。」（拿國家的俸祿深怕拿得不夠多，唯恐自己的官位不夠高。）後來「食君之祿」一詞在《三國演義》有了不同的延伸，第六十八回中，徐盛說：「食君之祿，忠君之事，何懼哉？」（拿君王的俸祿，就要效忠君主，這是理所當然之事，有什麼好畏懼的呢？）。

這樣的概念，其核心就是要求人們要能「盡忠職守」，不論是士大夫忠於國君、國家；或是僮僕忠於主人。若無法做到，豈不是連故事中謹守「食人之食，不可不事人之事」的犬都不如嗎？

取非所有者，終不能有，且適以自戕也

名句的誕生

「本匿影韜聲[1]，修太陰[2]鏈形之法。以公陽光薰鑠，陰魄不寧，故出而乞哀，求幽明各適[3]。」言訖[4]，唯聞搏顙[5]聲，問之不復再答。先生次日即移出。嘗舉以告門人曰：「取非所有者，終不能有，且適以自戕也。」

～卷九．如是我聞三

完全讀懂名句

1.匿影韜聲：藏匿身影、隱藏聲音。匿，藏匿。韜，音ㄊㄠ，意指隱藏。

2.太陰：太陰所指有二，其一為鬼神居住之所；其二為月亮。此處是指陰虛之法。

3.幽明各適：意指幽暗與光明各居所處，互不干擾。適，自得、適合之意。

4.訖：音ㄑㄧˋ，完畢。

5.搏顙：打額頭。顙，音ㄙㄤˇ，額頭、前額。

語譯：「我本隱匿自己的蹤跡，修煉太陰鏈形之法。因您入住於此，您的陽氣使我的陰魄不寧，所以我才出來乞求您，希望您能讓幽暗與光明各得其所，互不干擾。」說完，只聽見敲打前額的聲音。再問問題卻沒有回應。第二天，先生立刻搬走，並以此告誡門人說：「拿了不屬於自己的東西，終究不能擁有，還有可能賠上自己的性命。」

名句的故事

這則故事是紀昀的老師趙橫山（趙大鯨）的實際經歷。趙橫山年輕時在西湖讀書，因為寺樓清幽，就睡在那兒。到了晚上似乎聽見有人走動的聲音，便斥問：「是鬼還是狐？為什麼要打擾我呢？」結果聽見一個怯怯的聲音回答：「我是鬼也是狐。」

趙横山繼續問：「鬼是鬼、狐是狐，怎會又是鬼又是狐呢！」過了很久，才又有聲音回答：「我本來是修煉了幾百年的狐狸，內丹已成，無奈被同類所殺，奪走我的內丹。所以我現在成了狐之鬼。」趙横山問他：「何不向神尋求幫助呢？」那聲音又回：「如果內丹是從自身修練而來，那麼外人是無法奪走的；但如果是四處採補而成，就好像是打家劫舍而來，因此別人也能奪走。我為了我的內丹，已傷害了很多人，尋求神的幫助，又怎會有結果呢！所以我才鬱鬱寡歡地住在這裡。」

趙横山又問：「那你在這，到底又做什麼呢？」鬼無奈回道：「我本在此默默修煉。但您陽氣逼人，使我不得安寧，所以才出來求您能做到井水不犯河水，不互相干擾。」

以不義的方式取得不屬於自己的東西，最後終究無法擁有。故事中的狐鬼甚至為此賠上性命，這樣的下場真是值得警惕啊！

歷久彌新說名句

這則名句說的是人切莫強求，在《閱微草堂筆記》中勸告人們不要強求非自己所有、不要逆天行事的故事很多。如在〈如是我聞三〉中，亦有一則故事說明了同樣的道理。

有兩兄弟都是大盜，有一天，哥哥夢見父親跟他說，盜賊有成功、也有失敗的，像是貪官汙吏、或是強求之財，這種「損人利己之財」是上天所厭惡的，並指出兄弟們之前搶了一寡婦，使得寡婦與她的兒子陷入苦日子，已觸怒了鬼神，如再不改進，離禍不遠了！

後來果然沒多久，兩兄弟就被抓了。紀昀用一貫的善惡果報之理，說明了人切莫強求、切莫違逆天道。

知命者，不立乎岩牆之下

名句的誕生

先師陳白崖[1]先生曰：「居吉宅者未必吉，居凶宅者則無不凶。如和風溫煦，未必能使人祛病[2]，而嚴寒沴厲[3]，一觸之則疾生；良藥滋補，未必能使人驟健，而峻劑[4]攻伐[5]，一飲之則洞泄[6]。」此亦確有其理，未可執定命與之爭。孟子有言：「是故知命者，不立乎岩牆之下。」

～卷九．如是我聞三

完全讀懂名句

1. 陳白崖：紀昀十一歲時隨父親入京，並就讀於生雲精舍。陳白崖即為他在生雲精舍時的老師，教學嚴謹，善書法。
2. 祛病：治療疾病。
3. 沴厲：邪氣暴虐之意。沴，音ㄌㄧˋ，邪氣、惡氣之意；厲，暴虐、凶殘之意。
4. 峻劑：猛藥。
5. 攻伐：本為攻打討伐之意，此處指用藥。
6. 洞泄：拉肚子。

語譯：我已過世的老師陳白崖曾說：「住在吉地未必能事事順心，住在凶宅則沒有不遭受惡運的。就好像和煦的微風，不一定能讓人病癒。但寒氣逼人時，只要稍微不注意就會生病；滋補的良藥，不一定能讓人馬上康復。但吃了猛藥，卻往往馬上就瀉肚子。這樣的說法很有道理，我們不一定能與命爭。孟子說過：深知生命自然變化道理的人，是不會站在高聳危牆下的。」

名句的故事

紀昀曾因政治風波而被貶至新疆，本篇就是他從烏魯木齊回來後的經歷。當時他在京城的珠巢街東邊租房子，和按察使龍承祖比鄰而居。奇怪的是，最南邊的房間，門簾常飄得老高，好像有風吹著似的。但其他房間都沒有這樣的狀況。而且，只要小朋友走進這個房間，都會開始嚎啕大哭，直說床上坐著一位邪笑的胖僧人。紀昀也搞不懂，為什麼以胖僧人形貌出現的厲鬼，會佔據這間房子不肯走？更奇怪的是，每晚三更天後，都可以聽到龍家傳來女孩子的哭泣聲。龍家人卻說這聲音是從紀家傳出的。紀昀這才確認此處絕非善地，立即收拾收拾，就趕緊搬家了！

紀昀搬走後，聽別人說珠巢街的這兩棟房子一直都有問題。先前住在那兒的刑部尚書白環九，也是無緣無故就暴斃了！也因此，他才相信「凶宅」這種說法絕非空穴來風。他也想起已過世的老師陳白崖曾說，住在吉地未必就能順遂，但居於凶宅則必定有禍。人不一定爭得過註定的天命，紀昀以孟子「知命者，不立乎岩牆之下」這句話，為故事做了最佳註腳。

歷久彌新說名句

中國歷代思想家，對於「命」有諸多論辯與思考，儒家強調「知命」，「知天命」是對一位儒者非常重要的事，人必須知曉上天給自己的任務，如此才能在人世安身立命。荀子也說：「自知者不怨人，知命者不怨天。」人如果能自我了解、安分守己，又怎會怨天尤人呢！孟子亦云：「莫非命也，順受其正。是故，知命者不立乎岩牆之下。盡其道而死者，正命也；桎梏死者，非正命也。」如果人能跟隨天命的脈動，自然不會做出違逆上天的事。但孟子的言說不是宿命論，而是要人能掌握自己的天命，進而「盡其道」，也就是徹底而努力地完成自己的任務，如此才是「正命」，也不會白費心機、一事無成。

一犬吠影，每至於百犬吠聲

名句的誕生

會有以閨闥[1]蜚語涉訟者，眾議不一。偶與狐言及，曰：「君既通靈，必知其審。」狐艴然[2]曰：「我輩修道人，豈干預人家瑣事，夫房幃[3]祕地，男女幽期，曖昧難明，嫌疑易起。一犬吠影，每至於百犬吠聲。即使果真，何關外人之事？」

～卷十．如是我聞四

完全讀懂名句

1.閨闥：婦女居住的內室。闥，音ㄎㄨㄣˇ，門檻。

2.艴然：生氣不悅的樣子。艴，音ㄈㄨˊ，不悅。

3.房幃：指寢室。

語譯：剛好有人因家庭紛爭而打官司，眾人對此事皆有不同議論。蔡某碰巧與狐狸談及此事，說：「你既會通靈，想必知道內情。」狐狸十分惱怒，說道：「我是修道之人，哪裡會干預別人家的事？況且閨房內部，男女幽會之事，本來就曖昧不明，容易起嫌疑。這就像一隻狗因影子而吠叫，其他的狗聽到了也隨之嚎叫。即使真的有這件事，又與外人何干呢？」

名句的故事

有一個盲人蔡某，每次經過南山樓下，就有一老人邀他彈琴歌唱，並一同喝酒。漸漸地，兩人熟稔起來。時日久了，蔡某察覺到他是一隻狐狸。然而兩人私交甚篤，狐狸不避諱地承認了，蔡某也不感到畏懼。正好當時有個家庭公案，鄰里間議論紛紛。蔡某雖然眼盲，卻禁不住內心好奇，想藉狐仙的法力，一探事情真相。狐狸在盛怒之下說出「一犬吠影，每至於百犬吠聲」，說明像這類八卦，往往是因為大家的好奇心與胡亂猜測而使謠言漫天。他更罵道：「逞一時嘴快，甚至加油添醋地談論這些他人的私事，這不僅傷了天地間的和氣，當事人難以辯白，若因此抑鬱而終，豈不是又造了冤孽？這又怎會沒有業報？沒想到這種事你不但沒有掩耳不聽，還想找我打探虛實！難道失明還不夠，你還想被割舌頭嗎？」說完憤而離去。

好奇之心人皆有之，故事藉由盲人蔡某與狐狸的互動，點出人性喜歡窺探別人隱私的弱點，也透過狐狸之言，警惕愛嚼舌根的人切記謹言慎行。否則恐怕就如狐狸所說，在陰間的刀山劍樹上，應該會為這種人留一個位置吧！

歷久彌新說名句

魏國大臣龐恭陪同太子至趙國當人質。臨行前，龐恭對魏王說：「若有人說鬧市中有老虎出現，大王您會信嗎？」魏王答：「當然不信。」龐恭又問：「若有兩個人呢？」魏王頓了頓：「我會有點懷疑。」龐恭再追問道：「若是有三個人都這麼說呢？」魏王過了一會兒才承認：「我會相信。」這時龐恭才點明他這麼問的用意：希望魏王勿聽信小人讒言。然而等龐恭回魏國後，卻連魏王一面都見不到了。（《韓非子．內儲說》）可見謠言經過多人散播，若未止於智者，很容易使得人心惶惶、互相猜忌。

在臺灣歇後語亦有類似語句：「講一個影，就生一個子」。說明繪聲繪影，本來沒有的事卻莫名其妙地發生了，速度之快，令人徒增困擾。靜思語錄中亦言：「口說好話，如吐蓮花；口說壞話，如吐毒蛇。」一句話同兩面刃，既能傷人又能助人，端看你如何使用它。

事太便宜，必有不便宜者存

名句的誕生

獵者曰：「邂逅1相遇，便成佳偶，世事無此便宜事。事太便宜，便有不便宜者存。魚吞鉤，貪餌故也；猩猩刺血，嗜酒故也。爾二人宜自恨，亦何恨於狐？」二人乃憫默而止。

～卷十一．槐西雜志一

完全讀懂名句

1.邂逅：偶然相遇。

語譯：獵人說：「在偶然相逢下，便結為夫妻，世界上沒有這種便宜事。好處過多的事情，就會有壞處蘊含其中。好比魚之所以吞下魚鉤，是因為貪吃魚餌；猩猩被刺而流血，是因為貪喝酒才造成的。你們兩個人應當要怨恨自己才是，怎麼能夠仇恨狐狸精呢？」兩個人聽完後難過沉默不語。

名句的故事

有個獵人至山中打獵，在山腳下看到有兩人倒臥樹下。獵人上前叫醒他們，問：「兩位怎麼躺在這裡？」兩人勉強坐起來，其中一位說：「我們被狐狸精誘惑，然後被丟在這自生自滅。當初，我迷了路，借宿在一戶人家中。那戶人家有個美麗的少女前來挑逗，我就和她發生了關係。她的父母發現了，將我痛罵一頓，卻還是同意將女兒嫁給我，並表示少女每五天必須上山至主人府中做雜役，五天後才能再下山，我也同意了。半年後我患了病，咳到無法入睡，於是外出散步。突然林子裡傳來笑鬧聲，前去一看，竟看到這個人抱著我妻子！我非常憤怒地衝上前，他竟也表示那是他妻子，起身和我決鬥。還好他也一樣生病體弱，我們互相拉扯一番就倒在地上了。這時我妻子突然開口，笑著說她其實是隻狐狸精，每五天往來於兩處，以讓我們蓄精供她採補。現在我們精氣衰竭沒有用了，她也不必再留在這裡。說完就憑空消失了。我們在這又飢又餓，卻走不出山裡，幸好遇到您才獲救。」

說完他們的遭遇後，兩人希望獵人可以捕殺狐狸精為他們報仇。獵人卻表示天下不會突然有好事降臨，一定有壞處隱藏在裡面。他們因貪圖美色而上鉤，就如同魚和被刺血的猩猩一樣，都是自找的，根本沒理由憎恨狐女。名句「事太便宜，必有不便宜者存」說明天底下沒有白吃的午餐，不可能平白無故就能獲得好處，一定得付出代價。「一分耕耘，一分收穫」的道理說來十分簡單，卻少有人做到。知易行難，人在面臨誘惑的當下，若只見到利益，那麼自然免不了會受騙上當啊！

歷久彌新說名句

古時相傳猩猩之血可做為染料，故有取血之法，那就是給牠喜愛的酒與木屐，便能輕易將之捕獲。對此，唐人裴度的〈猩猩銘〉有詳細的描述，並提到：「夫財色名利，溺人也。曷（何）若猩猩好酒乎？爵賞祿位，羈人也。曷若猩猩愛屐乎？」以猩猩好酒、好屐比喻那些追逐財色、官位的世人。

在《菜根譚》中，也說：「非分之福，無故之獲，非造物之釣餌，即人世之機阱。此處著眼不高，鮮不墮彼術中矣。」無緣無故有好處降臨，不是如同魚餌就是人所設的陷阱，可惜少有人是明白人，能看穿這些騙術。從古至今都有許多運用人貪圖小利的弱點來詐騙的騙術，其實在當下，只要能提醒自己「事太便宜，便有不便宜者存」，便不會有所損害，這也是紀昀在此篇提醒的，千萬要潔身自好、不要短視近利。

必當為者而亦不為，往往坐失事機，留為禍本

名句的誕生

蓋世故太深，自謀太巧[1]，恆並其不必避者而亦避，遂於其必當為者而亦不為，往往坐失事機，留為禍本，決裂[2]有不可收拾者。

～卷十三．槐西雜志三

完全讀懂名句

1. 巧：狡猾、虛偽的意思。
2. 決裂：破開分裂。

語譯：想必是做人過於世故，為自己謀劃太過機巧，就連不應該迴避的事情也迴避了，於是該做的事情也不去做了，導致白白失去處理事情的機會，反倒留下了可能招致禍患的根源，事情一旦爆發後、便無法解決收拾了。

名句的故事

本篇名句旨在說明一個深於世故的人，往往應對圓滑、懂得推諉，遇到無可推託之時，也會想盡辦法不表示任何意見，當然也不打算承擔任何責任。換句話說，事情也無從被解決，那麼留下的缺漏，有可能會導致另一次意想不到的禍端。因此，紀昀對官場上的這類人，深感痛惡。

紀昀在故事中提到了唐朝宰相蘇味道。《舊唐書》記載蘇味道常告訴他人：「處事不欲決斷明白，若有錯誤，必貽咎譴，常模稜以持兩端可矣。」意即，處理事情不要弄得過於清楚，否則一旦出錯，就會留下遭受處罰和被譴責的後患，凡事只要模稜兩可就行了。時人

便稱之為「蘇模稜」。「模稜宰相」雖然非常懂得自我保全，但還是有失策之時，唐中宗時期，他就因為依附了武則天的寵臣張易之、張昌宗兩兄弟而遭外貶。

反觀圓滑世故的紀昀，可就有擔當多了。嘉慶七年，紀昀被任命為會試正考官，卻不料在未放榜之前，上榜的名字與試卷的詩句都外洩了。嘉慶皇帝氣得要查洩密之人，一時之間，人人自危。紀昀知道自己是正考官，責無旁貸，但是不知會株連多少人，因此他隔天向皇帝稟告，他自己看到喜歡的句子就隨口吟誦，無意之間便洩漏出去，希望皇帝處罰他一人就好。嘉慶皇帝一聽，反而怒氣全消。紀昀就是把握「必當為者而亦為」，掌握「事機」，一場可能的腥風血雨，就此平息。

歷久彌新說名句

唐太宗與唐高宗也發生了一件坐失事機、留給李唐禍本的事情。《舊唐書・李淳風傳》記載，唐太宗為唐朝三代以後會出現「女主武王」的預言，祕密召見星象大師李淳風，以了解預言的虛實。李淳風向唐太宗說明，女主的星象徵兆已經形成，而且此人也已出生，現在就是唐太宗的眷屬，從現在起不超過三十年，就會擁有天下，並將李唐子孫幾乎殺戮殆盡。

唐太宗聽了之後便想把有嫌疑的人都殺掉，李淳風則表示反對，因為這是天命，有王命者是不會被殺死的，一旦開啟殺戮，只會枉殺很多無辜的生命。唐太宗有身為一代君王的仁慈，所以失去了除掉武氏的機會；繼位的唐高宗也有機會杜絕武氏的興起，但在情感的驅使下，讓削髮為尼的武則天回到宮廷，終究讓李唐轉為武周，李氏子孫遭逢此禍、多受折損。

所謂「機不可失，時不再來」，時機難得，就必須好好把握，一旦放手錯過，就沒有同樣的時空背景、同樣的環境條件去面對了。我們不能保證一定遇到最適合自己的時機，但是至少不要圓滑怕事，因而留下「禍本」，反而危害了個人。

情有所牽，物必抵隙

名句的誕生

鬼不敢答，斯須[1]間，稍稍散去。自是遂絕。此可悟世情[2]狡獪，雖鬼亦然。又可悟情有所牽，物必抵隙。

～卷十三．槐西雜志三

完全讀懂名句

1.斯須：片刻、一會兒。

2.世情：世間的種種狀況。

語譯：鬼魅們不敢回答，不一會兒便逐漸散去了。從此就再沒出現過。從這個故事可以領悟世間人情詭變多詐，即使鬼魅也是一樣。又可以了解，一旦感情有所牽掛，外物一定會乘虛而入。

名句的故事

「抵隙」是一個很有趣的概念，《鬼谷子》上說，縫隙是一種裂痕，是萬物自然離合的現象，又說：「隙始有朕，可抵而塞，可抵而卻，可抵而息，可抵而匿，可抵而得，此謂抵隙之理也。」「朕」是徵兆的意思。當裂痕剛開始出現時，通常會有徵兆，這時應該要設法加以堵塞，讓裂痕變小、不再擴大，使其消失、並從而有所獲，這就是對抗裂痕的方法。

人的感情也會出現縫隙，進而為人、甚至鬼魅所利用。在本篇故事中，廖姓太學生因思念愛妾憂鬱過度，決定暫時到別墅散心。一晚，他聽到附近溪的對岸傳來哀叫聲，遠遠看去，竟是自己的愛妾正受到拷打。廖某又痛又急，聽聞妾哀求道：「我生前仗著您的寵愛，做了許多錯事，如今只有辦超渡法會才能拯救我。」說完就被鬼卒拖走了。廖某對愛妾的依戀很深，因此立刻依言辦了法會。一個多月以後，他竟又看到已死的愛妾被折磨得更加可憐，這次則是哀求一場七天七夜的水陸法會。廖某起了疑心，說道：「你若真是我的侍妾，那你能說出你身上的紅痣在哪嗎？」鬼魅無法回答，片刻後就逐漸散去了。理智讓廖某很快彌補了情感上的裂痕，縫隙一不見，鬼魅也只能知難而退。

《心經》上說，「心無罣礙」，便能「遠離顛倒夢想」，這就是紀昀在本篇故事中所要表達的立場。罣礙會使人心產生縫隙，導致我們容易受外物或外力的影響，因此學習「無所罣礙」，當是人生修習的重要課題之一。

歷久彌新說名句

清朝徐士鑾撰寫的《宋艷》中有一篇小故事跟本名句的情形很接近。主角季元衡要出遠門數日，但是對家中屢屢遭受妻子排擠的小妾，特別掛心。出門幾日後，季元衡總覺得耳邊有人說話，很像是小妾的聲音，但是卻不見人影。季元衡便開口問是怎麼一回事。那個聲音回答說，你才剛剛出門不久，我就被鞭打到受不了，所以上吊自殺了。

季元衡聽了非常難過，便派僕人回家去看看。孰料，僕人返還後告訴他，家中一切平安。季氏一聽，知道是鬼魅假扮小妾來欺騙他。到了傍晚，季元衡便很嚴肅地要求鬼魅們儘快離去。鬼魅就告訴他：「這是因為你不斷有疑心，所以我們才有機會做怪的呀。」作者便評論說：「此可悟情有所牽，物必抵隙。」

凡反間內應，亦必以同類，非其同類，不能投其好而入，伺其隙而抵也

名句的誕生

凡爭產者，必同父之子；凡爭寵者，必同夫之妻；凡爭權者，必同官之士；凡爭利者，必同市之賈[1]。勢近則相礙，相礙則相軋[2]耳。且射雉者媒以雉[3]，不媒以雞鶩；捕鹿者由[4]以鹿，不由以羊豕。凡反間內應，亦必以同類，非其同類，不能投其好而入，伺其隙而抵也。

～卷十五．姑妄聽之一

完全讀懂名句

1. 賈：商販。
2. 軋：音一ㄚˋ，排擠。
3. 媒以雉：拿野雞做誘餌。
4. 由：引誘。

語譯：凡是爭奪家產的，必然是同父所出之子；凡是互爭寵愛的，一定是同侍一夫的妻妾；凡是爭權謀位的，必定是同朝為官的才士；凡是爭搶利益的，肯定是在同個市集裡做買賣的商販。他們所處的地位太相似，便容易彼此妨礙；既然彼此妨礙，就會交互排擠。況且捕野雞的人，總是以野雞做圈套，不會拿雞鴨做圈套；捕鹿的獵人，總是拿鹿來引出其他野鹿，不會以羊或豬來引誘。凡是做反間擔任內賊的，也必然是利用同類，如果並非同類，便無法投其所好以趁虛而入，趁機掌握其缺點來加以利用並完成目標。

名句的故事

本篇旨在提醒世人知人知面不知心，有時最親密的人反而是最可怕的敵人。

故事講述一位特別的狐仙，他住在某戶人家長達數十年，不僅不傷人，還會替主人整理書卷、驅逐蟲鼠。而且他很有學問，若主人舉辦宴會虛席以待，他雖然不會現形，但也會與人交談、應酬，談吐往往令眾人傾倒。一次在宴會席間，眾人為了飲酒作樂，提出以談論自己所害怕的事物來做為遊戲，理由不獨特、沒說服力的都要罰酒。有人怕講道學者，有人怕有錢人，有的怕阿諛奉承的人，每個人都不盡相同。輪到狐仙時，沒想到他卻說：「我怕狐狸。」眾人哄堂大笑，有人調侃道：「人怕狐狸也就算了，你自己和狐狸是同類，有什麼好怕的呢？要罰一大杯酒！」

狐狸於是回答，天下最可怕的莫過於同類，並以爭產的子女、爭寵的妻妾、爭權的官員、爭利的商人為例，說明他們因地位相近，所以才會彼此傾軋。接下來更說出名句「凡反間內應，亦必以同類，非其同類，不能投其好而入，伺其隙而抵也。」指出人往往對親疏關係較遠的人，會有較高的防備心，對身邊親近之人，則比較不設防。一旦身旁親近之人動了惡念，他們很容易就能趁虛而入，也因此同類才最令人畏懼。眾人紛紛點頭贊同，認為狐狸說得十分中肯。唯有一人突然斟滿一杯酒放在狐仙前面，說：「您說的很有道理，但這是天下人都怕的，一點也不獨特，還是要罰一杯！」於是宴席就在歡笑聲中結束了。

對此，飽嘗人間冷暖的紀昀則表示：雖然天底下的所有人都知道同類容易互相傾軋、爭鬥，但要辨別什麼樣的人包藏禍心卻十分困難。「人心隔肚皮」，還是不要太過大意才好。

歷久彌新說名句

同室操戈的故事，從古至今從來沒有停止過。諸如春秋時代在魯國把持朝政的季孫氏，藉口出兵攻打附庸國顓臾，實則怕被魯君與顓臾聯手收回主權，便先下手為強。當時子路和冉求都是季孫氏的幕僚，於是前來請教老師。對此，孔子評論道：「吾恐季孫之憂，不在顓臾，而在蕭牆之內也。」（《論語．季氏》）點出季氏攻打顓臾的用心令人擔憂，恐怕是打算掀起內亂。可見真正的禍亂並非來自外在敵人，而起源自內部。後來所謂的「禍起蕭牆」之說便源自於此。

〈詩經．小雅〉在第一章寫道：「常棣之華，鄂不韡韡（ㄨㄟˇ，光明盛大）。凡今之人，莫如兄弟。」指出在這世間的情分，沒有比兄弟親情更深厚的，就好比棠棣花和花萼般同生共死。但這樣同氣連枝的交情，至今已是非常罕見，歷史上多的是如隋煬帝為順利接下帝位，設計害死親哥哥；即使是唐太宗，也是在殺了兩個親手足後才能登上王位。

在官宦家庭中長大下的紀昀，雖從小就有「神童」美稱，但其實一路走來，也並非平步青雲，而是峰迴路轉好幾回的，以此則故事對比他的為官際遇，也不難想像這是他飽歷人事後的感慨之作。

凡事不可載入行狀，即斷斷不可為

名句的誕生

昔有屬官私其胥魁[1]，百計袒護。余戲語之曰：「吾儕身後，當各有碑誌一篇，使蓋棺論定，撰文者奮筆書曰：『公秉正不阿，於所屬吏役，犯法者一無假借。』人必以為榮，諒君亦以為榮也。又或奮筆書曰：『公平生喜庇吏役，雖受賕骫法[2]，亦一一曲為諱匿。』人必以為辱，諒君亦以為辱也。何此時乃以辱為榮，以榮為辱耶？」先師董文恪[3]曰：「凡事不可載入行狀[4]，即斷斷[5]不可為。」斯言諒[6]矣。

～卷十六．姑妄聽之二

完全讀懂名句

1. 胥魁：吏役的首領。
2. 受賕骫法：指貪贓枉法。賕，音ㄑㄧㄡˊ，賄賂。骫，音ㄨㄟˇ，枉曲。
3. 董文恪：董邦達，字孚存，浙江富陽人，曾為禮部尚書，謚號文恪。
4. 行狀：記述亡者生平概略的文章。行，音ㄒㄧㄥˋ。
5. 斷斷：表示堅決。
6. 諒：信實。

語譯：以前我有個下屬，偏袒自己的吏役首領，總是想方設法地庇護。我對他開玩笑說：「在我們死後，應該都會有篇墓誌銘，論定一生的是非功過。如果撰文者寫道：『先生公正無私，對待自己的屬下吏役，只要有犯法的，皆予以懲治，不因私情而有所寬容。』人們一定會認為這是種榮耀，相信你一定也這麼覺得。但若那人寫道：『先生這輩子喜歡庇護下屬，就算他們貪贓枉法，也會想辦法加以掩飾。』人們一定會認為這是種恥辱，相信你也會如此認定。為何會在這個時候，反把恥辱當作榮耀，把榮耀當作恥辱呢？」我已過逝的老師董文恪曾說：「凡是不該被記載在死後描述自己生平的行狀中的事，都絕對不能做。」這句話說得讓人十分信服。

名句的故事

在這則故事裡，藉由一位狐狸精能不偏袒家奴的故事，點名當時奴僕坐大的歪風，位高權重者應該要有所自覺。

話說一位書生在寺中讀書，偶爾會走到寺中閒置的院落裡小便。一天，正當他這麼做時，突然天外飛來一片瓦片，狠狠擊中了他的背。不一會兒，他聽到屋裡傳來聲音，似乎是有人正在訓斥：「你們能看到人，人看不到你們，你們不自己迴避，怎麼還怪別人，甚至動手打人呢？」書生驚愕之間，又聽到屋裡那人說：「很抱歉我的婢女對您無禮，我馬上就會懲罰她，請先生不要介意。只是這裡的空屋都是我族人居住的地方，先生如要小解，還是請您面向牆壁，不要對著門窗才好，這樣我們雙方就不會再產生衝突了。」

故事中的狐狸既不偏袒自己的婢女，也指出書生行為的失當。紀昀觀察當世的人情世態，不禁感歎這狐狸比人還能約束自己。當時若奴僕或吏役與人發生爭執時沒佔上風，他們的主人或長官總以為是自己的恥辱，紀昀曾有位部屬就是如此，總是庇護屬下，不管下面的人做了什麼都會協助掩飾。他曾經消遣這位部屬，若死後人們要為他撰寫墓誌銘，撰文者評價他秉正不阿，他一定會感到光榮；評價他喜歡包庇下屬，他一定會感到恥辱，為什麼現在竟為了面子上過不去，反而以辱為榮，以榮為辱呢？

名句「凡事不可載入行狀，即斷斷不可為」出自紀昀的老師董文恪之口，紀昀藉此提醒人們約束自己的行為，而位高權重者更應該愛惜羽毛，避免做出留下惡名之事。

歷久彌新說名句

奴僕坐大的情況從古至今屢見不鮮。俗語「宰相奴僕七品官」就是指宰相家奴們藉宰相之名，行仗勢欺人、作威作福之實，勢力之大，猶如官拜七品。

狐假虎威、權勢傾天的，莫過於僅次於「萬歲」，被稱為「九千歲」的宦官魏忠賢。據《明史》記載，東林黨士人楊漣曾上疏，以二十四條大罪彈劾魏忠賢，而素以清廉正直聞名的骨鯁之臣魏大中也進言：「從古君側之奸，非遂能禍人國也。有忠臣不惜其身以告之君，而其君不悟，乃至於不可救。」點出向來君王旁的奸險小人，多半禍國殃民；若有忠臣不惜冒生命危險提出諫言，但君王仍不知悔改，國家終會走向滅亡。可惜熹宗仍聽不進去，反而相信魏忠賢的話，以收賄的罪名將楊漣、魏大中、左光斗等一干臣子逮捕入獄，不少士人也受到牽連，家破人亡。楊漣等人在獄中更遭到嚴刑拷打，死狀極其淒慘。明朝最後亡國，與魏忠賢絕對脫不了關係，但究其原因，也跟熹宗對寵臣不加約束的態度大有關連。

史官記錄歷史重視秉筆直書，如魏忠賢之類的奸臣，即使生前再怎麼作威作福，其所做所為都會被如實載入史冊中，由後人給予褒貶。「凡事不可載入行狀，即斷斷不可為」非常深刻地點出了這個道理，告誡人們凡是蓋棺論定時，會讓自己、子孫蒙羞的事情，千萬不要去做。因為無論怎麼掩飾，惡行都是難以被掩蓋的！

骨非藥物所能換，緣亦非情好所能結

名句的誕生

顧諸方士曰：「爾曾聞炫術鬻[1]財之輩，有一人脫屣羽化[2]者乎？夫修道者須謝絕萬緣，堅持一念，使此心寂寂如死，而後可不死；使此氣綿綿不停，而後可長停。然亦非枯坐事也。仙有仙骨，亦有仙緣，骨非藥物所能換，緣亦非情好所能結。必積功累德，而後列名於仙籍。仙骨以生；仙骨既成，真靈自爾感通，仙緣乃湊。此在爾輩之自度，仙家安有度人法乎？」因索紙大書十六字曰：「內絕世緣，外積陰騭[3]；無怪無奇，是真祕密。」投筆於案，聲如霹靂，已失所在矣。

～卷十七．姑妄聽之三

完全讀懂名句

1. 鬻：賣。
2. 羽化：道教指因得道而飛昇成仙為羽化。
3. 陰騭：陰，暗地裡；騭，安定。兩者合用見於《尚書．洪範》：「惟天下陰騭下民。」意即上天暗地裡安定天下百姓。後引申為默默行善的德行，亦稱為「陰德」。

語譯：又回頭對方士們說：「你們曾聽說過炫耀法術以騙取錢財的人，當中有哪一個人成仙登天了嗎？修道的人必須斷絕紅塵俗世的各種情緣，堅持一個信念，使自己的心沉寂得有如死去了，然後才可以不死；使自己的呼吸綿綿不絕，然後才可以長久停止呼吸。但並不是只靠枯坐就可以達到的。成仙要有仙骨，也要有仙緣，仙骨不是靠服食藥物就可以換得的，仙緣也不是倚靠與仙人通好可以締結的。必須仰賴累積功德，然後名字才能被列入仙冊之中。如此一來，仙骨就生成了；仙骨既已長成，與仙靈可以自然相互感應，仙緣也就和合了。這是都靠你們自己超度自己，我們仙家哪裡有超度別人的法寶呢？」於是道士要了一張紙，寫了十六個大字，大意是：對內要斷絕紅塵俗世的緣分，對外要默默行善累積陰德，不追求奇怪的法術，這才是成仙真正的祕密。道士寫完，將筆往桌上一扔，發出如霹靂一般的聲響，瞬間就消失不見了。

名句的故事

廣東東部有個大商人非常喜愛學仙，家裡養了幾十個方士，雖然開銷不小，但因為常在各種小事上有所應驗，而使商人愈來愈相信他們。有一天，來了個道士，商人與他交談後發現他的話非常玄妙高遠，讓他當場表演法術，也能驅使鬼神、呼風喚雨、點石成金，因此商人對道士簡直是佩服得五體投地，方士們也都自歎不如。後來大家請他談道，道士就對他們說：「我所使用的是法術、不是道，真正的道是虛靜自然的，怎麼會有這些花樣呢？儒、佛兩家中虛偽的東西愈來愈多，我因為與他們路數不同，就不與他們爭辯；但道家的虛偽也一日日增加，所以期望能夠端正視聽。」因此大家恍然大悟，原來自己一直以來誤入歧途，又希望道士能夠超度他們，於是道士說出了名句「骨非藥物所能換，緣亦非情好所能結」，向眾人揭露成仙之祕後，瞬間失去了蹤影。

名句「骨非藥物所能換，緣亦非情好所能結」說明了得道成仙沒有訣竅，完全必須仰賴自身修煉；至於成仙需要具備的仙骨及仙緣，皆建立在累積功德的基礎上，等到自己的功德積蓄足夠，自然將被列入仙人的名冊上，才能生出仙骨、合於仙緣。可見得道或成仙毫無特別之處，都在於「自度」而非他人的「超度」上。

歷久彌新說名句

《閱微草堂筆記》卷十九〈灤陽續錄一〉又提到一個故事，敘述兩個人服藥求神仙，一個服用了十幾年的松脂，一個服用硫黃，結果前者由於松脂黏掛凝結在腸道裡，使得腸道愈來愈窄，最後因無法排便而死；後者的皮膚像受刀子割碎一樣，只有在冰上躺臥才能減輕疼痛。因此紀昀引古詩作結：「服藥求神仙，多為藥所誤」，可見紀昀並不贊成藉著服用丹藥而成仙的修煉方法。

然而，在中國的志怪小說中，因服食仙藥而使疾病痊癒、成仙的記載，卻數量龐大，如《列仙傳》中有個因馬踢而在山中折腳的山圖，遇上了「山中道人」，接受道人建議服食由地黃、當歸、羌活、獨活、苦參所組成的藥散，一年後開始「不嗜食」，而且「病癒身輕」，因此再尋得道士，才知道他是到名山採藥的「五嶽使者」，於是追隨他修道，後來也成為一名仙人。又如《洞仙傳》的昌季入山挑柴，遇上山崩而落於山下，重傷後遇到仙人尹伊賜藥及傳授其妻合藥之方，後來昌季病癒，久服昇仙，妻子也依方合藥、服藥，三年後也成仙。

至於像《閱微草堂筆記》中服用松脂的人，志怪小說早已有之，但並未因此而死，反而長壽成仙。如《神仙傳》裡的趙瞿得了癩病，怕傳染給家中子孫，因此被送到山中丟棄，就在已經絕望之時，趙瞿巧遇「神人」教他服用松子和松柏脂，後來，他不僅康復，還久服長壽、不老，在人間活了三百多歲後成仙而去。

不過，綜合《閱微草堂筆記》的兩則故事來看，紀昀希望人們追求長生成仙的方法，不要只停留在修煉法術及服食丹藥上，最重要的是「自度」——累積功德，修成仙骨、仙緣，以得道成仙。

山川而能語，葬師食無所；肺腑而能語，醫師面如土

名句的誕生

忽舉首見壁上一帖，曰：「公衰運將臨，故吾輩得相擾。昨公捐金九百，建育嬰堂，德感明神，又增福澤，故吾輩舉族而去。術士行法適值其時，據以為功，深為忝竊[1]。賜以觴豆[2]，為稍障羞顏，庶幾或可；若有所酬贈，則小人太僥倖矣。」字徑寸餘，墨痕猶濕，術士慚沮，竟噤[3]不敢言。梁簡文帝[4]〈與湘東王書〉引諺曰：「山川而能語，葬師[5]食無所；肺腑而能語，醫師面如土。」此二事者，可謂鬼魅能語矣，術士其知之。

～卷十七．姑妄聽之三

完全讀懂名句

1. 忝竊：忝，自稱的謙詞。忝竊，對自己因幸運而擁有的名利或地位感到難以勝任的謙辭，也就是，因為僥倖而非常不好意思地得到了不該得的名利或地位。
2. 觴豆：觴，酒器；豆，古代盛食品的器皿。觴豆即為酒杯與食器，這裡引申為酒肉。
3. 噤：閉嘴不發出聲音。
4. 梁簡文帝：即蕭綱，南朝梁武帝第三子，昭明太子弟，卒諡簡文。工詩文，辭藻綺豔，當時稱其詩為宮體。
5. 葬師：風水先生。

語譯：忽然抬頭看見牆上貼了張書柬，上面寫道：「您衰敗的命運將要來臨，所以我們

可以來驚擾您。不過，昨天您捐獻了九百兩銀子建育嬰堂，您的德行感動了神明，又為您增加了福澤，所以我們全族都遷走了。術士做法事正好趕上這個時機，將這個功勞佔為己有，那實在不是他該得到的名利啊。您賞賜他一些酒肉，稍微為他遮遮羞，讓他不那麼羞愧，還說得過去。如果還要給他酬謝贈禮，那這種小人也太僥倖了吧。」那封書柬上的字有一寸多大，墨跡還是濕的。術士感到慚愧沮喪，到最後都閉著嘴巴不敢說話。梁簡文帝〈與湘東王書〉引用俗語說：「如果山川能說話，那麼風水先生的衣食就沒有著落；如果人的肺腑能說話，那麼醫生就會面色如土。」上述兩件事，可以說是鬼魅能說話了，術士應該知所警惕。

名句的故事

邊秋崖說了兩則故事，都可以說是鬼魅開口說話了，如此一來反而揭穿了術士以驅妖捉怪騙取財物的詭計。第一則是有個作官的人晚上到書房去，看見書桌上有個人頭，認為這是個凶兆，他急忙找來當地一位道士，要他占卜吉凶；道士說：「這的確是個大凶的兆頭啊！不過您如果可以花個小錢、做個法事，就可以逢凶化吉啦！錢不需多，一百多兩銀子就夠了。」就在此時，作官之人聽到從窗外傳來了鬼魂的聲音：「我不幸被斬首，幽魂沒有頭無法轉生，所以我時刻提著自己的頭。剛才見您書桌平整，於是暫時把頭放上，沒想到您竟然回來了。為了躲避，倉促之間忘了取走，這是我的疏忽所造成的，根本不是什麼凶兆，與禍福也毫無關係。您可別聽信道士的胡言亂語。」道士於是沮喪地離開了。

第二個故事也是個發生在官宦人家內的事。這個官宦人家有狐狸精作祟，請來了術士驅逐，卻沒有絲毫效果；於是術士請來師父，師父剛登壇便聽到樓上狐狸精們互相招呼，鬧哄哄地全搬走了。官宦人家非常感謝師父，師父也洋洋得意，忽然，他們看見牆壁上貼了一張剛寫好、墨跡未乾的書柬，上面寫著：「我們來到你家，是因為你將走向衰敗的命運；但你昨天捐獻了九百兩銀子建育嬰堂，神明為你增加了福澤，所以我們全都遷走了。術士做法事只是剛好趕上了這個時機，便以為那是自己的功勞。」令道士愧不敢言。

名句「山川而能語，葬師食無所；肺腑而能語，醫師面如土」出自於諺語，說明「鬼魅而能語」，大概術士也「食無所」、「面如土」吧！由鬼魂戳穿術士謊言的故事，反過來說明名句中提到的風水師父、醫生也常常欺騙無知百姓，畢竟判斷錯誤或胡說八道時，山川、五臟六腑、鬼魅也不會真正開口糾正。

歷久彌新說名句

中國的第一個皇帝秦始皇想要往東方海上仙山求取長生不死藥，但第一次派著名方士徐福入海求仙藥時，花費了巨額錢財卻未獲得仙藥；秦始皇第二次至琅邪，徐福謊稱由於東海有鮫魚，因此無法靠近，要秦始皇派遣善射者一同前往，秦始皇因為自己夢見與海神交戰，而占夢的博士又說了對徐福有利的話，秦始皇便相信了徐福的謊言，派徐福率童男童女三千人和百工、巧匠、技師、武士，攜帶「五穀子種」出海，並配備了強弩射手，尋找長生不老之藥。然而，徐福出海並沒有帶回長生不死之藥，反而一去不復返。

新垣平是漢文帝時期的一個術士，他自稱能望氣，說長安東北有五彩神氣，文帝相信了，於是在渭河邊修了五帝廟用以祭五帝；新垣平又叫人在玉杯上刻上「人主延壽」四個字，並謊稱宮外有人來獻杯，且準確地預言當天將日正當中兩次，因此漢文帝對他深信不疑。後來有人上書告發新垣平詐騙，漢文帝因此痛恨方士，最後新垣平將欺騙皇帝的經過說出，被滅門三族。

如果「山川而能語」，徐福說因東海鮫魚而無法靠近仙山的謊言便行不通了，新垣平所稱的望氣神術也就無法欺騙漢文帝了，可見術士與「山川而能語，葬師食無所；肺腑而能語，醫師面如土」中的葬師、醫師一樣，同樣都屬於善用說話技巧欺騙他人之人。

君棄其結髮而昵我，此豈可託終身者乎？

名句的誕生

相傳有狎一妓者，相愛甚。然欲為脫籍[1]，則拒不從，許以別宅自居，禮數如嫡[2]，拒益力。怪詰其故，喟然[3]曰：「君棄其結髮[4]而昵我，此豈可託終身者乎？」與此鬼之言，可云所見略同矣。

～卷十七．姑妄聽之三

完全讀懂名句

1. 脫籍：古代官妓的名字會被登記於簿冊上，脫籍指把名字註銷，還其自由身。
2. 嫡：指正妻。
3. 喟然：歎氣的樣子。
4. 結髮：古代洞房之夜，新人會各剪下一綹頭髮並纏在一起，以示永結同心。在此結髮即指髮妻、元配夫人。

語譯：相傳某人喜歡一個妓女，兩人非常相愛，但這人要為妓女贖身，她卻不肯答應；這人答應給妓女另找一處房子獨自居住，並按照元配的禮數對待她，她拒絕得更加堅決。這人感到奇怪，問她原因，妓女長歎一聲說道：「你拋棄自己的正妻來喜歡我，這樣的人怎麼可以託付終身呢？」這妓女的話和上面那個鬼所說的，可說是見解大致相同了。

名句的故事

這篇包含兩則故事：一是有關弟弟打算謀奪哥哥財產的故事，第二則是某人要為妓女贖身並依照元配之禮對待她之事，這兩個故事有個共同點：看人如何對待他人，就大概可以知道他將如何對待自己。

第一個故事是這樣的：弟弟打算謀奪哥哥財產，於是找了個訟師到房內密會，設計好周全的圈套及辦法，最後訟師問弟弟：「你要如何答謝我？」弟弟回答：「我們情同兄弟，絕不忘記你的大恩大德。」此時，忽然從桌下跳出一個鬼，說：「他把你看作兄弟，你可就危險了。」兩人被嚇昏，驚動家人，陰謀因而敗露。

第二個故事則是某人很喜歡一個妓女，打算為她贖身，更答應要給妓女另找房子獨自居住，並按照元配的禮數對待她，卻遭她堅定地拒絕。妓女的理由即為名句：「君棄其結髮而昵我，此豈可託終身者乎？」——你連自己的正妻都會拋棄，那麼你說要以正妻的禮來對待我，又怎麼可以相信呢？

名句「君棄其結髮而昵我，此豈可託終身者乎？」雖然是針對第二則故事及妓女的身份而說，但其實道理是放諸四海皆準的：我們觀察一個人，不只要看他對自己說什麼，更重要的是他怎麼對待他的家人、朋友、身邊的人，這樣才能真正了解一個人——他怎麼對他的家人朋友好，就將怎麼對自己好；他怎麼算計陷害家人朋友，將來他可能同樣對待自己。

歷久彌新說名句

本篇名句出自故事中的妓女之口，可說是總結千古以來娼妓的不幸遭遇而說出的真理。宋代劉斧的《青瑣高議》中有一篇傳奇〈陳叔文〉，敘述男主角陳叔文「家至窘窶」，常在娼妓崔蘭英家閒坐，為了蘭英的金錢資助，騙她無妻而同意娶她；回家後又欺騙自己的妻子，說自己要單身赴任，以便另娶蘭英。後來陳叔文怕事機敗漏，因兩個女人引起獄訟，又捨不得娼妓崔蘭英的錢財，於是使計除去蘭英，將她推入水中，以永絕後患。宋傳奇中的崔蘭英是在被欺瞞的情況下嫁給陳叔文，不知若她有選擇的權力時，是否仍會選擇相信陳叔文——他是為了愛情才拋下自己的妻子與她在一起嗎？

《閱微草堂筆記》中的妓女不敢傻傻地相信愛情的永不變調，於是選擇從一個人的行為看清他的本性，只要這個人的本性良好，對待他的家人、朋友、身邊的人都出自真心，也將真心真意地對待自己。

馮夢龍《醒世恆言》中有一篇〈賣油郎獨佔花魁〉，就是強調男主角秦重因為真誠、不求回報地付出，最後終於感動了女主角。這部小說的取材與主角與以往的才子佳人、帝王將相、英雄紅粉全然不同，秦重是個小販，女主角是妓女，地位都不高，但女主角是花魁娘子，來往的都是王公巨富，所以相較之下秦重稍微低下；且秦重對花魁娘子的心意虔誠，將她當神一樣地呵護。最後花魁娘子由於秦重的真情得到了幸福，這與「君棄其結髮而昵我，此豈可託終身者乎？」恰好相反。

現身說法，言之者無罪，聞之者足以戒

名句的誕生

又問：「爾將來奈何？」曰：「亡夫昔隨某官在外，娶婦生一子，今長成矣。吾訟侄與婿時，官以為既有此子，當養嫡母，不養則律當重誅。已移牒[1]拘喚，但不知何日至耳。」婦爽然[2]若失。自是所為遂漸改。此親戚族黨，唇焦舌敝不能爭者，而此嫗以數言回其意。現身說法，言之者無罪，聞之者足以戒耳。觸龍之於趙太后[3]，蓋用此術矣。

～卷十七．姑妄聽之三

完全讀懂名句

1. 移牒：以正式公文通知平行機關。
2. 爽然：失意茫然的樣子。
3. 觸龍之於趙太后：此事典出《戰國策．趙太后新用事》。觸龍，舊本作觸讋（ㄓㄜˊ，馬王堆帛書作「觸龍」），為戰國時趙國的老臣。當時趙孝王新立，太后掌權，卻遭遇秦國猛攻，只能求救於齊。齊國藉機要求以趙太后疼愛的幼子長安君做為人質，太后不肯。經過觸龍的諷諫，太后才答應，使齊國出兵救趙。

語譯：婦人又問：「你將來要怎麼辦呢？」老奶媽回答：「我死去的丈夫過去曾因追隨某位官員離家在外，並娶了一名婦人為妾，生下一子，如今這個孩子已長大成人。我到官府狀告侄子和女婿時，官府認為既然有這個庶出之子，他應該奉養我這個嫡母，要是不肯，可以按照法律懲罰。官府已經發出正式公文傳喚他，但不知他哪一天才會到。」婦人聽了若有所失，之後嫉恨庶子的行為因而漸漸改變。這樣的事是親戚族人費盡唇舌都不能辯明的，這老奶媽卻只用了幾句話就使她回心轉意。舉自己當例子來說明道理，說的人沒有罪過，聽的人足以用來警戒自己。觸龍說服趙太后，用的就是這樣的方法。

名句的故事

紀昀的某位女性親戚沒有兒子，卻嫉妒自己的庶子，侄子和女婿結為私黨勾結起來，從中加以挑撥離間、造謠中傷，親戚族人說盡了道理都無法令她醒悟。她八十多歲的老奶媽聽說後，便爬著來拜見婦人，然後哭訴起自己的遭遇：

老奶媽的侄子及女婿從前對她就像自己的母親一樣，但把她的錢財騙光後，現在連向他們要一碗飯都要不到了，就連她的女兒也對此無可奈何。官府也說娘家的侄子、出嫁後的女兒都是異姓之人，他們不收養她，官府也不能為她作主。但是，老奶媽丈夫生前曾與妾生過一個兒子，所以官府為她傳喚丈夫生前妾所生的兒子，告訴這個兒子：依照法律，他應該撫養這個嫡母，否則將會被嚴懲。

老奶媽以前很怨恨丈夫跟小妾生子，沒想到老來孤苦無依之時，小妾之子卻成了他賴以維生的依靠。紀昀的女性親戚聽了之後，對庶子的態度就漸漸改變了。

因此，紀昀說：親戚族人說盡道理都無法令婦人醒悟，老奶媽只用幾句話就令她回心轉意，這是因為老奶媽「現身說法，言之者無罪，聞之者足以戒」——以自己的親身經歷作為例子，說的人沒有錯，聽的人足以警醒過來。這個「現身說法」的方法，與《戰國策》中所載「觸讋（龍）說趙太后」所用的方法一樣。

《戰國策》中所載「觸讋（龍）說趙太后」一文，趙太后疼愛自己的幼子長安君，面對國家危難仍捨不得讓長安君去作人質，大臣們勸說無效，直到觸讋出馬。觸讋先擺出弱者姿態，卸下太后的防備之心，再從自己的么子說起，引起太后的談話興趣，一方面成功轉移焦點，鬆懈警戒之心；另一方面由疼憐幼子的共同點出發，使太后以觸讋為同一立場之人。接著，觸讋仍不從正面說理，以旁敲側擊的方式說出什麼才是對孩子真正的愛，當太后已經承認觸讋的論點，認同真正愛護子女，應該要為他們計慮深遠時，觸讋的目的便已達到了。

歷久彌新說名句

本篇提到：「孔子有言：諫有五」，《後漢書．李雲傳》說：「禮有五諫，諷為上。」唐．李賢注：「五諫謂諷諫、順諫、闚諫、指諫、陷諫也。諷諫者，知患禍之萌而諷告也。順諫者，出辭遜順，不逆君心也。闚諫者，視君顏色而諫也。指諫者，質指其事而諫也。陷諫者，言國之害忘生為君（為了國君，忘記自己的生命安全）也。」並稱出自《大戴禮》。其中，紀昀與前人皆認為「諷諫」是最好的方法，因為當面直言過失難免讓人覺得難堪，更何況是地位尊貴的長輩或國君，更是難以接受，因此「諷諫」可以顧及他人顏面，若是針對國君，還可保自己免於遭禍，且效果比「指諫」、「陷諫」更加顯著。

至於名句「現身說法，言之者無罪，聞之者足以戒」中的「現身說法」原出自《妙法蓮華經．觀世音菩薩普門品》，指的是觀世音菩薩因眾生的不同因緣，化現各種適當的身分，用來教導眾生；後來比喻以親身經歷為例證，勸導別人。維摩詰居士就是一個很好的例子，他是佛陀的在家弟子，精通大乘佛教義理，雖身在俗塵，且家境富有、婢僕成群、生活豪華，但經常出入青樓酒肆、尋常百姓之家；其實維摩詰居士是由自己現身說法，告訴所有人如何精進大乘佛道，因此不論維摩詰居士現出家相，還是在家相，出入什麼地方，都是為教化眾生而行的方便相。

矯枉過直，顧此失彼，本造福而反造孽，本弭事而反釀事

名句的誕生

救舊不救新者，舊官已去，有所未了，羈留[1]之恐不能償；新官方來，有所委卸，強抑之尚可以辦，其新官之能堪[2]與否，則非所計也。是皆以君子之心，行忠厚長者之事，非有所求取，巧為舞文[3]，亦非有所恩仇，私相報復。然人情百態事變萬端，原不能執一而論。苟堅持此例，則矯枉過直，顧此失彼。本造福而反造孽，本弭事而反釀事，亦往往有之。今日所鞫[4]，即以此貽禍者。

～卷十八．姑妄聽之四

完全讀懂名句

1. 羈留：拘禁、看守。
2. 堪：勝任。
3. 舞文：即「舞文弄法」，玩弄文字遊戲，擾亂法紀條文。
4. 鞫：音ㄐㄩˊ，審判、訊問。

語譯：救舊不救新的意思，指的是原本的官員已經離任，若還有案件未結，即使把扣留他不讓他走，恐怕也無法賠償；新的官員剛到，若推託不作前任官員未完成的案件，向他施壓強迫他執行，還是可以辦到的。至於新官是否能夠勝任，並不在考量之中。這些原本是出自君子心腸，德行忠厚的長者應做之事，並不是企圖得到什麼好處，故意巧妙地鑽營法律的漏洞，也不是因為自己有什麼個人恩怨，以公報私。然而人情世態，變化多端，本來就不能一概而論。倘若堅持這些舊例，就可能矯正

過度，顧了這個卻忽略了另一個。本是為了替人造福，反而造孽；本是為了平息事端，反而釀成禍事，這樣的情況也經常發生。今天審問的這些人，就是因為這樣而成禍害的。

名句的故事

宋清遠說自己學作幕僚時，聽朋友說起一個夢：那人見到幾十個士大夫模樣的人不斷地被閻王審問斥責，且皆面露慚愧、十分悔恨。剛好，他見到其中一個吏員有點面善，便趨前問候。兩人互相打了招呼後，那人順勢提出疑問：「那些是什麼人，這又是怎麼一回事呢？為什麼都會是那副慚愧的表情？」那人說：「你不也在學作幕僚嗎？應該有認識的人吧！」宋清遠說：「我只在一旁學習如何做個幕僚，從來沒進過官衙裡頭。」那人說：「那你是真的不懂囉！那些士大夫就是所謂的『四救先生』。」宋清遠聽後，仍不懂何謂「四救先生」，因此那人繼續說道：所謂「四救先生」，就是遵守「四救」原則行事的幕僚；而所謂「四救」、「四不救」就是「救生不救死」、「救官不救民」、「救大不救小」、「救舊不救新」。

「救生不救死」是想辦法讓活的人免罪，反正死的人已經死了，救不回來了，那麼殺了活著的人也無濟於事，因此「救生不救死」，至於死的是否含冤莫白也不去管他。「救官不救民」則是當人民有冤屈向上級官員上訴時，為了避免原先審判的官員因此遭禍，於是讓上訴人的冤屈無法伸張。「救大不救小」的意思是地位高的官員如果遭到懲處，牽連將會愈大，如果罪過落在地位較低的官員身上，比較容易結案，於是小官是否應該定罪就不需在意了。「救舊不救新」是原來的官員已經離任，未結的案子就交給新的官員，不必理會新官是否能承受。

吏員說：幕僚的「四救」、「四不救」，他們認為是出於君子心腸，做忠厚長者該做的事，完全不曾為了得到什麼好處，也不是為了個人恩怨報仇，然而天下之事原本就不能固執已見、墨守成規，如果堅持「四救」原則、不知變通，難免有些「矯枉過直，顧此失彼，本造福而反造孽，本弭事而反釀事」的情況發生。

這些不斷被閻王審問斥責的士大夫們正是因堅持「四救」原則而造成大禍之人，宋清遠想知道他們的下場如何，吏員說：「種瓜得瓜，種豆得豆」，未來投生後，將遇上「四救」先生，而他們將被列入「四不救」之人。宋清遠聽完隨即清醒，或許這是神明利用夢境警醒宋清遠：以後作幕僚不可如此。

歷久彌新說名句

名句「矯枉過直，顧此失彼，本造福而反造孽，本弭事而反釀事」可以分成幾個部分說明：「矯枉過直」，典故出自漢代袁康《越絕書．篇敘外傳記》：「子之復仇，臣之討賊，至誠感天，矯枉過直，乳狗哺虎，不計禍福。」——說的是伍子胥的做法超出常理，原本兒子為父親復仇，臣子討伐逆賊，本來是發自至誠之舉，但是伍子胥的做法已經反而不合乎中庸之道了。因此「矯枉過直」指的是糾正偏差超過適切程度，反而不符合中庸之道；後來常見的成語「矯枉過正」就是由「矯枉過直」演變而出。

「顧此失彼」語出《隋書．薛道衡列傳》，原作「守此失彼」。隋文帝年間，宰相高熲在出兵伐陳前，問薛道衡此次征戰是否能成功，薛道衡舉出了四個理由，說明此戰必勝。第四個理由是薛道衡認為隋朝因行王道而強大，陳朝則因無德而顯得弱小；且陳的軍隊不超過十萬人，若分散軍隊防守全部領土，則力量單薄，若全部聚集，則會防守住這裡，卻失去了其他的地方。後來「顧此失彼」這句成語就由此演變出來，指做事時不能全面兼顧。

人莫躓於山，而躓於垤

名句的誕生

《淮南子》[1]引堯誡曰：「戰戰慄慄，日慎一日；人莫躓[2]於山，而躓於垤[3]。」《左傳》曰：「蜂蠆[4]有毒。」信夫！

～卷十八．姑妄聽之四

完全讀懂名句

1. 淮南子：西漢淮南王劉安召集門下幕僚編寫而成的著作，共有二十一卷。內容以道家思想為主，但也汲取了先秦各家學說之長。
2. 躓，音ㄓˋ，跌倒。《淮南子．人間訓》作「人莫蹪於山，而蹪於垤」，與本篇有些微差別。蹪，音ㄊㄨㄟˊ，同樣是跌倒之意。
3. 垤：音ㄉㄧㄝˊ，堆在螞蟻窩穴口的小土堆。
4. 蠆：音ㄔㄞˋ，蠍子一類的毒蟲。

語譯：《淮南子》引用唐堯告誡人們的話：「人應該時時刻刻戰戰兢兢，一天比一天謹慎。因為人往往不是跌倒在高山上，而是跌倒在螞蟻洞口的小土堆上。」《左傳》說：「蠍子一類的毒蟲雖然小，卻也是有毒的。」的確是如此啊。

名句的故事

王某很擅長拳腳功夫，一晚他經過一片墓地，見到十幾個四、五歲的小孩在路上遊戲，王某喝叱他們讓開，他們好像沒有聽見似的，於是王某生氣了，出手打了其中一個小孩一巴掌，小孩們紛紛痛罵他，吵鬧不休。王某更生氣了，又用腳踢小孩。這時，小孩們蜂擁而上，各自拿著磚頭瓦片追打他，動作快又敏捷，王某抓不到也躲不掉，最後竟然被撞倒在地上，全身遍體鱗傷。第二天王某被人發現抬回家裡，他的兩隻腳全是青紫，在床上躺了半個月才能起來。原來，那些小孩是狐狸精。

以王某擅長拳腳功夫的能力及力氣，平常對付幾十個壯漢都綽綽有餘，遇到這些小狐狸精反而輸得一敗塗地。因此紀昀引用《淮南子》中唐堯告誡人們的話「戰戰慄慄，日慎一日；人莫躓於山，而躓於垤」——人應該戒慎恐懼，一天比一天更謹慎小心。因為人往往不是跌倒在高山上，而是跌倒在螞蟻洞口的小土堆上。

歷久彌新說名句

螞蟻比起蠍子、蜈蚣要小得多，但白蟻是世界公認的五大害蟲之一，以各種纖維物質為食，危害建築物、農林、水利、交通等各項領域，因為牠的破壞通常深入物體內部，而表面通常完好，因此發現時往往相當嚴重。又如火蟻，原分布於南美洲巴西、巴拉圭、阿根廷一帶，在二十世紀初入侵美國南方，由於火蟻會食用農作物的種子、果實、幼芽、嫩莖與根，影響農作物的成長與收成，因此造成經濟上極大損失。

可見，《左傳》說：「蜂蠆有毒」，這句話一點也沒錯；更可知，唐堯告誡：「戰戰慄慄，日慎一日；人莫躓於山，而躓於垤。」的確掌握了人們對於日常小事容易卸下防備的弱點。現代人往往認為家是最安全的地方，可是幼兒的安全殺手也是在住家內。這主要是由於父母帶孩童外出時，一定會特別注意孩子的安全衛生，可是回到家中，就容易卸下防備。家中其實潛藏了許多危機，如剪刀等尖銳物品、鈕扣等容易誤食的小東西等。根據統計，這些日常生活隨處可見的事物，正是幼兒最容易發生危險事故的主因。這何嘗不是人們掉以輕心所導致的，因此為人父母者也該提醒自己「戰戰慄慄，日慎一日；人莫躓於山，而躓於垤」。

以智勇之略，敗於意外者，其數在天，不得而尤人；以駑下之才，敗於勝己者，其過在己，亦不得而尤人

名句的誕生

余謂兩軍相敵，各為其主，此勝彼敗，勢不並存。此以公義殺人，非以私恨殺人也。其間以智勇之略，敗於意外者，其數在天，不得而尤人。以駑下[1]之才，敗於勝己者，其過在己，亦不得而尤人。張睢陽[2]厲鬼殺賊，以社稷安危，爭是一郡，是為君國而然，非為一己而然也。使功成事定之後，歿於戰陣者皆挾以為仇，則古來名將，無不為鬼所殛[3]矣，有是理乎？

～卷十九．灤陽續錄一

完全讀懂名句

1. 駑下：愚鈍低淺。

2. 張睢陽：即張巡，唐代南陽人。安祿山父子造反，張巡與許遠死守睢陽城，苦撐數月至彈盡援絕。睢陽城被攻陷後，仍然痛罵反賊，寧死不屈。

3. 殛：殺死。

語譯：我以為，雙方軍隊互相敵對作戰，都是為了自己主公而戰，有勝有敗，勢不兩立。這是為了國家的公義殺人，不是為了私人的恩怨殺人。有的人智勇雙全卻意外落敗，這是天意，怨不得別人。有的人才能低下，敗給能力高於自己的人，問題出在自己，也怨不得別人。張巡聲稱死後將變成惡鬼來殺敵人，因為國家的安危而爭奪睢陽這一個郡縣，出發點是為了國家和君王，而不是為了自己。假如大功告成後，死在戰場上的人都挾怨報仇，那自

古以來的著名將領，都會被怨鬼給殺了，有這樣的道理嗎？

名句的故事

在呂城旁有條河，岸邊各有一座廟，一是祭祀郭子儀的，另一座是祭祀袁紹的部將顏良。顏良廟很靈驗，但在它周圍十五里內不能有關帝廟，否則必有禍患。有一個縣令不相信，在顏良廟舉行廟會時，故意搬演三國雜劇，結果狂風驟起，把棚子上的茅草捲到半空中又落下，砸死了人。廟周圍的十五里內，還流行起大瘟疫，人畜死亡眾多，連縣令自己也大病一場。

紀昀聽聞此事，認為將士都是為了自己的主君而戰，不論勝負，都是為了公義而殺人，不是為了私仇；不論是敗在不如自己的人，或敗在勝過自己的人手中，都怨不了別人——由此而有名句「以智勇之略，敗於意外者，其數在天，不得而尤人；以駑下之才，敗於勝己者，其過在己，亦不得而尤人」。

紀昀更以張巡為例，指出他雖然聲稱死後將化為厲鬼殺敵，但這是出於為國為民的一片赤膽忠心。如果死在戰場上的刀下亡魂都挾私怨報復，驍勇善戰的將領因此全被鬼索了命去，豈不是很可笑嗎？根據道理來看，這絕不可能，故這很可能是山妖或水怪藉著顏良的名字來作怪。

事實上，這種情況不是第一次發生。晉人劉敬叔在《異苑》中曾提及袁雙廟，在廟還沒建時，袁雙就先顯靈要求建廟；還沒完工，便鬧起虎災；建好了廟，各種災害就停止了。有一年祭祀完畢，居民在廟後見到一個人頭鱷魚身，且滿身酒氣的怪物，才知道袁雙可能就是這個水怪假扮的。

歷久彌新說名句

紀昀談論這個道理時，舉了唐代張巡作為例子：

安史之亂發生後，張巡身為節度使幫助睢陽郡太守許遠共同守城，張巡等人以寡敵眾，敗人都變成厲鬼來殺人，那自古以來的著名將領，都會被怨鬼給殺了，有這樣的道理嗎？

卻因糧食缺乏而兵力漸衰，命南霽雲衝出重圍向賀蘭進明求救，但賀蘭進明見死不救，南霽雲只好自斷其指，回去報告，眾人都流下淚來。由於糧食不足，士兵不斷餓死、病死，最後連天上飛鳥、地下老鼠、甚至戰馬都已吃光，張巡愛妾犧牲自己讓士兵食用，還有史傳、筆記還說：全城被食人口達二三萬人、城中婦人老人相食殆盡，於是張巡、許遠及其部將都陸續為國犧牲性命。就在死前，張巡還朝西面拜了拜說：「我們已經盡力了，仍不能保全睢陽城，我活著無法報答陛下厚恩，死後當化為厲鬼繼續殺敵！」

張巡雖然智勇雙全卻失敗了，但這是天意，怨不得別人；張巡由於自己的兵將太少、守城糧食不足，自己人又不願伸出援手，問題皆出在自己人，也怨不得別人——名句「以智勇之略，敗於意外者，其數在天，不得而尤人；以駑下之才，敗於勝己者，其過在己，亦不得而尤人。」因此雖然張巡聲稱自己死後將變成惡鬼來殺敵，是為了國家社稷。但如果戰

古人嫌隙，多起於俳諧。不如並此無之，更全交之道耳

名句的誕生

蔣文恪[1]公時為總裁，見之曰：「諸君子跌宕風流[2]，自是佳話。然古人嫌隙[3]，多起於俳諧[4]。不如並此無之，更全交之道耳。」皆深佩其言，蓋老成[5]之所見遠矣。錄之以志少年綺語[6]之過，後來英俊[7]，慎勿效焉。

～卷二十．灤陽續錄二

完全讀懂名句

1. 蔣文恪：即蔣溥，清雍正年間進士，曾任禮部尚書、內閣大學士，謚文恪。
2. 跌宕風流：形容詩句的音節抑揚頓挫，內容秀美風雅。
3. 嫌隙：指因猜疑、不滿而產生的仇恨。
4. 俳諧：詼諧、打趣，這裡指玩笑話。
5. 老成：閱歷多而顯得老練穩重的人。
6. 綺語：文飾、修飾語較多的文句。
7. 英俊：在此指傑出的人才，現今多用來形容人相貌出眾。

語譯：蔣文恪先生是這次會試的總裁官，看了大家的詩句後說：「諸位君子作畫題詩，相當風雅別致，自是一段佳話。不過古代文士之間產生嫌隙，大都起於開玩笑。不如連這些舉動都免掉，來保持彼此的良好的友誼。」大家都很佩服這個說法，練達世事的人，眼光還是比較深遠。把我年輕時玩弄詞藻的過失記錄在這裡，以後的青年才俊，千萬不要學這一套。

名句的故事

在本篇故事，紀昀談到科舉考試時每位考官錄取名額有一定數量，又因標準不一，常有將自己房中優秀試卷撥入別的考官房中的情況，且考官試房中被錄取的考生將為自己的門生，為此，必須大家皆有認知：科場是為國家選拔人才的地方，不是為考官選取門生之處，才能毫無嫌隙。因此，有的考官房中錄取的名額少，有的考官錄取的名額多。

乾隆二十五年會試，身為當時考官之一的錢籜石（錢載）用藍筆畫了牡丹，送給所有考官同事，而紀昀與其他考官紛紛在畫上題詩唱和，以植花、花的情態等比喻各考官錄取試卷的情形，如當時顧晴沙（顧光旭）撥出的卷子最多，紀昀便題「好是豔陽三四月，餘香風送到鄰家」；朱石君（朱珪）當時被撥入的卷子最多，紀昀題了「何須問是誰家種，到手相看便有情」，朱也不以為忤，和了「心似維摩老居士，天花來去不關情」等句。大家都拋開身份地位，用題畫詩開開無傷大雅的玩笑，互相取樂。

當時的會試總裁官蔣溥看了大家的詩後，有感而發：「各位的詩縱橫風流，也算是文壇佳話，不過古代文人彼此之所以產生嫌隙，多半起於玩笑。各位不如免去這樣的舉動，以維持良好的友誼啊！」紀昀對這種看法非常敬佩，但還是將這些風流詩句記錄下來，用來提醒後輩千萬不要學他們這一套。

名句「古人嫌隙，多起於俳諧。不如並此無之，更全交之道耳」，說的是朋友之間的相處之道。朋友之間因開玩笑而反目的，《世說新語》已多有描述，尤其東晉南朝以後，隨着江東文士數量增多，地位提升，江東文士又多看不起江北士人，因此有許多士大夫彼此以姓名籍貫戲謔嘲罵的故事，雖然《世說新語》往往以為文士韻事，但其實不乏因此結怨，相互傾軋，敗壞政風。因此才說「不如並此無之，更全交之道耳」。

歷久彌新說名句

善於開玩笑的人往往讓人覺得幽默、風趣，能緩和氣氛，令眾人開心，但也有人因玩笑話而使得朋友翻臉，除了聽玩笑話的人要學習聽聽就罷、不必認真的心態外，說玩笑話的人也得把握分寸：比如說朋友之間不要揭人短處，不要貶低對方、指桑罵槐，不要涉及隱私，不要把對方逼入絕境，不要開重複的玩笑，不要幸災樂禍。這樣才能維持開玩笑的本意及善意。

善於開玩笑的人往往讓人覺得幽默、風趣，能緩和氣氛，令眾人開心，但也有人因玩笑話而使得朋友翻臉，除了聽玩笑話的人要學習聽聽就罷、不必認真的心態外，說玩笑話的人也得把握分寸：比如說朋友之間不要揭人短處，不要貶低對方、指桑罵槐，不要涉及隱私，不要把對方逼入絕境，不要開重複的玩笑，不要幸災樂禍。這樣才能維持開玩笑的本意及善意。

如宋代筆記《邵氏聞見錄》中，記載了一則蘇軾與學生秦觀互相開對方玩笑之事：一天，秦觀對蘇軾說：「君子多乎哉。」這句話原出自《論語》，指的是孔子從小家境貧寒，所以學會了很多技能；秦觀取其諧音（用「乎」諧音「鬍」），意即君子的鬍鬚都是很多的——笑蘇軾的鬍鬚稀疏。而秦觀的鬍子很茂盛，於是蘇軾回曰：「小人樊須也。」這也是出自《論語》，樊須是孔子的學生，要向孔子學習種田，孔子認為執政者要能大事著眼，不應執著於具體小事，因此批評樊須是小人；蘇軾也取其諧音（用「樊須」諧音「繁鬚」）——小人鬍鬚多。兩人學識廣博、才思敏捷，雖然是一種拿對方相貌開玩笑的文字遊戲，但也是一種雅趣。

明代馮夢龍《警世通言．王安石三難蘇學士》記有一則蘇軾、王安石之間的趣事。蘇東坡曾有一次看到王安石兩句未完的詩稿，詩題是〈詠菊〉：「西風昨夜過園林，吹落黃花滿地金。」他心想，西風為秋天，菊花亦開於深秋，最能耐久，並不會被吹落花瓣，所以「吹落黃花滿地金」豈不是錯了？於是蘇東坡依韻續詩二句：「秋花不比春花落，說與詩人仔細吟。」自以為聰明地點出王安石詩句的錯誤。

後來神宗聽信王安石的密奏，將蘇東坡貶謫到黃州。隔年重陽節後，見到後院的菊花被連日大風吹得滿地鋪金，蘇東坡目瞪口呆，這才驚覺王安石寫的詩是對的！大歎：「此老左遷小弟到黃州，原來使我看菊花也。」蘇東坡自視甚高，以為自己指出王安石的短處才招致報復，沒想到倒是自己鬧了個笑話。不經一塹不長一智，他可不敢再輕易說人笑人了。

利旁有倚刀，貪人還自戕

名句的誕生

古詩曰：「利旁有倚刀，貪人還自戕[1]。」信矣！

～卷二十二・灤陽續錄四

完全讀懂名句

1.自戕：自殺或自己傷害自己。

語譯：古詩有說：「『利』字旁邊一把刀，貪心的人拿來自己害自己。」一點也沒錯。

名句的故事

有個人看見狐狸醉倒在看守穀麥的小屋中，本來想捉住牠，後來想到狐狸可以讓人發財，於是替狐狸蓋上衣服，坐在一旁守著牠；等到狐狸睡醒化成了人，便感謝那人的守護，與他結為朋友。狐狸常送禮物給他，但那人不知足，想謀奪村裡富人某甲的錢財，於是要狐狸幫忙，誣賴某甲覬覦自己妻子的姿色，某甲因那人的妻子是在自己的別墅中找到的，也無話可說，那人果然因此得到許多錢。然而，妻子回家後，那人卻發現不對勁，她常常梳妝打扮，夜裡好像又跟什麼人一起嬉笑，不再願意接近他。於是那人急忙跑去找狐狸，狐狸發現某甲家樓上的狐狸因這次事件看上了他的妻子，並迷住了她，牠實在愛莫能助。最後那人的妻子愈來愈瘋狂，就這麼斷送了性命。

那個人雖然很狡黠，又有狐狸幫忙，但狐狸也引來了狐狸，反而令自己如某甲一般，成為受害的對象。因此最後紀昀引述古詩詩句，感慨地說：「利旁有倚刀，貪人還自戕」。

本篇名句「利旁有倚刀，貪人還自戕」出自漢代無名氏的古詩，全詩是這樣的：「甘瓜抱苦蒂，美棗生荊棘。利旁有倚刀，貪人還自戕。」意即：甘甜的瓜果通常有酸苦的蒂頭，也就是甘甜的果實是在苦難艱辛中孕育出來的；美味的棗子生於荊棘之中，也就是利益的旁邊必定藏有險惡。因此「利」這個字的旁邊正好是一把刀，貪心之人往往自己害了自己。

歷久彌新說名句

在《閱微草堂筆記》卷二十三〈灤陽續錄五〉中，有一則類似的故事：

蕭得祿年幼時，偶然看見一個像貓的黑色東西，便用石頭扔牠。牠一轉身變成大狗，他還用石頭扔牠，牠又一轉身變得像驢一樣，蕭得祿才感到害怕而不敢再打。他知道是狐妖作祟後，惴惴不安，有人便教他畫了像將之供奉起來。過了一段時間，他在桌上發現幾十文錢，知道是狐妖給的，便收了起來，沒跟人說；從此之後每天桌上都有錢，而且一天比一天多。後來錢太多藏不住，被總管發現，懷疑他偷錢出來，因此被拷打審問，差點洗清不了自己的冤屈。

紀昀對此發表感想，認為狐妖所設下的陷阱，原本很容易就能識破，但蕭得祿卻利令智昏，以為是自己虔誠禮敬狐妖，使之高興地給予賞酬。為了貪利作出牽強附會的解釋，導致不知不覺地中了圈套。這與名句「利旁有倚刀，貪人還自戕」非常相似。

現代有句話：「利字頭上一把刀」也與名句十分接近，說明了人們常常為了追求財富，不惜鋌而走險，甚至妄想不屬於自己應得的錢財，卻忘了「君子愛財，取之有道」的道理，最終還是落入了「貪人還自戕」的古訓之中。

種桃李者得其實

100

惜一猛虎之命，放置深山，不知澤麋林鹿，劘其牙者幾許命也

名句的誕生

德州[1]田白巖曰：有額都統[2]者，在滇黔[3]間山行，見道士按一麗女於石，欲剖其心。女哀呼乞救，額急揮騎馳及，遽[4]格[5]道士手。女噭然[6]一聲，化火光飛去。道士頓足[7]曰：「公敗吾事！此魅已媚殺百餘人，故捕誅之以除害。但取精已多，歲久通靈，斬其首則神遁去，故必剖其心乃死。公今縱之，又貽患無窮矣。惜一猛虎之命，放置深山，不知澤麋林鹿，劘[8]其牙者幾許命也！」匣其匕首，恨恨渡溪去。

～卷一．灤陽消夏錄一

完全讀懂名句

1. 德州：地名。位在今山東省西北部。
2. 都統：官名。唐、宋均於征伐時才設置，非定職。至清代始設置八旗都統，滿、蒙、漢八旗各設一人，為每旗的長官，共二十四人。
3. 滇黔：雲南簡稱滇，貴州簡稱黔。
4. 遽：音ㄐㄩˋ，急速，馬上。
5. 格：打鬥阻攔。
6. 噭：音ㄐㄧㄠˋ，呼喊。
7. 頓足：跺腳。
8. 劘：音ㄇㄛˊ，磨平，今俗作磨。

語譯：德州人田白巖說道：有一額姓都統在雲南、貴州山間行走，看見一位道士將一貌

美女子按住，壓在石頭上，想要剖開她的心臟。美麗女子哀聲呼救，額都統見狀，立刻快馬加鞭趕到，揮鞭擊開道士的手。突然，女子發出淒厲的號叫聲，化作一團火光飛去。道士跺腳怒道：「你壞了我的好事，這鬼魅以色誘的方式殺了上百人，所以我前來捕殺她，以為民除害。但此女已吸取過多人類精血，經年累月下來有了靈性，只砍她的頭，她的魂神會逃脫，一定要剖開她的心才會死亡。你今天放了她，又留下無窮的禍患了！就像憐惜一隻猛虎的命，把他放回深山之中，不知山澤中多少的麋鹿，會因此被老虎襲擊，喪生在虎口中了。」於是道士把匕首放回盒子，心含怒氣渡溪去了。

名句的故事

名句「惜一猛虎之命，放置深山，不知澤麋林鹿，剷其牙者幾許命也」指的是憐惜一隻老虎的性命，卻害了更多山野中無辜的動物，說明了姑息養奸反而容易造成更大的禍患。

故事中的額都統在山間行走，突然看見道士正要輕薄、傷害一名女子，於是急忙上前英雄救美。沒想到才從道士手中救下女子，女子竟然怪叫一聲，化為火光瞬間遁逃而去。道士於是憤怒地指責額都統不分青紅皂白就出手，一時仁慈相救，破壞了他一舉除妖的機會，反而貽患無窮。對田白巖所說的這個故事，紀昀認為是田氏編造出的寓言，正符合北宋范仲淹所說的：「一家哭，何如一路哭耶！」姑息了貪官汙吏，自以為積陰德，卻沒有顧慮到窮人家賣兒典妻的慘況，哪裡稱得上是忠厚呢？

據南宋朱熹《五朝名臣言行錄》卷七〈參政范文正公〉一文所載，范仲淹擔任參知政事時，韓琦與富弼二位樞密副使一同推行新政。范仲淹憂慮各路監司不稱職，若發現有庸碌無能的官員，每看到一位，便從名冊中將人名一筆刪去。富弼見了，便勸他：「對您而言，這不過是一筆，哪裡知道會令一家人為之啼哭呢？」范仲淹回答說：「讓一家哭泣，總比讓一路上的百姓因流離失所而哭泣好啊！」

額都統誤放了媚殺百餘人的女子，就如同富弼憐憫不適任的貪官一家一般，都是縱虎歸山的行為。施小恩而不識大體，不知又有多少無辜百姓會因貪官的橫徵暴斂而遭遇更大的不幸啊！

歷久彌新說名句

苛政猛於虎，在《聊齋誌異》卷六中的〈潞令〉也鮮活地刻畫出貪官行事之暴虐。

潞城這個地方的縣令宋國英十分貪婪暴虐，催徵賦稅尤為嚴酷，甚至用杖刑將百姓活活打死，屍體雜列於堂下。徐白山先生剛好經過潞城，便問宋國英：「身為百姓父母官，為何威勢與氣燄如此囂張？」宋國英竟洋洋自得地說：「喔！不敢！官位雖小，也做滿一百天，這百日來已殺了五十八人！」難怪蒲松齡亦在卷八的〈夢狼〉中云：「竊歎天下之官虎而吏狼者，比比也。」（我感歎天下的官吏皆像虎與狼，且到處都是。）這句話後來演變為成語「官虎吏狼」，充份顯現出貪婪與不智的官吏對百姓的危害之深。

相對而言，《水滸傳》第二十二回〈橫海郡柴進留賓　景陽岡武松打虎〉，武松因喝醉酒，誤打誤撞進入有隻吊睛白額大虫（大老虎）出沒的景陽岡。吊睛白額大虫常在晚上出來傷人，二、三十條大漢甚至因而喪命，所以告示要人們上景陽岡最好成群結伴，否則易遭受猛虎攻擊而性命不保。武松仗著神力驚人，不畏猛虎，執意要與老虎搏鬥，打贏一場漂亮的戰役，贏得英雄之美名，也為陽谷縣的人民，帶來生活上的平靜——這就是不「縱惡害民」的例子。

義所當報，不必談因果

名句的誕生

義所當報，不必談因果，然因果實亦不爽[1]。昔某公受人再生恩[2]，富貴後，視其子孫零替[3]，漠如陌路。後病困，方服藥，恍惚見其人手授二札，皆未封。視之，則當年乞救書也。覆杯於地，曰：「吾死晚矣。」是夕卒。

～卷二．灤陽消夏錄二

完全讀懂名句

1. 不爽：沒有差錯。
2. 再生恩：再生之恩，表示極大的恩惠。
3. 零替：蕭條、衰落。

語譯：從道義上講應當報答的，就不必談因果。但因果實際上也不會有差錯。以前某人受過別人的救命大恩，富貴之後，看著恩人的子孫家境日漸蕭條衰落，卻冷漠對待，如同陌生人。後來那人生病，正要服藥，在神志模糊不清的狀況下，看到恩人手裡拿著兩封沒有封口的信給他。那人展開一看，正是當年他寫的求救信。他把杯子扔到地上，說：「我早該死了。」當天晚上便過世了。

名句的故事

紀昀的父親姚安公生性嚴謹，家中從沒有閒雜人等來訪，有一天，姚安公卻與一個衣衫襤褸的人說話，並呼喚他們兄弟來向他行禮，說：「這是宋曼珠的曾孫，明末戰亂時，你們的曾祖父才十一歲，若不是宋曼珠，根本無法從兵荒馬亂的時代存活下來，後來失去音訊，直到今日才見面。」於是姚安公想方設法要為他謀求生計。

同時，紀昀的父親還對他們說了一個故事，說的是有人不知報恩，最後在重病之時，見到恩人現身提醒他，那人明白自己不義，竟不再喝下湯藥，果然當天晚上就過世了。這雖然一方面說明了報應不爽的道理，否則恩人怎會現身提醒；但其實不必談到因果報應，恩義原本就是應當報答的。——這就是名句「義所當報，不必談因果」。

中國傳統價值觀中，將有恩必報、知恩圖報視為一種美德，所以俗語有「受人滴水之恩，自當湧泉相報」、「吃人一口，報人一斗」、「蒙一飯之恩，尚殺身以報」的說法，都是要人不忘報恩，不論接受的有多麼微薄，也要重重報答，甚至無力報答時，仍要心存感激，因此又有「食人一斤，亦著還人四兩」的說法。這種知恩報恩的美德，並不是害怕因果報應。但是如果真的刻薄寡恩，受恩不圖報，難道真的不怕因果報應嗎？

歷久彌新說名句

知恩圖報這種思想，先秦就已存在，《詩經．木瓜》：「投我以木瓜，報之以瓊琚。匪報也，永以為好也！投我以木桃，報之以瓊瑤。匪報也，永以為好也！投我以木李，報之以瓊玖。匪報也，永以為好也！」——這是一首贈答之詩：他送我木瓜，我拿美玉報答他。美玉哪能算報答，是求永久相好呀！他送我桃子，我以瓊瑤回報。瓊瑤哪能算報答，是求彼此永遠相好！他送我的是酥李，我以瓊玖回報。瓊玖哪能算報答，是求彼此相好永不分離！你贈我水果，我回你美玉，就價值而言，回報的東西比受贈的東西更珍貴，但一來一往之間無法以實際的價值來衡量，此方贈送幫助人的心意是高尚的，彼方對此方情意的重視也是高尚的，所以《詩經》說「匪報也，永以為好也」，表現出的是人類最高尚珍貴的美好品德及情感。

與《詩經．抑》中的「投我以桃，報之以

李」所說的禮尚往來不同，《詩經．木瓜》所強調的正是名句當中所說的「義所當報」；在《西遊記》第二十七回〈屍魔三戲唐三藏　聖僧恨逐美猴王〉中，唐僧為白骨夫人所化的女子、老婦人、老公所欺，又聽豬八戒在耳邊煽風點火，對孫悟空起了疑心，最後使得師徒兩人鬧翻，與悟空恩斷義絕，將他逐出取經隊伍。然而，孫悟空雖然本領大，但自從他跟隨唐僧往西天取經後，從來不曾如豬八戒那樣想著「散伙」，一心一意要助唐僧上西天，孫悟空說：「若不與你同上西天，顯得我知恩不報非君子，萬古千秋作罵名。」可見，對孫悟空而言，他一心就想著要報答唐僧當年將他從兩界山下救出的大恩。輔以《論語．陽貨》說：「君子義以為上。君子有勇而無義為亂，小人有勇而無義為盜。」——孔子以懂得義為君子的特徵之一，故若不懂得義，便算不得君子。可見，知恩不報的行徑就是不義。

儒釋之宗旨雖殊，至其教人為善，則意歸一轍

名句的誕生

蓋天下上智少而凡民多，故聖人之刑賞，為中人以下設教；佛氏之因果，亦為中人以下說法。儒釋之宗旨雖殊，至其教人為善，則意歸一轍。先生執董子[1]謀利計功[2]之說，以駁佛氏之因果，將以聖人之刑賞而駁之乎？

～卷二．灤陽消夏錄二

完全讀懂名句

1. 董子：即董仲舒，西漢代表儒者，曾建議漢武帝「罷黜百家，獨尊儒術」。
2. 謀利計功：董仲舒的著名主張：「正其誼不謀其利，明其道不計其功」，說明人立身處事，不為謀求利益而行為端正，不為計較得失而合乎正道，以遵守道德規範為準則。見《漢書．董仲舒傳》。

語譯：天下有大智慧的人少，平凡的人多，所以聖人的獎賞、刑罰，是為中等以下的人設置的。佛家的因果觀念，也是針對中等以下的人說法。儒家、佛家的宗旨雖然不一樣，但在教人為善這一方面，還是一致的。先生用董仲舒「正其誼不謀其利，明其道不計其功」的說法來駁斥佛家的因果觀，那麼對聖人制定的刑罰、獎賞措施又該怎樣看待呢？

名句的故事

本篇名句出自一則討論儒家、佛家因果觀的故事：有位林姓老儒曾經在廟讀書，夜裡遇見一位客人，兩人相談甚歡，直到談到因果報

應之事時，兩人意見稍有不同，從而展開辯論。林某認為，聖賢做善事都是無所求的，若是有所求才去行善，雖然合乎天理，但內心已充滿人欲。所以君子不會提出像佛家種福田的這種說法，他們的行為如同董仲舒所謂不為謀求利益而行為端正，不為計較得失而合乎正道。

然而，這位客人卻不同意，他認為這種說法用來要求自己是可以的，但要求中等以下資質的人就不行了，因此聖人設教主要在教人為善，不能為善的就用獎賞、刑罰來引導他為善；只要能為善，聖人不會責備他是為了得賞或為了怕罰而做，因為一旦如此，人們就不知該如何是好了。這與佛教的因果觀一樣，也是為了中等以下的人設置的；雖然兩者的宗旨不同，但所謂的善惡、報應都與儒家沒有差別。這正是名句「儒釋之宗旨雖殊，至其教人為善，則意歸一轍」。最後兩人辯論到天將明，客人想要起身離去，主人一再挽留，過了一陣子，客人忽然身體挺直，動也不動了，林姓老儒這才知道客人是廟裡的一尊泥塑判官。

名句「儒釋之宗旨雖殊，至其教人為善，則意歸一轍」雖然在故事中出自判官之口，實為紀昀藉此說明儒釋兩家合流的道理。佛教雖然基本上是「出世」的，與具有濃厚人文思想的儒家不同，但佛教與儒家兩者在教人向善、行善的宗旨是相同的，只是用的工具不同——佛家用的是因果報應，而儒家則針對一般人設置獎懲制度。因此判官這番話表現了儒、釋合流的關鍵，也點出佛教因果觀的正面意義。

歷久彌新說名句

名句「儒釋之宗旨雖殊，至其教人為善，則意歸一轍」，其實不僅儒、釋教人為善，世上各大宗教莫不如此。

西方的希臘神話中也有一位教人為善的正義女神。相傳眾神與人原本共同居住於世上，然而人類喜好爭鬥、自私自利，令眾神感到失望，於是決定捨棄人類，回到天上。唯有正義女神阿斯特莉亞（另一說為狄刻）留在世上盡力教人為善，但她憑一己之力仍然無法改變人類，眼見人類因貪婪掀起戰爭，只能帶著裁判善惡的天秤黯然離開。而在羅馬神話中，正義女神的形象則一手拿著天秤，一手持劍以斬除邪惡，有時更戴著眼罩將眼睛矇著，以表示公正。

《聖經》「十誡」中，也有一些條文是「教人為善」或制止人為惡的，如「不可殺人」、「不可姦淫」、「不可偷盜」、「不可作假見證陷害人」、「不可貪戀人的房屋；也不可貪戀人的妻子、僕婢、牛驢，並他一切所有的」。而伊斯蘭教的得救之道，其中包括「善行」一項，「善行」除了朝聖、齋戒、朝拜、念經外，捐獻也是一種義務，這原本是為了救濟貧窮而設置的，對於俗世眾人而言，更是一種具體的善行。

正因為宗教化育人心的力量之大，所以今日慈濟證嚴法師的靜思語也同樣用與日常生活息息相關的好話，教導普羅大眾或小朋友，促使人人行善。

大抵無往不復者，天之道；有施必報者，人之情。既已種因，終當結果

名句的誕生

彼之加於君者，即君之曾加於彼者也，君又何憾焉？大抵無往不復者，天之道；有施必報者，人之情。既已種因[1]，終當結果。

～卷五．灤陽消夏錄五

完全讀懂名句

1.種因：事情尚未發生時，就已經藏有某事發生的原因。

語譯：你曾加給他的痛苦，正是你以前加到他身上的，你又有什麼可抱怨的呢？一般說來世界上的事沒有去而不回的，這就是天的道理；有施予就必有報答，這就是人間的情理。既然已種下了原因，就一定會產生結果。

名句的故事

《南齊書》上有句話說：「今樹以前因，報以後果，業行交酬，連鎖相襲。」先前種下什麼樣的因，之後就會被報以甚麼樣的結果，業力和行為是互為因果，環環相扣、循環不已。紀昀透過友人羅仰山的故事，來表達這個意義。

通政使羅仰山在禮部任職時，被一個同事處處排擠，使他覺得很難施展才能，逐漸變得抑鬱寡歡。後來透過夢境中的一個老翁的傳達，才知道自己前世是北宋初期的畫家黃荃，那個排擠他的同事則是南唐的徐熙。

根據史載，自五代十國到北宋初年，徐熙與黃筌分別代表花鳥畫的兩種不同畫法，畫風

各有千秋。然而宋朝書法家米芾，以及後來統一天下的宋太祖，都認為徐熙的畫略勝一籌。只是，黃荃的際遇就是比徐熙好，黃荃主持畫院時，便貶斥徐熙的畫「粗惡不入格」（《夢熙筆談》），不讓徐熙入畫院，徐熙也終生沒有作官，最後病死。

原來，此世的黃荃，只是在接受他當初所種下的因，而受此世的徐熙排擠。紀昀認為，輪迴輾轉而行，累世仇家遇到了，自然是要回報的，這就是天道；只不過冤冤相報何時了，我們必然要學會寬恕，才能了斷累世的冤仇。

歷久彌新說名句

在因果與業力面前，眾生悉皆平等，有什麼因、得什麼果，無人可以免責，也不會因為「遺忘」而隨之不見。

例如，清朝周夢顏在其《安士全書》中有一則故事。明朝萬曆十七年，船夫向富翁借了一兩八錢銀子，但是還來不及還錢，船夫便過世了。後來富翁家有一頭小牛誕生了，富翁直覺應該是船夫投胎轉世來還債的。所以，當小牛長大後，富翁便叫僕人牽去賣，而且特別吩咐只要賣一兩八錢銀子。

僕人在半路上遇到了何屠，何屠給了一兩八錢銀子後，就牽走這頭牛。後來有個農夫，也想買頭牛回家耕田，便多加了八錢銀子，從何屠手中買下那頭牛。只是，沒過多久，那頭牛就忽然暴斃了。農夫覺得很吃虧，於是跑去找何屠，兩人再一起去找那位富翁。兩人就問富翁：「這頭牛為什麼你只賣一兩八錢銀子呢？」富翁回答道：「因為這頭牛是船夫轉世的，他只欠我一兩八錢，所以我就賣這個價錢。」何屠一聽立刻說：「船夫曾經欠我八錢銀子，怪不得我才能多賣八錢呀！」而農夫更是感慨說：「我自己曾欠船夫銀子，但一直沒有還，現在也真的還清了！」

船夫分別與富翁、何屠、農夫之間，「既已種因，終當結果」，償債方式將四者此之間串成一個關係鏈，不管是忘記還、忘記欠的，都一一去面對了，這真的是天道呀。

無心布施，功德最大

名句的誕生

先生自憶生平未有是事，不知鬼何以云然。佛經所謂無心[1]布施，功德最大者歟！

～卷五．灤陽消夏錄五

完全讀懂名句

1.無心：無意，沒有打算。

語譯：愛堂先生始終想不起來曾經過這樣一件事情，不知道這個鬼為甚麼這樣說。這正是佛經上所謂：不出於功利心的布施，才是最大的功德啊！

名句的故事

本篇故事旨在諷刺世人功利心太重，每每助人，總希望他人有所回報；如果能學習故事主角愛堂先生，助人不求回報，那麼鬼神也會隨身護佑。

話說愛堂先生曾經在一個夜晚喝醉酒、騎著馬兒回家，半路上，馬兒受到驚嚇、狂奔起來，他好幾次都差點從馬背上摔下來。突然，有一個人從路旁出現，一隻手挽住馬轡頭，另一隻手扶愛堂先生下馬。這路人對他說：「我母親曾經受過你的救助，今日特地來搭救你免於跌斷骨頭的危險，做為我的報答。」說完後，這個人就不見了。其實愛堂先生對到底幫助過什麼人，根本沒有任何印象，但這樣的無心之舉，卻為他自己招來福報。

這讓人不禁聯想到信佛虔誠的梁武帝。

《五燈會元》記載，達摩祖師東來弘揚佛法，梁武帝知道後便決定召見他。梁武帝以皇帝之尊，做了很多佛事，所以覺得自己一定有很多功德與福報。因此當達摩來到皇宮後，梁武帝便問：「朕一生建造寺廟、度人為僧、抄寫佛經，難以計數，朕的功德如何？」說穿了，梁武帝是在為他自己邀功。不料，達摩祖師回答說：「並無功德。」

「並無功德」這四個字，讓人瞬間謙卑起來，深自惕勵自己的舉止是否處處有所求。做善事、但卻不惦記著自己是在行善，而是應做而做，不要求回報、沒想到被回報，這才是最大的功德與慈悲。

歷久彌新說名句

蒲松齡《聊齋誌異》中的第一篇故事叫做〈考城隍〉，可以幫助我們了解「無心」與「有心」的差別。故事主角宋燾面對諸佛菩薩給的考題：「一人二人，有心無心。」他大筆一揮寫下：「有心為善，雖善不賞。無心為惡，雖惡不罰。」宋燾因為這句話被諸神佛授予河南城隍的職務。

所謂「有心為善，雖善不賞」，是指做善事時，是有預設目的，希望從中獲取利益，如此一來，即使做了善事，也不會有任何功德可言；所謂「無心為惡，雖惡不罰」，做了一件壞事，但並不知道這是壞事，做的人本身並沒有作惡的念頭，就不算是過失，因此不需要受到處罰。真正的善，因為無心而更加可貴；真正的惡，因為有心而更應受罰。

又《壽康寶鑑》記載，一位名叫莫文通的農夫秉性樂善好施，一天夜裡，他在江邊看見兩名大漢綁著一名少女，正要將她推入江中，莫文通便上前去阻止，而且替少女說情，救了少女一命。這名少女想嫁他為妻作為回報，但莫文通不為所動，還要她快點回家。

當晚，莫文通的夫人夢見一位神明告訴她：「你丈夫今天救了女子一命，不貪圖她的美色，也不趁人之危，善德很大，上天將回報在你的後代子孫上。」莫文通的無心布施，為自己的子孫增添無上福報，真是大有功德呀。

種桃李者得其實，種蒺藜者得其刺

名句的誕生

種桃李者得其實，種蒺藜1者得其刺，公不聞乎？公所賞鑒，大抵附勢2之流，勢去之後，乃責之以道義，是鑿冰而求火也。

～卷六．灤陽消夏錄六

完全讀懂名句

1.蒺藜：草本植物，果實有刺。

2.附勢：依附權勢。

語譯：種植桃李樹能夠獲得果實，種植有刺的蒺藜自然只能得到尖刺，您難道沒聽說嗎？您所欣賞和重用的人，大多是趨炎附勢之輩。您沒了權勢後，卻要用道義來責備他們，簡直是鑿冰求火、不可能的事情。

名句的故事

本篇名句是紀昀藉由官場生態中，權力的起伏與人情之冷暖，提醒大家「種瓜得瓜、種豆得豆」的道理。

故事出自於孫虛船先生一位友人的夢中巡遊。那位友人患了寒疾，在昏沉、迷糊之中，魂神飛至陰曹地府。他看到有人，就跟著從偏門走進去，隨著一群人坐在廊下，偷看冥王判決。這時，他突然看到前輩某公步入堂中，冥王請某公入坐，並問某公因何事前來狀告。某公憤怒地陳述他的門生故吏如何忘恩負義，辜負了他提拔的恩澤，冥王十分不以為然地說：「這些人各懷鬼胎，互相拉攏或是排擠，以後神明自然會給予懲罰。種桃李自然能得到果實，種蒺藜當然只能得到尖刺。你本身提拔的人選錯誤，才會有這樣的後果，根本要怪自己，哪有什麼資格在這埋怨他們呢？」某公非常失落地退了出來，那位友人原本想上前打聲招呼，卻聽到背後有人大聲叱責，一回頭便驚醒了。

以紀昀自身為例，他受到乾隆重用，擁有一定的官場地位、學術地位，但是他仍舊禮賢下士，提拔、獎勵人才，實是「種桃李者得其實」的典範。因此乾隆皇帝殯天、貪官和珅正法後，紀昀還是受到嘉慶皇帝委以重任，而紀氏家族也已開枝散葉、子孫皆蒙受紀昀的蔭恩。

歷久彌新說名句

名句「種桃李者得其實，種蒺藜者得其刺」可追溯至春秋戰國時期。《韓詩外傳》記載，當時魏國的大臣子質，有一次不小心得罪了魏文侯，他曾經提拔過的同僚們，卻紛紛落井下石，在魏文侯面前講他的壞話，子質只好投奔北方的趙簡子，並且向趙簡子抱怨，以後不要再拉拔人了。

趙簡子搖搖頭後說：「夫春樹桃李者，夏得蔭其下，秋得其實；春樹蒺藜者，夏不可采其葉，秋得其刺焉。」意思是說，春天種植了桃李樹，夏天就有樹蔭可以乘涼，秋天就可以吃到果實；如果春天種了蒺藜，夏天到了也沒有樹葉可以摘取，秋天到了也只能看到它的刺。換句話說，關鍵在於一開始選擇了什麼品種來種植、選擇甚麼樣的人來栽培；人才沒有挑選對，只能怪自己呀！

所謂天道昭昭，要怎麼收穫、先怎麼栽，善因自然結善果、惡因自然結惡果。收到善果別得意，要懂得更加謙遜，方能常保福田；收到惡果當思警惕，要誠心改過，福田自然能重新而起。

業有滿時，則債有還日

名句的誕生

業有滿時，則債有還日。冥司1定律，凡稱貸子母之錢，來生有祿則償，無祿則免，為其限於力也。

～卷六．灤陽消夏錄六

完全讀懂名句

1.冥司：陰府的官職。

語譯：業力有滿的時候，債有償還的時候。陰間的律法規定，凡借來牟利營私的錢，來生有收入就要償還，沒有收入則不必還，因為要看他的還債能力。

名句的故事

本篇故事是傳達「負債必還」的道理，而且債務是會跟著人輪迴的，誰也無法逃避它；因此，欠債的人要勇於面對、討債的人也不須咄咄逼人。

故事中的老僕人王某說，有一次他跟隨董文恪公住在博將軍的廢棄園子裡，當天晚上看到一個人在抓另一個人。抓到對方之後，便開始講述他兩人的交情深厚，責怪逃的人做事負心，不僅勒索他，還中飽私囊、欺負他不懂等等。一會兒，有一個老頭從草叢裡走出來，對抓的人說：「他現在已經墮入餓鬼道，你又何必欺負他？而且負債肯定要還，又何必太急迫？」更何況，欠債的人如果沒有錢可還，那就變成牲口來償還；如果一世還不完，那就分成幾世來償還，直到還清為止。

俗話說「欲知前世因，今生受者是；欲知後世果，今生做者是」，欠債必還，分毫不差，何時償還，也不過在遲早之間罷了；換句話說，為人在世，要懂得為自己所做的一切承擔責任，想想承擔之輕重，萬萬不要超出自己能負荷的範圍。

歷久彌新說名句

「業有滿時，則債有還日」，償債的形式還會不同，而且多還的、還會被退回。紀昀說，這就是「夙生債負，受者毫釐不能增，與者毫釐不能減也」，（〈槐西雜志四〉）我們人生中欠下的債務，接受的人分毫不能多要，給予的人分毫也不能少給。這樣的道理確實讓人很敬畏。

然而，欠債的人與債主之間的關係，是否有機會得以終止、結束呢？要不然雙方世世這樣追逐下去，不是很辛苦嗎？紀昀又講了一個故事。

有個人名叫姜挺。有一天，他帶著狗兒走在路上，遇到了一位老人。老人告訴姜挺，他是一隻狐狸，前生欠姜挺一條命，三天後姜挺的這隻狗會來咬他，讓他以命償債。老人希望姜挺能原諒他，留他一條性命，甚至願意送出女兒贖罪。姜挺說：「我不想趁人之危，也願意寬恕你，但有什麼方法可以防止狗咬你呢？」老人說：「只要你願意寫下『某人前世欠我的債，我自願消除』，然後把這張字條給我，我拿去向神明報告，就不會被狗咬死了。因為上天有規定：『冤家債主，解釋須在本人，神不違也。』」（〈槐西雜志四〉）

這就是成語所說的「冤有頭，債有主」，處理事情要找出事主，只要事主願意放手，人生的恩恩怨怨便有機會可以解除了。而這也是一個很值得令人深思的道理呀！

人不入山，虎豹焉能食；舟不航海，鯨鯢焉能吞？

名句的誕生

其媚人取財，如虎豹之食人，鯨鯢[1]之吞舟也。然人不入山，虎豹焉能食；舟不航海，鯨鯢焉能吞？

～卷七．如是我聞一

完全讀懂名句

1. 鯨鯢：指鯨魚。鯢，音ㄋㄧˊ，在此指雌鯨。

語譯：他們誘惑別人以騙取錢財，就像虎豹吃人，鯨魚吞下舟船一樣。但是，人如果不進入深山，虎豹怎能吃得到呢？船如果不駛入海中，鯨魚怎麼能吞得到呢？

名句的故事

所謂有因必有果，但是同樣的因，卻不見得會產生同樣的果。這其中的道理為何？紀昀用了兩個故事為例。

首先是一個官宦人家的公子，他被許多無賴們引誘去放蕩玩耍，敗光家產，也因此沒了性命。這位公子死後不服氣，臨終前告訴妻子：「這些人害我落入這般境地，我一定會在九泉之下狀告他們！」便到陰間告狀。沒想到上訴失敗了，他只能託夢告訴妻子：「冥府裡的官告訴我，那些人，就如同虎豹、鯨魚一般，他們只是挖好陷阱等著我跳下去，並沒有過錯啊！」

第二個例子是描述一個書生，因為過度迷

戀狐女，導致縱欲而死。他的家人看到狐女前來祭拜，十分憤怒地罵她：「你這個狐狸精，害了人還來假慈悲，一定會被天打雷劈的！」狐女辯駁道：「我追求男人是為了採補陽氣，若殺害太多人，上天是不會允許我這麼做的。男人為了感情而追求女子，因縱欲過度而傷害身體以至失去性命，這樣的結果是他自己造成的，鬼神當然不會追究，你怎麼能責怪我呢？」

名句「人不入山，虎豹焉能食；舟不航海，鯨鯢焉能吞」藉由第一個故事的官宦公子之口，深刻地闡釋了這個道理。故事中的無賴、狐女正如同虎豹與鯨魚，若非官宦公子、書生選擇自投羅網，又不加節制，怎會導致失去性命的後果呢？世間事都有一個起因，但每個人的選擇不同、做法不同，產生的結果也會不同，這些結果就是我們「自取」的。

歷久彌新說名句

世間有很多誘惑、很多陷阱，表面上光鮮亮麗的、順遂的，也可能深藏機關、暗潮洶湧，我們可以拒絕、也可以接受，但都要有承擔結果的勇氣。

例如，范蠡與文種都是越王勾踐的得力助手，協助勾踐滅了吳王夫差，到徐州會見各方諸侯，奠定勾踐的霸主地位。自古能與君王共患難、不見得能之共享樂，范蠡早已看清這一點，所以在越王慶功、重賞大臣之際，選擇急流勇退，隱居轉而從商；但是文種對於榮華富貴相當執著，即使范蠡提醒他「鳥盡弓藏」、「兔死狗烹」的道理，他仍舊不放棄名利祿位，決定留下，享受作為一個功臣的榮耀。最後只換得勾踐的猜忌，賞賜他當年吳王夫差要伍子胥自殺的那口寶劍，讓他自刎而死。

《三國志》有言：「覽其舉措，跡其規矩，招禍取咎，無不自己也。」說明綜觀一個人的行為舉止，考察他的言行法度，遭受禍害、得到責罰，無一不是自己造成的，這與文種，以及名句故事中官宦公子、書生的下場，正好可以相互印證。

以三生論因果，惕以未來；以一念論因果，戒以現在

名句的誕生

曉嵐以三生[1]論因果，惕以未來；餘疆[2]以一念[3]論因果，戒以現在。雖各明一義，吾終以餘疆之論，可使人不放其心。

~卷九．如是我聞三

完全讀懂名句

1. 三生：佛教中的三生概念，是指「前生」、「今生」、「來生」三者。三生彼此相互關聯、相互影響。
2. 餘疆：倪承寬，字餘疆，號敬堂，為紀昀好友，兩人同年登進士第，經常展開論辯，《閱微草堂筆記》中曾多次記載倪的言論觀點。
3. 一念：指當下的一個念頭、一個想法。

語譯：紀曉嵐用前世、今生、來世相互影響的關係，來解釋因果，警惕人們要思考來生；倪餘疆則用當下的一個念頭闡釋因果，戒慎人們要注意當下。他們兩人雖然各有道理，但我比較贊成倪餘疆的論點，因為他的說法，使人們不會放縱自己的心念。

名句的故事

這則名句是由倪餘疆和紀昀兩人對於「因果」看法不同而誕生。故事由一名已年老色衰的伶人開始說起。

方俊官年輕時，因長相俊美、才藝過人，在歡場上頗受許多士人喜愛。到了老年，卻仰賴販賣古董維生。他對自己的遭遇感歎不已，

時常懷念在歡場的生涯。甚至曾攬鏡自照，歎道：「我現在竟成了這副模樣！有誰會相信我曾經傾倒眾生呢！」他自稱本是讀書人家子弟，在私塾讀書時，曾做了一個春夢：夢中自己身處一個華美房間，打扮得像新嫁娘一樣，卻被人強迫與一男子同坐床邊。方俊官在既驚又羞的心情下醒來，夢也到此告一段落。

後來他被人誘騙失身，竟就此墮入紙醉金迷的世界，在歡場上大受歡迎，成為一位男「狀元夫人」，他才明白，原來一切都是命中註定。

倪餘疆和紀昀兩人對於此事的解讀不大相同：倪認為「日有所思，夜有所夢」，夢不過是人們內心思考的反應而已，方俊官的夢是反射而不是預言；紀昀肯定倪的言論具有「正本清源」之效，更進一步指出，這些所謂的「命中註定」，或許也是前世作惡的果報。

倪餘疆注重人此生的想法與態度，認為人的所作所為，不過是內心思想的投射，頗類似王陽明「動心起念就是一個行」（內心的想法就是行為的第一步）的思想；紀昀推到佛教的「輪迴」、「果報」概念上，希望人們可以為了來生，而好好經營此生，不要為惡、墮落。

歷久彌新說名句

中國人對於「三生」的概念，可說是運用極多。除了表達莫大福氣的「三生有幸」外，最有名的非「三生石」莫屬了。

相傳唐末有個圓觀和尚，他和他的好友李源有一次行經三峽，看見一位孕婦在河邊洗衣服，這位婦人懷孕三年都不能分娩。圓觀對李源說：「她是在等我投胎。」並約定三年後與李源在某處相見。當晚圓觀便圓寂了。三年後，李源來到了兩人約定的地方，見到一個牧童唱著竹枝詞：「三生石上舊精魂，賞月吟風不要論。慚愧情人遠相訪，此身雖異性長存。」

我們可以從這些故事中，看見「三生」一詞背後所代表的輪迴觀，展現了中國人前世、今生、來世的時間觀，也展現了因果觀。

知刻酷之積怨，不知忠厚亦能積怨也

名句的誕生

余某者老於幕府[1]，司[2]刑名[3]四十餘年。後臥病瀕危，燈月下恍惚似有鬼為厲者，余某慨然曰：「吾存心忠厚，誓不敢妄殺一人，此鬼胡為乎來耶？」夜夢數人浴血泣曰：「君知刻酷之積怨，不知忠厚亦能積怨也。」

～卷九．如是我聞三

完全讀懂名句

1. 幕府：古代官署之名。
2. 司：此處為動詞，表執掌之意。
3. 刑名：官職名稱，古代專門掌管刑事判讀之人。

語譯：有位余老先生擔任判刑一職長達四十餘年，一直到老了都還在官衙中做事。後來他生了重病，臥病在床，在昏黃的燈光與月影下，彷佛看到了厲鬼的影子。他感歎地說：「我宅心仁厚，曾發誓絕不亂殺一人，這鬼是為了什麼而來？」晚上，他夢到有好幾個身上染血的人，對他泣訴：「你知道暴虐會招致怨恨的累積，卻不知道，忠厚也會累積仇怨。」

名句的故事

這則故事發生在一位姓余的老先生身上，他的工作是判刑，曾發誓以寬厚為標準，能不殺人絕不殺人。然而，有一天當他臥病在床時，卻夢到許多身上染血之人，對他泣訴：「你只知道暴虐會招來怨恨，卻不知你的忠厚也同樣會累積仇怨。我們只不過是手無縛雞之力的平民，不幸慘死他人手下，死前遭受凌虐，萬分悽苦；死後含恨九泉，只希望這些殘暴之徒，能早日被繩之以法。」

這些鬼魂繼續說：「可是你只憐憫活著的人，卻忽略了死者的悲苦。你用你的文墨，幫助這些殘暴之徒脫罪，讓他們逍遙法外，我們永遠不得安寧與平息。請你設身處地想想，如果你今天是個無辜之人，卻無緣無故慘遭他人殺害，你地下有知，發現審判罪行的人，幫那些有罪之人開脫，顛倒是非黑白，讓自己慘死之冤無處可申，讓那些人仍過得舒服自在。你難道不會感到怨恨嗎？你不知道反省，還自以為在積陰德，那些枉死之人，不恨你還恨誰呢？」余老先生聽了之後非常不安，將此夢告訴他的兒子，懊惱不已地捶打自己：「我從前真是做錯了！」還來不及躺在枕上，就死了。

本篇名句透過冤死鬼之口，告誡人們縱惡並非行善。故事中的余老先生自以為寬恕那些殺人犯是在做好事，卻不知道這樣的「善舉」、「善行」，早已經傷害到別人，或是忽略了他人的痛苦。而犯人逍遙法外，甚至可能犯下更嚴重的罪行，身為執法者，豈能不審慎呢！

歷久彌新說名句

本篇故事中的余老先生自詡存心忠厚，卻傷害了無辜枉死之人。在〈姑妄聽之三〉中，也有一個類似的例子：

張石粼是紀昀父親的同年老友，他個性耿直、熱心助人，為朋友兩肋插刀，任勞任怨。有天他夢見一位老友怒氣沖沖地質問他：「你這麼幫助朋友的人，別人的後代若孤苦無依，你都會傾全力幫助，為何不幫我的兒子？他千里迢迢地跑來尋求你的幫助，你卻將他視為陌生人！」

張石粼又好氣、又好笑地回答：「你忘了嗎？所謂朋友，豈是指酒肉朋友呢？應該是彼此照應、雪中送炭才對。我將你當作兄弟，我家的僕人結黨陷害我，我拿他們沒辦法，只能私下請你幫忙調查某某人，你明知他的醜陋行徑，卻害怕被怨恨而不敢揭露。之後那人因罪孽深重自取滅亡，你又為了博得忠厚的名聲，而百般為其開脫。我的事你從不過問、我的生活好不好你也不關心，只求那些人感激你、稱你一聲『長輩』而已。是你先把我當成陌生人，難道你忘了嗎？」

紀昀針對這則故事，批評了當時的讀書人，多半不論與他人的交情、事情的利害程度，認為只要不說他人的短處，就是君子了。

他更以時人對兩件時事的評價為例，對這種態度提出質疑：他的友人胡牧亭被家僕剝削，甚至到了衣食無法自給的程度。與他同年登第的學士朱竹君憤然代為驅逐，才使他的家境稍微好了一些。而學士陳裕齋過世，女婿想藉機霸佔他的家產，使陳裕齋的妾與子被逼得走投無路，與他同年登第的曹慕堂也憤然率令他的友人代為驅逐女婿，讓陳裕齋的兒子得以度日。沒想到當時多數士人不但不伸出援手，還多半嫌朱竹君、曹慕堂多事，表達讚許的竟然上百人中找不到一兩個。這樣的態度怎能不令人質疑呢？

隱惡揚善是儒家重視的美德之一，然而這卻是要視情況而定的。在《禮記‧中庸》中，就讚美堯能「隱惡而揚善，執其兩端，用其中於民」，經過聽取各種意見，仔細思考後才採納適中的施行，而不是只做到隱惡揚善而已。本篇與〈姑妄聽之三〉這兩則故事，都提醒我們要先認清事情的利害，不要僅為了講求忠厚、行善，而造成了更大的傷害，真是發人深省。

利人脩脯，誤人子弟，譴責亦最重

名句的誕生

蓋在三[1]之義，名分本尊，利人脩脯[2]，誤人子弟，譴責亦最重。有官祿者減官祿，無官祿者則減食祿，一錙一銖[3]，計較不爽。世徒見才士通儒或貧或夭，動言天道之難明，焉知自誤生平，罪多坐此哉！

~卷九．如是我聞三

完全讀懂名句

1.在三：指父生之、師教之、君食之。

2脩脯：古人向老師求取學問，需要準備肉乾以做為給老師的酬謝，而後指給老師的薪酬。脩，音ㄒㄧㄡ，長條形的肉乾。脯，音ㄅㄨ，肉乾之意。

3.一錙一銖：錙銖，音ㄗ ㄓㄨ，為古時重量單位，引申為形容極微小的事物。在此一錙一銖即一絲一毫。

語譯：本來老師是三恩之一，地位十分尊貴，但你收了別人的學費，卻還誤人子弟，受的處罰也就最重了。若有當官命的就減去你的官祿；沒有官祿的就減去食祿。一絲一毫都算得清清楚楚，一點兒都不差。世上的人們只看到博學多聞的儒者過著清貧的生活、或是早逝，因此常常說老天無眼。他們又怎麼知道這些人自己耽誤了一生，大多是這個緣故呢。

名句的故事

這則故事發生在一個窮途潦倒的讀書人身上。鄞縣有一位書生，文章寫得非常好，但仕途困頓，一直都沒有考上功名。有一次，書生生病，在睡夢之中到了一座大官署。看了裡面的布置陳設，他已心裡有數，知道自己到了陰曹地府。這時，書生遇到一位小吏，是他的老友，於是就問他老友，這病能不能醫。

小吏說：「你的壽運未盡，但祿運已盡，恐怕不久就要來這兒了。」書生非常驚訝地說：「我這一生只靠教書過活，從沒做過任何不好的事，祿運怎麼會先結束呢？」小吏歎息說：「正因為你接受了人家的報酬，卻不好好上課。陰間認為沒有功勞白吃飯，就是浪費。因此消除你應得的祿運，好來補你所浪費的。因此壽命未盡，祿運就先完了。」接著，又說道：「老師原本是父、師、君三恩的其中之一，受人尊敬，但收了學費卻還誤人子弟，陰間自然會重重處罰了。處罰方式是先從官祿開始減，官祿沒有了，就減去食祿。世上的人們只看到博學多聞的儒者過著清貧的生活或年紀輕輕就早逝，動不動就說老天無眼。他們哪裡知道，這些人都是因為這個緣故，自己誤了自己一生啊！」書生惆悵地醒來，病情果然不見起色。

儒家重視天地君親師，在此篇故事也提及老師為三恩之一，將之與國君、父親並列，足見自古以來對為人師表者的尊崇。老師並不是教書匠，更擔負了能以身做則，能傳授為人處事之道、學問知識，以及為學生的解決疑惑的社會期待。名句「利人脩脯，誤人子弟，譴責亦最重」以天理報應之說，警醒為人師表者莫要有違師道。

歷久彌新說名句

在中國八字學中，有「食祿」命格之說。意思是說，此人的命格中是否衣食無虞。時常會聽到有人說「命帶食神」、或是「天廚食祿」等，指的都是人的物質生活。而自古以來，命理學中就有「食祿盡而命盡」之說。

《閱微》的這則故事，就是命相學中這種說法的表徵。故事中的這位讀書人，收了學生的束脩，卻不好好教學、誤人子弟，因而被減官祿，官祿減完了就減食祿。這樣的情節安排十分巧妙。

孔子曾言「自行束脩以上，吾未嘗無誨焉。」意思是說，只要學生準備束脩來求教，我都會給予教誨。束脩，除了表示學生對老師的尊重外，也代表了老師作為一種「職業」的可能，教學也可以是一種交易，但這種交易不同於商業的販售，而是包含了「知識的傳遞」這種高潔的情操在其中。

後來到了明清，「束脩」一詞從給老師的肉乾，轉變而成為老師的酬勞。《初刻拍案驚奇》中曾寫道：「當下開了拜匣，稱出束脩銀伍錢，做個封筒，封了。」此處所指的就是金錢，而非肉乾。

這樣的轉換更看出了「老師」是一種職業，但又不純粹只是職業，師者，所以傳道、授業、解惑也。（老師的意義與功用在於：傳授理想、教導知識、解決困惑。）所以他除了最簡單的解惑外，還肩負了傳遞知識、理想的重責大任，怎麼可以只收學費而不好好教書！

這樣自然是有其果報懲罰。古代讀書人最終目的就是要做官，因此文中才言會先「減官祿」；等到官運沒了，再「減食祿」，讓你吃也吃不飽，跟「束脩」形成了巧妙的諷刺。

刑賞有所不及，褒貶有所弗恤者，則佛以因果勸人善，其事殊，其意同也

名句的誕生

帝王以刑賞[1]勸人善，聖人以褒貶[2]勸人善，刑賞有所不及，褒貶有所弗恤[3]者，則佛以因果勸人善，其事殊[4]，其意同也。緇徒[5]執罪福之說誘脅愚民，不以人品邪正分善惡，而以佈施有無分善惡，福田[6]之說興，瞿曇氏[7]之本旨晦矣。

完全讀懂名句

1. 刑賞：刑，處罰罪犯；賞，賞賜有功勞者。此處指帝王以功過賞罰來鼓勵人向善。
2. 褒貶：讚美與指責。此處指聖人以人之名聲好壞來警惕世人向善。
3. 弗恤：指無法周延關照。弗，不。恤，音ㄒㄩˋ，顧慮。
4. 殊：不同、不一樣。
5. 緇徒：僧人。緇，音ㄗ，黑色的意思。由於古時僧人穿黑衣，故以緇徒稱之。
6. 福田：佛教用語。敬三寶之德為「敬田」；報君父之恩為「恩田」；憐貧者為「悲田」，此三種稱為「福田」，若能做到，就能獲得福報。
7. 瞿曇氏：釋迦牟尼的姓氏。

語譯：君王用賞罰來讓人向善；聖人用讚美與指責勸人向善，賞罰與褒貶仍不夠周延，佛家就用因果報應來勉人向善。這些方法雖然表面看似不同，但他們的觀念卻是一致的。有些和尚用惡報、福報的說法來誘騙一般老百姓，完全忽視人品端正與否，全用捐錢與否來

詮釋善惡果報。「福田」之說因而興起，釋迦牟尼的本意卻完全被忽略了。

名句的故事

這則故事是在探討善惡果報的根由。在清代，流行誦唸《血盆經》，此經專門為難產婦女、患婦女病婦女消災解厄。然而紀曉嵐在這則故事中，卻大力批判此經。

故事中有個走無常（冥府利用活人的生魂來為冥間做事）的人，遇到陰曹地府的官吏時，問他《血盆經》是否真能為婦女在生產、生理期時消滅災厄？該吏卻說：「沒這回事！男女交歡而生下後代，本來就是天經地義的自然之理。女人生產時一定是髒汙的，就算是賢妻良母也一樣，這並非她們的罪孽。如果生產過程中的髒汙是罪孽的話，那麼你吃東西也不能排泄；嘴不能流口水、鼻子不能流鼻涕，因為這些也都是骯髒汙穢的東西呀！所以髒汙就算罪孽嗎？」

他又接著說：「會有這種《血盆經》的存在，就是因為女人很容易被說服。所有的女人總不免要生育，如果生育過程的汙穢就是罪孽，然後要你因此懺悔，接著就要你捐錢，那麼所有女人的錢，恐怕都被拿來『做功德』了吧。你出入冥府多次，有看到什麼血池地獄嗎？又有什麼人真的墮入血池呢？你怎麼還問這個問題啊。」

這個走無常的人回到人間後，把這位陰間官吏的說法轉告大家，卻沒有人相信，所謂的「積重難返」，大概就是這個道理吧！

歷久彌新說名句

《閱微草堂筆記》中多次以因果勸人為善，在這則名句中，但當「因果」之說被無限上綱，又該怎麼辦呢？在這則故事中，紀曉嵐就要告訴讀者們，並非所有看起來不潔的事物都是罪惡，都是因果之由。

他在這則故事中所欲批判的對象，是當時在民間廣受流傳的《血盆經》。《血盆經》全名《目蓮正教血盆經》，又稱為《女人血盆經》，此經敘述目連至羽州追陽縣時，看見許多女子在血池地獄中受苦。目連問獄卒原因，獄卒說，由於女子月經、生產時所流汙血汙穢了地神；還有女人們用水清洗她們不潔的衣物，人們不知情，還用此水供養諸聖。她們有上述罪業，所以死後墮入血池地獄受苦。目連又問如何為她們解脫此苦，獄卒回答，以孝順、敬重三寶，及持血盆齋三年，後再行血盆法會，請僧誦《血盆經》，血池地獄中的罪人就可超生佛地。

紀曉嵐在此則故事中，傳達了「因果」雖然是佛家用來勸誡人們向善的說法，但萬萬不可盲目相信，像是誦唸《血盆經》、血池地獄的說法完全不足以相信。

紀曉嵐在《閱微草堂筆記》中不斷闡述佛家的因果之說，在這則名句中，更將因果之說提升層次，將之用來補充儒家、君王，勸人為善論述中的不足。本名句開篇即言：「帝王以刑賞勸人善，聖人以褒貶勸人善。」孔子曾說：「道之以政，齊之以刑，民免而無恥；道之以德，齊之以禮，有恥且格。」（以法制教導、以刑罰教育，那麼人民能夠不犯罪，但他們卻不會以犯罪為恥；以道德教導、以禮儀教育，那麼人民不但會以犯罪為恥，還會誠心的擁戴你。）

由此可知，儒家的論點與君王統治的論點，本已互相補充，而紀曉嵐在此進一步將孔子的言論，做更深一層的翻轉，使佛家的因果論能和儒家「褒貶說」、統治者「賞罰說」相提並論，提升了因果論的意義與地位。

捐身鋒鏑，輕若鴻毛

名句的誕生

「此三等中，最上者為神明，最下者亦歸善道。至應登黑冊者，其精氣瑟縮[1]摧頹[2]，如死灰無燄，在朝廷褒崇忠義，自一例哀榮，陰曹則以常鬼視之，不復齒數矣。」巴公側耳敬聽，悚然心折[3]，方欲自問將來，忽炮聲驚覺。後常以告麾下[4]，曰：「吾臨陣每憶斯語，便覺捐身鋒鏑[5]，輕若鴻毛。」

～卷十．如是我聞四

完全讀懂名句

1.瑟縮：害怕發抖的樣子。
2.摧頹：蹉跎失意的樣子。
3.心折：心驚的意思。
4.麾下：本指旗下，後引申為將帥的部署。麾，音ㄏㄨㄟ。
5.捐身鋒鏑：表示戰死沙場。捐身，指死亡。鏑，音ㄉㄧˊ，箭簇。鋒鏑為兵器的通稱。

語譯：「在這三種等級中，最上等的可以成為神明，最下等的也能進入輪迴中。至於登記在黑冊的鬼魂，他們的精氣看來十分頹喪、槁木死灰。雖然在朝廷中表揚忠義之士時，也會表揚他們，但看在我們陰曹地府的官吏眼中，不過就是尋常的鬼魂罷了，沒什麼值得特別稱許的。」巴公靜靜聆聽，愈聽愈害怕，正想問問自己日後會被登記在哪冊上時，就被炮聲驚醒。之後巴公常以這個夢告誡旗下士兵，說：「每次在戰場兩軍對壘時，只要想到這番話，我就覺得戰死沙場，根本不算什麼了。」

名句的故事

這則故事發生在一個將領的夢中。烏魯木齊的司令巴彥弼將軍，在征討烏什時，夢到一座山麓，有六七個營帳，卻不見守衛，而營區中的人也不像士兵，倒像一些文官。巴公往裡頭探了探，突然發現了已戰死的某公，兩人許久未見，寒暄一番，才知道原來某公死後成為陰間官吏，他的工作就是要與軍隊隨行，登記戰死的士兵將領。

巴公看見他的桌上有黃色、紅色、紫色、黑色各種顏色的冊子，就以為是按八旗顏色登記戰死亡魂，不過某公卻說是依照等級來登記的：「忠肝義膽、捨身為國者，登記在黃冊子上；遵守軍令、堅守崗位寧死不屈者，登記在紅冊子上；隨著軍隊往前衝刺，因而不幸被殺者，登記在紫冊子上；上頭將領一死，就開始慌張逃竄，而被亂箭射死、亂步踏死者，登記在黑冊子上。」

戰場上通常屍橫遍野，要區辨想必十分困難，於是巴公便向某公提出了他的疑問。某公表示，這是陰間官吏特有的能力，可以依人的精氣來辨別等級。黃、紅、紫、黑冊子上的亡魂，精氣分別如生氣勃勃的烈火、直上雲端的烽煙、雲中閃爍的電光與連一絲餘火都無的死灰。這些戰死沙場的人雖然在朝廷追封、表揚時沒什麼不同，但依他們赴死的表現，最上等的能成為神明，中間兩種稍差的也都能入善道輪迴，最下等的只能成為普通的鬼魂。

故事最後，巴公被炮聲驚醒，從這個奇特的夢中經歷，他也體會到「捐身鋒鏑，輕若鴻毛」，馬革裹屍、戰死沙場根本算不了什麼，人終究會有一死，重點是你要如何找到自己的生命價值，至死無悔。

歷久彌新說名句

中國人對於生命的論述很多，對於「死亡」的看法也有各種層次的思考。生命的終結，往往會成為一種衡量的標準，為了追求什麼，人會放棄生命也在所不惜？

中國著名的史學家司馬遷，因幫李陵辯護而連坐入獄，他遭受了宮刑、受到眾人的恥笑，但他仍執意完成《史記》。在他人生的低潮期時，曾寫信給他的摯友，信中寫了一句話：「人顧有一死，或重於泰山，或輕於鴻毛，用之所趨異也。」（〈報任少卿書〉）死亡的價值可能有比泰山更高、更偉大，也有可能比羽毛更輕盈、毫無重量，端看人們利用自己的生命做了什麼！司馬遷選擇忍辱負重地活下來，完成中國首部通史，也不願在大家輕蔑的眼神中自縊，這就是他的抉擇。兩千年後來看，他是對的！

劫數人所為，非天所為也

名句的誕生

先曾祖潤生公，嘗於襄陽見一僧，本惠登相[1]之幕客也，述流寇事[2]頗悉，相與歎劫數[3]難移。僧曰：「以我言之，劫數人所為，非天所為也。」

～卷十一．槐西雜志一

完全讀懂名句

1. 惠登相：明末陝西人，號過天星，為農民軍首領，曾起義多次但都沒有成功。
2. 流寇事：指明末李自成、張獻忠等人的起義事件。
3. 劫數：命運中註定，人為無法改變的災難。

語譯：我已過世的曾祖父潤生公，曾在襄陽遇見一位僧人，這位僧人原本是起義軍首領惠登相的幕僚，能仔細地講述關於流寇的事情，大家聽了，都感歎命中註定的劫數是難以改變、避免的。這位僧人則說：「依我的看法，劫數都是人自己的行為造成的，並非上天造成的。」

名句的故事

明朝中葉後，社會風氣逐漸敗壞，朝廷官吏貪婪暴虐，地方仕紳殘暴橫行，使得民怨沸騰。本篇名句出自紀昀的曾祖父在襄陽遇到的奇僧之口，闡述明朝最後走向滅亡的劫數，其實並非上天安排，而是百姓積怨已久所爆發的反撲。

那位僧人本是起義軍首領惠登相的幕僚，

他以多年來的所見所聞為例，向眾人說明劫數是人的行為所造成的。他說：「明朝中葉以後，官吏貪虐、燒殺虜掠之事頻傳，人民累積了百年的冤憤之氣，終於在明末爆發，導致明朝滅亡。當時受禍最慘的人，都是之前作惡多端之人。我曾看到起義軍讓一個世家子雙手反綁跪在帳前，而軍人們就在他面前抱著他的妻子飲酒作樂。旁邊有人看了不忍心，結果帳中的一位老人說：『這就是報應啊！這個世家子的祖父曾調戲僕人之妻，僕人不滿，他竟將僕人綁在樹上，讓他在一旁看著自己的妻子如何被凌辱。如今風水輪流轉，換他的孫子遭遇這種恥辱了。』從這個例子，就可以知道受禍之人為何會遭遇此劫了。」

這時，一名當地的土財主立刻提出相反的看法，說道：「大魚吞噬小魚，猛禽搏殺鳥兒本是理所當然，上天都沒有降下禍害，為何會特別針對人呢？」認為只要有權有勢，便能為所欲為。僧人掉頭反諷：「人和魚鳥難道是一樣的嗎？」令土財主臉面無光，拂袖而去。隔天土財主率人前往僧人掛單的寺廟想羞辱回來，卻四處遍尋不著僧人的身影，只見牆上留下：「爾亦不必言，我亦不必說。樓下寂無人，樓上有明月。」二十個大字。這件事傳開來，大家都懷疑這是在影射土財主做了不可告人之事。而後來，這個土財主的家族果然也覆滅了。

「劫數人所為，非天所為也」強調出凡事的「因」，皆源於人自身的作為，但只要能時常惕勵自己，多行善積德、不行悖德之事，自然能避免遭致惡果。

歷久彌新說名句

《左傳》裡曾提及春秋時鄭國的一段故事，大致上是這樣的：鄭武公的夫人武姜生了兩個兒子，她不喜歡長子莊公，而偏愛次子共叔段。在武公過世、莊公即位後，武姜替共叔段要求封地，並指定要求為極其富庶的京邑。

雖然眾臣們紛紛力諫莊公，勸他千萬不要將京邑封給共叔段，不過莊公仍然做了這個決定。他告訴臣子們：「多行不義，必自斃，子姑待之。」其實雖然京邑極為富庶，但莊公認為要是共叔段有謀逆之心，招兵買馬雖然易如反掌，但也勢必勞民傷財，進而失去民心。要是如此，他便能名正言順攻討共叔段，不需背負罵名。

不出莊公所料，到京邑不久的共叔段果然開始大修城池，不僅如此，他甚至聚集眾多百姓，一起打造武器盔甲，打算完成後偷襲國都……消息很快便傳回莊公的耳裡，莊公在確認消息無誤後，立刻命大臣們派兵討伐。不仁不義的共叔段在事情敗露，京地的百姓也不願支持下兵敗如山倒，亂事在不久後便被平定，果然印證了莊公所言。

我們可以看到一個人如果仗恃背景或權勢，而不顧及倫理道德，那麼久而久之，便會因為做過太多的不公不義，最後自取滅亡。這樣的下場跟「劫數」一點關連都沒有，只是在在印證種什麼因，得什麼果的道理。

天定勝人，人定亦勝天

名句的誕生

爾之夫婦，其以怨結者乎？天所定也，非人也。雖然，天定[1]勝人，人定亦勝天。故釋迦[2]立法，許人懺悔。

～卷十三・槐西雜志三

完全讀懂名句

1. 天定：天意的安排。
2. 釋迦：佛教的創立者。

語譯：你們夫婦難道是因為怨恨才結合的嗎？這是天所決定的，不是人為。雖然天意可決定人的命運，但人的決心也一定能改變天數。因此釋迦創立佛法，是允許人們懺悔、改過的。

名句的故事

這次紀昀講的是一對夫妻之間的感情問題。話說滄州有個官宦人家的媳婦，因為丈夫待她不好，所以個性變得乖戾，夫妻之間的關係自然雪上加霜。於是，這個媳婦便向一位道行很高的比丘尼，請教她與丈夫之間的因果。

比丘尼勸她說，成就夫妻之實者，沒有無緣無故的；有互相恩愛的結合，有恩與怨的結合，更有互相怨恨的結合，但這都只是成為夫妻的原因；成為夫妻之後的和睦幸福，卻有賴雙方的共同經營，而不是去探究上輩子的恩怨，或指責對方的過失，因為這種方式只會加劇雙方的感情裂痕，絕對沒有任何好處。

比丘尼最後鼓勵那位哀怨的婦人要有「天

定勝人，人定亦勝天」的決心，重新調整自己對待丈夫、公婆、姑嫂妯娌之間的態度，必定可以改善夫妻之間的關係。

本篇名句的最源頭可追溯至《逸周書．文傳》的記載：「兵強勝人，人強勝天。」周文王認為自己垂垂老矣，所以召見太子姬發講授為君治國之道。「兵強勝人」是指要整治武備、訓練士兵，有強大的軍隊才能戰勝敵人；「人強勝天」則指修養自己、累積德望，天意自然會眷顧大周。

又，宋朝劉過在〈襄央歌〉中寫道：「人定兮勝天」，另《喻世明言》中也寫道：「此是人定勝天，非相法之不靈也。」這兩者即是用語「人定勝天」的開始。

歷久彌新說名句

《東周列國志》有一段故事。周宣王晚年時變得跋扈，不僅破壞原有的立長為繼承人的制度，也與同姓諸侯相處得不好，不太理會大臣們的勸戒。當時的大夫杜伯因為一件小事觸怒了宣王，宣王執意要判處杜伯死刑，另一大臣左儒上前勸阻，希望宣王收回成命，不料宣王更加生氣。杜伯竟真被斬首，而左儒回到家後憤而自殺。

之後，周宣王前去東郊遊獵，居然看到杜伯、左儒的陰魂拿著弓矢來向他索命，周宣王回到寢宮後便一病不起。宣王自知不久於人世，便召老臣尹吉甫、召虎兩人前來，交代後事。兩人受命之後，走出宮門，就遇到了太史伯陽父。召虎便向伯陽父談起周宣王的狀況，似乎應驗民間流傳的「弓矢之變」的童謠，而伯陽父則是說起自己夜觀星象時，有看到有妖星作祟，國家可能會有變動。尹吉甫聽罷便說：「『天定勝人，人定亦勝天。』諸君但言天道而廢人事，置三公六卿於何地乎？」意思是說，天決定人的命運，人也一定能夠改變天數，你們只看到上天的規則、卻忽略人為該有的努力，把這大臣們都置於何地？意即，國家政局的變動與否，可因眾大臣們共同的努力而改變呀。

其福正以其蠢也

名句的誕生

偶扶乩召仙，以此叩[1]之。乩判曰：「諸公誤矣，其福正以其蠢也。此翁過去生中，乃一村叟，其人淳淳悶悶[2]無計較心，悠悠忽忽[3]無得失心，落落漠漠[4]無愛憎心，坦坦平平無偏私心，人或凌侮無爭競心，人或欺紿無機械心[5]，人或謗詈[6]無嗔怒[7]心，人或構害無報復心，故雖槁死牖下無大功德，而獨以是心為神所福，使之食報於今生。其蠢無知識，正其身異性存，未昧前世善根也。諸君乃以為疑，不亦誤耶？」

~卷十七．姑妄聽之三

完全讀懂名句

1. 叩：問。
2. 淳淳悶悶：淳淳，淳樸篤厚；悶悶，渾噩。典出《老子．第五十八章》：「其政悶悶，其民淳淳。」
3. 悠悠忽忽：形容悠閒懶散。
4. 落落漠漠：形容人灑脫自然而行為內斂，又作「落落穆穆」。
5. 機械心：指機巧詭詐之心。
6. 謗詈：毀謗謾罵。詈，音ㄌㄧˋ，辱罵。
7. 嗔怒：發怒、生氣。

語譯：有人偶然扶乩，以這件事向神明請示，乩童寫判詞說：「各位都錯了，他之所以有好福氣，正是因為他的愚蠢。這位富翁上輩子是個鄉下老人。他為人淳樸而寬大，沒有計較心；他遇事悠閒豁達，沒有得失心；他一生平淡瀟脫，沒有愛憎心；他為人坦坦蕩蕩，沒有偏心、私心；有人欺凌侮辱，他也無心與人競爭；有人欺騙他，他也不會耍弄心機；有人毀謗謾罵他，他也不會憤怒生氣；有人陷害他，他也不會想要報復。所以，他雖然窮困老死在家中，沒有積什麼大功德，但因為他的心地，而能受到神靈的賜福，在這輩子享受福報。他愚蠢沒知識，正說明他身體雖然變換但本性依然存在，上輩子的善良本性沒有被蒙蔽。各位對此產生懷疑，實在是錯了啊！」

名句的故事

紀昀聽胡牧亭說了一個故事，並認為這是胡牧亭假託他人之事而為自己一生行事所作的評價。故事是這樣的：胡牧亭的家鄉有個富翁，從來不參預外界的事情，在家中養尊處優。他不善於理財，但財產並不減少；他不善於調養身體，但從不生病；偶然遇上什麼災厄，都能得到化解。

他家曾經發生過婢女自殺的事件，管理鄉里的里胥大喜，以為正是落井下石的大好機會，於是大張旗鼓地前去報官。官吏也見獵心喜，馬上率人前往富翁家調查。沒想到要驗屍時，那婢女的手腳竟突然抽動，然後一個翻身坐了起來，把眾人嚇得半死。官吏見婢女醒了，還想羅織罪名陷害富翁，勸誘她：「是不是主人逼姦，才讓妳不得不上吊自殺？」婢女竟沒有上當，還以感激的口吻回道：「主人的妻妾都如天人一般，那是我能夠比得上的呢？若主人看中我，我高興都來不及了，怎麼可能自殺？」接下來，婢女才將自殺原因娓娓道來：「我其實是因為聽聞父親無故被官府拷打至死，太過悲痛憤恨，才想一死百了的，這和我的主人一點關係都沒有。」官吏自討無趣，只能沮喪地走了。

這位富翁所遇到的災厄都與這個事件差不多，總能大事化小，小事化無。同鄉的人都覺得他這麼蠢，卻能有這樣的福氣，實在是沒有道理。

一天，鄉中正好有人扶乩請示神明，便有人藉機詢問此事。神明於是藉乩童之手寫下判詞「其福正以其蠢也」，並向眾人說明：這個富翁的前世是個鄉下老頭，雖然窮困卻不會與人競爭、計較得失、沒有愛憎偏私、不玩弄心機或試圖報復，因此得到神明的護佑，讓他這輩子享受福報。而這輩子他雖然身為富人，卻同樣沒有失去善良本性，正因為他的愚蠢才能享受福氣啊！

一般人自作聰明，喜歡賣弄小聰明，逞巧鬥智，最後不免流於聰明反被聰明誤，反倒不如這位愚笨無機心的富翁了。

歷久彌新說名句

一般人都渴望自己聰明能幹、子女聰明成材，對於「聰明」二字，通常沾沾自喜，因為大部分人都認為「聰明」是頭腦機伶、反應敏捷。但是，聰明真的好嗎？清代鄭板橋曾說過一句名言：「難得糊塗」，認為「聰明難，糊塗尤難」，與一般人以為聰明是難的看法正好相反。

世人生兒育女，最希望兒女能聰明伶俐，但蘇軾與人相反，作詩：「人皆養子望聰明，我為聰明誤一生，但願孩子愚且魯，無災無難到公卿」，因為蘇東坡一生因為聰明，遭人嫉妒，因此他反而「唯願孩兒愚且魯」，希望自己的孩子有些愚直，愚魯的孩子能夠糊塗，能夠吃虧，能夠腳踏實地、按部就班，這樣同樣可以「無災無難到公卿」。許多極其聰明之人，人生境遇卻不如資質愚魯之人，因為聰明人自以為聰明，在各方面都要與人一爭高下長短，處處相爭便容易處處樹敵。吃虧就是福，與世無爭之人有時可能更有福氣呢！

愚者恆為智者敗，而物極必反，亦往往於所備之外，有智出其上者，突起而勝之

名句的誕生

神奸巨蠹[1]，莫吏若矣，而為村婦所籠絡[2]，如玩弄嬰孩。蓋愚者恆為智者敗，而物極必反，亦往往於所備之外，有智出其上者突起而勝之。無往不復，天之道也。使智者終不敗，則天地間唯智者存，愚者斷絕矣。有是理哉！

～卷十八．姑妄聽之四

完全讀懂名句

1.巨蠹：巨大的蛀蟲，比喻害民不淺的奸惡之徒。

2.籠絡：籠、絡，原為羈絆動物的器具，後引申為以權術、手段拉攏或統御他人。

語譯：社會上的大壞蛋，莫過於官府中的小吏，然而這個縣吏卻被一位鄉村婦女像嬰兒般的愚弄。這是因為愚蠢者總是被聰明的人欺負，不過事情到了極端就會轉往相反的方向發展，也有愚者突然超越智者而勝過他的可能。沒有只去不回的事，這是上天的規律。倘若智者都不會失敗，那天地之間只剩下智者，愚者早就沒了。有這樣的道理嗎！

名句的故事

有個村民被強盜誣告入獄，因為太過老實，不會替自己辯白，於是獻上賄賂請縣吏幫忙。縣吏聽說強盜之所以會誣陷那個村民，是因為曾經調戲村民的妻子被村民痛打一頓，兩人因而結仇。縣吏料想村民的妻子一定頗具姿色，便不收村民的賄賂，而要中間人暗示村

民：「這件事十分隱密，你最好叫你的妻子隻身前來，才能面授機宜。」村民怕死，於是請岳母前來獄中，私下告知她這件事，希望岳母能說服妻子同意。妻子聽了非常生氣，全然不加理會。

過了兩三天，夜裡縣吏家裡突然闖進了一個女子，用布巾包著頭，衣著破爛，樣子如同一名女乞丐。女子逕自除去布巾、外裳後，縣吏大吃一驚：原來這名乞丐竟是一位身著華美衣服、化著妝的美豔女子喬扮的！將女子請入內室後，縣吏故意問她來意，女子滿臉羞紅、目泛淚光地說：「如果不是明白你的意思，我怎麼會在夜裡獨自前來？既然已來到這裡，你就不必再問了，只希望你能信守諾言。」縣吏於是與她親熱了幾天，也千方百計地為村民辯明冤枉；等到村民無罪釋放後，村民及妻子都對縣吏避不見面。

直到一天，縣吏遇上一件利用妓女來引誘賭博的案子，只見那妓女就是村民的妻子，於是上前說話。女子向他求情，表示因為丈夫管得很嚴才無法履約，今天有幸能再度重逢，希望能看在那幾日的情分上，讓她免受杖刑之苦。縣吏被女子迷得神魂顛倒，於是告訴縣官：「這個妓女其實是縣裡某村民的妻子，您應該追究丈夫的責任才是。」縣官派人押來村民及妻子，才發現村民的妻子另有其人，鄉里的人都指證歷歷。縣官將妓女叫過來一問，才知道原來當初村民的妻子將自己所有的首飾送給妓女，讓她去冒名頂替，一方面得以保存貞節，一方面又能拯救丈夫性命。至於縣官得知縣吏的惡行，便嚴懲了他。

紀昀針對這個故事中縣吏被一位村婦像嬰兒般的愚弄，認為這並非村婦高明，而是縣吏太不將村婦放在眼中，認為村婦這種人是自己可以隨便玩弄於股掌之間的人，因而說出名句「愚者恆為智者敗，而物極必反，亦往往於所備之外，有智出其上者，突起而勝之」，並以智者都不會失敗，那天地之間只剩下智者，愚者早就沒了，說明智者不會永遠勝利的道理。

歷久彌新說名句

紀昀說的這段話「愚者恆為智者敗，而物極必反，亦往往於所備之外，有智出其上者，突起而勝之」簡言之就是「物極必反」的道理，這個成語的典故出自於《文子．九守》：「老子曰：『天道極即反，盈即損，日月是也。』」——天地運行的自然法則，也就是「道」，發展到極限，就會朝相反的另一方轉化，像日月盈虧一樣，這是不變的道理。因此，過於自滿必會招致損害，古代的聖君謙沖和善不敢自滿，像大海納百川一樣。同樣的說法在《資治通鑑．唐紀》也有：「陛下雖安天位，殊不知物極則反，器滿則傾。」

「物極必反」的思想來自於《周易》，《周易》整個的六十四卦，皆處於極反轉化之中，其中又以否卦、泰卦、剝卦、復卦最為明顯，因此我們常說的「否極泰來」、「剝極必復」，也是「物極必反」的意思。

黃泉易逝，青史難誣

名句的誕生

余作《四庫全書總目》[1]，明代集部以練子寧[2]至金川門卒龔詡[3]八人，列解縉[4]、胡廣[5]諸人前，並附案語曰：「謹案練子寧以下八人，皆惠宗[6]舊臣也。考其通籍[7]之年，蓋有在解縉等後者。然一則效死於故君，一則邀恩於新主，梟鸞異性，未可同居，故分別編之，使各從其類。至龔詡卒於成化辛丑[8]，更遠在縉等後，今亦升列於前，用以昭名教是非。」千秋論定，紆青拖紫[9]之榮，竟不能與荷戟老兵爭此一紙之先後也。黃泉易逝，青史難誣。潘生是言，又安可以佻薄廢乎？

～卷十八．姑妄聽之四

完全讀懂名句

1. 四庫全書總目：書目名，簡稱四庫總目、四庫提要，共有二百卷。《四庫全書》編修完成後，紀昀等人奉命彙編此書，除了一樣分為經、史、子、集四部外，分著錄、存目二項，為曾抄錄入庫或僅抄存書目的書籍撰寫提要。總計正式入庫書有三千四百七十種，存書目者有六千八百十九種。
2. 練子寧：名安，明惠帝時任吏部侍郎。燕王（成祖）率兵入南京奪取皇位時，殉節而死。
3. 龔詡：字大章，為戍守南京城北面的金川門的門卒。燕王兵至後慟哭而去，隱居而終。
4. 解縉：字大紳，於燕王入京後前去迎接、投靠，曾任翰林學士，主修《永樂大典》。

5.胡廣：字光大，與解縉一同迎附新帝成祖，官至文淵閣大學士。

6.惠宗：明惠帝朱允炆，年號建文，後為燕王朱棣所篡。

7.通籍：進士初及第。

8.成化辛丑：明成祖成化十七年，西元一四八一年。

9.紆青拖紫：身上佩帶青、紫色的印綬。比喻地位顯貴。

語譯：我在編修《四庫全書總目》時，明代集部以練子寧到龔詡等八人列在解縉、胡廣等人的前面，並附上案語：「謹說明練子寧以下八人，都是明惠帝的舊臣，考察他們考中進士的時間，有的在解縉等人之後。然而一是為了舊主惠帝殉難，一是投靠新君成祖以獲得恩寵。他們就像是梟鳥與鳳凰，本來就不是同類，不可以排在一起，所以我將他們分別編入所屬的類別。至於龔詡在成化十七年去世，更遠在解縉等人的後面，如今將他列在前面，是用來昭示綱常和是非。」千年後論定他們的是非功過，那些變節投降的人，生前雖然享盡榮華，死後卻不能與一個手持武器的老兵爭歷史上列名的先後順序。逝去的人雖然易被遺忘，但史書的是非難以顛倒。潘班所說的話，又怎能僅視為輕佻淺薄而予以否定呢？

名句的故事

在本篇，紀昀藉著黃葉道人潘班的故事，來表達自己對忠義之士及奸偽小人的不同態度。

滄州人潘班自稱黃葉道人，曾和一個辭官歸隱田園的大人物同席飲酒，兩人年齡、地位有別，潘班卻在席間不只一次稱呼大人物為兄長。大人物非常生氣，皮笑肉不笑地對潘班說：「老夫今天已經七十多歲了。」暗示潘班太沒大沒小，竟敢直接稱呼他為兄長。潘班醉醺醺地說：「你在前朝的年歲應該是只能用來與前朝的人排長幼順序，我是本朝出生的人，和你歸順本朝的時間只差十多個月，稱你為兄長明明就合乎禮節，你的指責未免也太過了吧？」當時在座的人都因此感到吃驚，認為潘班是狂士，有傷忠厚之道。

紀昀卻認為潘班的話有幾分道理，他自己在編修《四庫全書總目．集部》時，將明代練子寧到龔詡等八人列在解縉、胡廣等人的前面，就是因為他們都是為明惠帝殉難的臣子，與解縉、胡廣等投靠新君成祖以獲得恩寵之人不同。之所以將他們分別編列，為的就是要彰顯禮義綱常和是非功過。

然後，紀昀寫下了名句「黃泉易逝，青史難誣」——死去的人很容易被人們遺忘，但史書中的是非卻不能顛倒啊！這是史官的使命，也是史官的責任，也是自孔子作《春秋》後所立下的典範，因此孟子推崇孔子，說：「孔子成春秋，而亂臣賊子懼。」

歷久彌新說名句

紀昀等史家面對歷史人物及事件時，不能只著眼於人物的功及名，有些默默無名的人物，才華也不出眾，著作也未必能藏諸名山，但他們對國君的忠心不貳，卻值得大加贊美。至於那些見風轉舵、投靠新主的臣子，哪怕是當朝權貴，在千秋萬載之後，也同樣「青史難誣」。

紀昀評論這兩種人時，以「梟鸞異性」來比喻，忠義之士為百鳥之王鳳凰、奸偽小人是鴟梟一類的惡鳥，兩者可謂有天壤之別。這種比喻在清初劇作家孔尚任的《桃花扇．餘韻》一齣中也曾出現：「這青苔碧瓦堆，俺曾睡風流覺，將五十年興亡看飽。那烏衣巷不姓王，莫愁湖鬼夜哭，鳳凰臺棲梟鳥。」——在這些布滿青色苔蘚的斷垣殘瓦之中，我曾自在快活地玩樂，看透了五十年的興盛衰亡。那烏衣巷中早已不再是王姓的居民，莫愁湖晚上會傳來鬼魂的哭聲，鳳凰臺棲息的不是鳳凰，而是鴟梟一類的惡鳥。這是孔尚任面對南明滅亡，抒發亡國的悲痛及歷史興衰的無常感慨，其中就分別以鳳凰、鴟梟比喻過去及現在的國君，寄託江山易主的傷懷。

能與貧人共年穀，必有明月生蚌胎

名句的誕生

不三四月而子卒，遺腹果生一子，竟延其祀。山谷[1]詩曰：「能與貧人共年穀，必有明月生蚌胎[2]。」信不誣矣。

～卷十八．姑妄聽之四

完全讀懂名句

1. 山谷：即北宋詩人黃庭堅，字魯直，號山谷道人，又號涪翁，宋分寧（今江西修水縣）人。與張耒、晁補之、秦觀合稱蘇門四學士。工詩，為江西詩派的開創人。
2. 蚌胎：指珠胎，蚌腹內尚未剖出的珍珠，後多用來稱婦女懷孕。

語譯：不到三四個月，兒子就去世了。後來妾果然生下一個遺腹子，最後使他家香火可以延續下去。宋代詩人黃庭堅的詩說道：「如果能與貧人共享每年收獲的穀物，必然會有明月一樣的珍珠生在蚌胎中。」這話真是一點不假。

名句的故事

紀昀記載的這則故事是聽李秀升所說。話說山西有個有錢人家，主人年紀很大了，卻只有一個兒子。不料兒子和兒媳婦都得了肺病，眼看都沒救了，父母非常憂慮。後來，兒媳婦先過世了，父親便趕著要為兒子納妾。母親非常驚訝地說：「兒子都病成這樣了，還為他納妾，這不是要他死得更快嗎？」父親說：「我知道兒子的病是好不了了，但如果我們不趁兒子還沒死，早點為他納妾，我們豈不是要絕後了嗎？況且，在我們還沒有生這個兒子之前，我曾到靈隱寺祈求後嗣，夢見觀音菩薩對我說：『你原本不應有後，但因為你捐獻錢財賑濟災民，救了上千人，特地給你一個孫子，為你養老送終。』現在兒子快死了，還不讓他納妾，孫子要從那裡來？」於是他們加緊腳步辦成這件事。過了三四個月，兒子過世了，但妾果然懷了孕，生下一個遺腹子。

名句「能與貧人共年穀，必有明月生蚌胎」出自宋代黃庭堅〈題胡逸老致虛庵〉詩，全詩如下：「藏書萬卷可教子，遺金滿籯常作災。能與貧人共年穀，必有明月生蚌胎。山隨宴坐畫圖出，水作夜窗風雨來。觀山觀水皆得妙，更將何物汙靈臺？」黃庭堅是江西人，而江西是禪宗興盛之處，因此黃庭堅對於佛學經典十分嫻熟（根據龍延〈《楞嚴經》與黃庭堅——以典故為中心〉的研究，《楞嚴經》是黃庭堅化用典故最多的典籍）。故而黃庭堅的〈題胡逸老致虛庵〉詩正表現出一種將心性修持融入生活中的精神涵養。由頸聯「山隨宴坐畫圖出，水作夜窗風雨來」來看黃庭堅寫景，從靜觀山水中參禪悟道；尾聯總收全詩，「靈臺」出自《莊子‧庚桑楚》：「不可內於靈臺。」至於「更將何物汙靈臺？」與神秀偈語曰：「身是菩提樹，心為明鏡臺，時時勤拂拭，勿使惹塵埃。」意義相仿——讓心保持清淨無礙，以應付紛紜的生活，觀照世間山水，而非心如死水，全然不動。

這種個人內在的自我超越，與黃庭堅人生仕宦經歷有關：黃庭堅與當時其他文人相同，受北宋新舊黨爭的影響，使他的晚年生活盡在遷謫之中度過。哲宗紹聖初，黃庭堅被新黨指為所修《神宗實錄》「多誣」，被貶為涪州別駕、黔州安置，紹聖二年，又被追奪一官；元符元年，黃庭堅又遷戎州。徽宗即位後，元祐舊黨之人被陸續起用或內徙，黃庭堅以體弱多病為由，請求領太平州事，九天即被罷免。隨後流放至宜州卒。而這首〈題胡逸老致虛庵〉正是寫於任太平州九天後被罷免的時候，他感受到政壇的詭變難測，表現出罷官後超越得失的心境。

歷久彌新說名句

名句出自宋代黃庭堅〈題胡逸老致虛庵〉詩，首句「能與貧人共年穀」，任淵注《山谷詩集》引《東觀漢記》中的梁商派僕人以牛車致米鹽菜錢予貧民，意味著樂善好施，好心有好報，一方面積下陰德，一方面影響後代。

次句提到「明月生蚌胎」的說法，這個說法中國自古有之。「蚌胎」以蚌內未剖出的珍珠比喻婦女懷孕，典故出於揚雄〈羽獵賦〉：「椎夜光之流離，剖明月之珠胎。」漢代劉安《淮南子》有：「明月之珠乃蚌螺之病，而我之利也。」珍珠是蚌貝因病痛而生出的東西，可見當時就已經掌握了珍珠生成的原因。劉勰《文心雕龍》中也說：「其孕珠若懷妊然，故謂之珠胎。」「珠胎」一詞，已然出現，以為珠胎就像婦女懷孕一樣，是一種生育行為。「明月生蚌胎」以明月比喻珍珠的圓潤光澤，化用揚雄〈羽獵賦〉「剖明月之珠胎」。

至於「能與貧人共年穀，必有明月生蚌胎」，黃庭堅指的是胡逸老樂善好施的風範影響子孫後代，使明珠出於蚌胎，好子弟出於門庭。

恃其錢神，至能驅鬼，心計可謂巧矣，而卒不能逃幽冥之業鏡

名句的誕生

富室是舉，使鄧思賢[1]不能訟，使包龍圖[2]不能察。且恃其錢神，至能驅鬼，心計可謂巧矣，而卒不能逃幽冥之業鏡[3]。聞所費不下數千金，為歡無幾，反以殞生。雖謂之至拙可也，巧安在哉！

～卷二十・灤陽續錄二

完全讀懂名句

1.鄧思賢：宋朝人，為一名訟師，所著同名著作《鄧思賢》講述訴訟的方法，在當時流傳甚廣。

2.包龍圖：包拯，以清廉公正聞名於世。曾任龍圖閣學士，人稱包龍圖；又曾任天章閣待制，人稱「包待制」，卒謚孝肅，贈吏部尚書。而其廉潔公正、不攀附權貴，故有「包青天」及「包公」之名。

3.業鏡：中國佛教謂陰間能反映眾生一切善惡行為的鏡子。

語譯：這位有錢人的手法，即使鄧思賢來訴訟也告不倒他，包公也難以洞察他的詭計。而且他依仗錢買通鬼神，甚至還可以驅使鬼魂，心計可說是有夠奸巧的了，但最終不能逃過陰間明察世事的業鏡。聽說他花費不下千兩銀子，快活的時間卻沒有多長，反而送了命。這樣看來，可以說他十分笨拙，哪裡聰明呢！

名句的故事

有個富戶的妻子過世了，喜歡上鄉中剛嫁

給窮讀書人的新娘子，便花錢打發個老媽子在讀書人家旁邊租一間房子居住，每天游說新娘的公婆，並出重金收買他們，終於成功以不孝的名義休了兒媳。讀書人很孝順，對於父母的決定不敢不從，但心中悶悶不樂，因此生了病。富戶又派另一位老媽子去游說新娘的父母，要他們送女兒回婆家，兩家人都收了富戶的錢，在新娘面前話不投機，互相吵罵，最後新娘被趕出了婆家。富戶又找了兩個老媽子為他及新娘議婚，卻故意裝作嫌棄新娘不孝的樣子，而新娘的父母也裝作因兩家家世相差太遠拒絕的樣子，如此一來，新娘就完全察覺不出異樣。過了很久，再有人來幫兩人說合，才定下婚事。然而，當新娘再嫁的消息傳回讀書人耳中，讀書人終於悲憤而死。

新婚之夜，讀書人的鬼魂便在燈下現形搗亂，不讓兩人同床，富戶要改在白天同床，新娘卻不同意，哭著說道：「哪有去世的前夫在此，還與新夫同床共枕的？哪有才嫁了三天的新娘，竟然大白天的關上門做這種事？」富戶無可奈何，只好請來法師、和尚作法事，但他們紛紛表示無法解決：「我們只能驅除妖邪，無法趕走冤魂啊！」最後富戶想起讀書人極孝順，便再次賄賂他的父母前來罵兒子。讀書人的父母即使為兒子的死亡感到悲痛，仍在利益的驅使下照做了。讀書人哭著說：「被父母驅逐，我也沒有理由再留在這裡。但這樣的冤屈哪能就這麼忍下來？我一定會到地府去告狀的！」後來富戶家再也沒有鬼魂打擾，但不到半年，富戶就過世了。

富戶為了奪人妻子所使用的這套手法，連包公都察覺不了，這完全是利用金錢的優勢，以為有錢能使鬼推磨，卻沒想到仍逃不過陰間的審判。紀昀感歎富戶利用金錢的手法而有名句：「恃其錢神，至能驅鬼，心計可謂巧矣，而卒不能逃幽冥之業鏡」，說明那些暗中行傷天害理之事的人，即使躲得了一時，終究無法逃脫天道的制裁。由此也可看出紀昀撰寫《閱微草堂筆記》，其中一項寫作動機即在「有益於勸懲」。

歷久彌新說名句

名句中提及「恃其錢神，至能驅鬼，心計可謂巧矣」，與有錢能使鬼推磨十分相似。晉代魯褒的一篇文章〈錢神論〉也有類似的敘述，其中對錢之所以為神物，充滿了諷刺的口吻：「錢雖無知，卻可以役使鬼神。」又說：「有錢就可以使喚鬼。」

清代蔣攸銛〈勸民惜錢歌〉也同樣深刻地說出了世上眾人為「錢」瘋狂的情景：「錢，你不似明鏡，不似金丹，倒有些勢力威權！能使人搬天揭地，能使人平地登天，能使人頃刻為業，能使人陸地成仙，能使人到處逍遙，能使人不第為官，能使人顛倒是非，能使人癡漢作言。因此上，人人愛，個個貪！人為你昧滅天理，人為你用盡機關，人為你敗壞綱常，人為你冷炭生煙，人為你忘卻廉恥，人為你無故生端，人為你捨死喪命，人為你平空作顛，人為你天涯遍走，人為你晝夜不眠！錢！人人被你顛連，出言你為首，興敗你為先，成也是你，敗也是你，到而今只你機關！你去我不煩，你來我不歡，免被你顛神亂志、廢寢忘餐！」

故事中富戶為了奪人妻子，女子的父母、公婆出賣自己的兒女，只為了那些金錢報償，這難道不是為錢「敗壞綱常」、為錢「用盡機關」、為錢「忘卻廉恥」？讀書人因富戶使錢而「捨死喪命」、作了鬼也被「驅」趕，實在令人感歎！

小慈是大慈之賊

名句的誕生

僧憬然1曰：「我弟子居此室，患瘵2而死，非汝之故耶？」畫不應，既而曰：「佛門廣大，何所不容？和尚慈悲，宜見救度。」士怒曰：「汝殺一人矣！今再縱汝，不知當更殺幾人？是惜一妖之命，而戕無算人命也。小慈是大慈之賊，上人勿吝。」遂投之爐中。

～卷二十三．灤陽續錄五

完全讀懂名句

1. 憬然：恍然大悟的樣子。憬，音ㄐㄧㄥˇ，覺悟。
2. 瘵：音ㄓㄞˋ，病。

語譯：和尚恍然大悟，說：「我有一個弟子住在這間屋子，得病身亡，難道是因為你的緣故？」畫中美人沒有回應，過一會兒才說：「佛門廣大，無所不容，和尚慈悲，應當救助我。」讀書人生氣地說：「你殺了一個人，現在要是再放了你，不知道還要再殺多少人？這樣一來，就是愛惜一個妖怪的性命，而殘害無數人的生命。小慈悲是大慈悲的敵人，大師請不要心軟放過他。」於是把畫丟到火爐之中。

名句的故事

有名讀書人租借廟裡的僧房來住，看見牆上掛著一幅栩栩如生的美人圖，覺得非常奇怪，便問寺中的和尚：「您不怕因此擾了禪心嗎？」和尚說：「這幅圖在寺廟中已經一百多年了，我從來沒有細看過。」有一晚，讀書人發現畫中人好像浮起了一兩寸，感到非常奇怪，沒想到畫中女子突然開口說道：「我要下去，先生不要驚訝！」讀書人大喝：「什麼妖鬼敢來媚惑我？」說著便要將畫丟入火中燒掉。畫上女子哭求：「我化形即將成功，一旦被燒，將前功盡棄，請手下留情。」和尚聽到屋內爭吵的聲響，趕來看，知道原委後才若有所悟地說：「之前有個弟子這在這屋內死去，就是女子造成的。」女子不答卻一再懇求：「和尚慈悲，應當救助我。」讀書人則說：「小慈是大慈之賊」。愛惜一個妖怪的生命，就是放任她去殘害無數的生命。因此將畫丟入火中，隨著畫被焚毀，滿室皆血腥之氣，可見被妖怪害死的不只一人。

此後，夜晚仍能聽到妖怪的哭聲，讀書人知道陰邪之氣並無散盡，時間一久仍會聚集成形，因此買了爆竹，只要聽到哭聲，便燃放爆竹，以陽剛之氣趕除陰邪。

佛教講「慈悲」，然而有時慈悲用在錯誤的地方，反而是殘忍，因此圓滿的佛陀是悲智雙運。悲，即為慈悲；智，即是智慧。智慧可以讓我們認清事實真相，慈悲可以讓我們推己及人。倘若智慧勝過慈悲，容易冷酷無情；但慈悲勝過智慧，又落入盲目濫情，必須兼具智慧與慈悲，智慧中有慈悲，慈悲中有智慧。

歷久彌新說名句

佛教戒律以「戒殺」為首要原則，即便是殺死螻蟻或無意殺害飛蛾，皆被看成是不可饒恕的罪孽，故有「掃地恐傷螻蟻命，愛惜飛蛾紗罩燈」之說，可見「慈悲」簡單說來就是不輕易殺生。這在小說《西遊記》中看得非常明白，孫悟空為保唐僧西天取經，一路上見妖殺妖、見魔除魔，但肉眼凡胎的唐僧往往以為悟空沒有一點慈悲心，不是要趕走悟空，就是念緊箍咒阻止他。這種不分青紅皂白、不辨是非的樣子，反而顯示出他慈悲有餘、智慧不足的形象。

本篇名句「小慈是大慈之賊」，意謂小慈悲是大慈悲的敵人，正是藉由故事中的讀書人之口，警惕我們：一時慈悲有時反而會造成更大的傷害。「慈悲」雖然是正確的，但也要輔以理性判斷，而理性能力就是「智慧」，智慧就是我們的知識。世間萬事萬物紛紛擾擾，我們能夠看透表象、深入本質並加以分別；看到真正的苦難，智慧產生，便引導了我們的慈悲，這就是「以智導悲」，啟發了慈悲後，還要再看看世間的苦難，並體會人們更清淨平等的智慧，所以就是「以悲啟智」。

因此，故事中的讀書人雖然殺害了修煉多年的女妖，卻救了更多人的生命，這豈不是犧牲小慈小愛卻換得了真正的慈悲？相較之下，《西遊記》中的唐僧雖然口口聲聲皆是慈悲好善，但沒有用智慧區辨小慈、大慈之別，反而不如這個讀書人了。

舉世盡從忙裡老

公愛民乃好名，不取錢乃畏後患耳

名句的誕生

滄州劉士玉孝廉[1]，有書室為狐所居，白晝與人對語，擲瓦石擊人，但不睹其形耳。知州平原董思任，良吏也，聞其事，自往驅之。方盛陳[2]人妖異路之理，忽簷際朗言曰：「公為官頗愛民，亦不取錢，故我不敢擊公。然公愛民乃好名，不取錢乃畏後患耳，故我亦不避公。公休矣，毋多言取困。」董狼狽[3]而歸，咄咄[4]不怡者數日。

～卷一．灤陽消夏錄一

完全讀懂名句

1. 孝廉：漢代推選官吏的科目之一，後來也以此稱呼舉人。
2. 陳：講述。
3. 狼狽：此處比喻處境困窘，進退兩難。
4. 咄咄：音ㄉㄨㄛˋ，失落、嗟歎聲。

語譯：滄州有位舉人劉士玉，書房被狐狸佔據，白天與人對話，並且會投擲瓦石攻擊人，但大家都看不見牠的身影。出身山東平原的滄州知州董思任，是位好官，聽聞這件事，自行前去想要驅離這隻狐狸。正當他高談闊論、極力陳述人與妖不同路的道理時，忽然聽到屋簷頂端有人大聲說：「您身為官員頗愛護人民，也不貪財，所以我不敢攻擊您。然而您愛護人民是由於喜好得到好名聲，不貪取人民的錢財是怕後患無窮，所以我也不避諱您。您不用再高談闊論了，以免自取其辱。」董思任聽聞此語，狼狽羞窘地回去，有許多天都十分失落、不愉快。

名句的故事

在本篇故事中的狐狸，一反狡滑、陰險的形象，睿智地點明真誠待人的道理。

董思任身為滄州知州，一向有正直、愛民的名聲。聽聞舉人劉士玉家有狐狸作怪，他主動前往想趕走作怪的狐狸，幫助劉家恢復平靜。誰知正當他高談闊論，試圖說之以理時，卻被狐狸譏諷「公愛民乃好名，不取錢乃畏後患耳」，顯現出董思任言行與內心想法完全不同調，他愛護百姓只是表象，只怕壞了自己的好名聲與避免後患罷了！

故事中更舉了一名僕婦做為對照的例子。劉士玉家中有名僕婦，行事粗蠢卻個性純樸，只有她不怕這隻狐狸，狐狸也不會攻擊她。有人問狐狸緣故，狐狸說：「她雖然只是個低下的僕人，卻十分孝順，鬼神見到她都會迴避，何況是我呢！」相較之下，董思任雖身為父母官，卻並非真心誠意地替人民付出，無怪乎會被狐狸譏笑了。

歷久彌新說名句

在古代，一樣也有如董思任被質疑的官員，那就是漢武帝時的宰相公孫弘。據《史記》記載，他吃飯時只吃一種肉，就寢時常蓋一條粗布被。當時的大臣汲黯在武帝面前說：「公孫弘位居三公，明明就有很豐厚的俸祿，竟然還蓋著粗布被，這分明是盜取虛名啊！」武帝詢問公孫弘，他以退為進地答道：「正如汲黯所言，我蓋布被確實是沽名釣譽的狡詐之舉。管仲僭禮而生活奢侈超越國君，晏子向百姓學習而極其檢樸，兩人作法不同，都讓他們的國家富強。今天我蓋布被，則讓九卿的高官與小吏沒有貴賤之別。若沒有汲黯的直言，陛下您怎麼聽得到這些話呢！」臉皮實在有點厚。也因此，後世就以「公孫布被」一詞，來譏刺故做節儉以博取虛名的人。不過，與其過奢，不如過儉，公孫弘還是比石崇讓人尊敬吧！

非唯私情為障，即公心亦為障

名句的誕生

非唯私情為障，即公心亦為障。正人君子，為小人乘其機而反激之，其固執決裂，有轉致顛倒是非者。昔包孝肅[1]之吏，陽[2]為弄權之狀，而應杖之囚，反不予杖，是亦妖氣之翳[3]鏡也。

～卷二．灤陽消夏錄二

完全讀懂名句

1. 包孝肅：包拯，以清廉公正聞名於世。曾任龍圖閣學士，人稱包龍圖；又曾任天章閣待制，人稱「包待制」，卒謚孝肅，贈吏部尚書。而其廉潔公正、不攀附權貴，故有「包青天」及「包公」之名。
2. 陽：通「佯」，假裝、偽裝。
3. 翳：遮蔽。

語譯：不但私心可以蒙住眼睛，即便是公心也會蒙住眼睛，讓人看不清真相。正人君子有時也會被小人藉機激怒，變得異常固執而失去理性判斷，反而導致是非顛倒的情況發生。過去包公的小吏，假作搬弄權勢迫害犯人的樣子，使得應該懲罰的犯人反而不用挨打，這也和妖氣遮蔽鏡子是同一個道理。

名句的故事

紀昀父親對子孫們講解《大學．修身》時，為了讓他們容易理解，便舉了紀昀舅舅孩提時偷溜進父親書房的一次經歷做為例子。

紀昀的外祖父總是親自布置書房，將紙

硯、圖史擺放得十分整齊，平日都將房門深鎖，只有他要進書房時才打開。僮僕除非聽到傳喚，否則沒有人敢輕易進去。書房外的庭院花木十分繁茂，舅舅十一、二歲時，便趁外祖父外出，偷偷溜進院子裡。他聽見一向鎖著的書房裡有走動聲，覺得很奇怪，便從窗子縫隙往內偷看，見到一個美麗的女子坐在竹椅上。竹椅對面有一面大鏡子。舅舅定睛一看，發現鏡子照出的不是女子，卻是一隻狐狸，嚇得不敢動彈，生怕被發現。此時女子突然見到自己的真面目被鏡子照出，急忙起身對著鏡子呵氣，鏡子內的身影竟然就變為女子的樣子了。

紀昀的父親說完這個故事，表示妖氣能使事物失去本形，私情也可蒙蔽自己的眼睛，甚至公心也會成為觀察事物本質的障礙。——也就是名句「非惟私情為障，即公心亦為障」。

何以公心也會成為障礙呢？因為正人君子有時會被小人激怒，從而固執專斷、失去理性，反而導致是非顛倒。紀昀父親又舉了宋代開封府尹包拯為例：當時包公辦案嚴明，有民犯法，應當受到杖脊之責。包公手下小吏收受犯人賄賂，兩人在包公面前演了一齣戲：當包公問訊後，要小吏責打犯人，囚犯開始不斷地分辯，小吏大聲喝斥：「在此多嘴什麼，還不安分受打！」包公見了，認為小吏逾越職權仗勢欺人，因此先杖打小吏十七下，又寬判了囚犯之罪。可見，哪怕是正直如包公，也曾經因為屬下假裝玩弄權術，而受騙上當，不再追究應該被懲罰之囚犯的杖責。這同樣是一種蒙蔽，與妖氣、私情使眼睛被蒙蔽、事物的本質無法顯現類似。

因此，面對任何事物都必須先了解事情的本末，看清事物的本質，這樣對於事物的理解分析才不會有所偏頗，這時才能確保內心的端正；否則光是自以為公正，不細察事物的始末，只會使原本公正的心受到障蔽，做出錯誤的判斷。

歷久彌新說名句

《大學》八目「格物、致知、誠意、正

心、修身、齊家、治國、平天下」，「格物」和「致知」是八目的基礎，所格的「物」、所致的「知」都是指道德修養。也就是說，先要知道什麼是道德標準，才能夠做到不論與別人相處或獨處，不論表現於外或內心，皆是同樣的（誠意），然後才能防止克制個人不正當的感情（正心），最後才能開始修身。而唯有修好身，才能繼續「齊家」、「治國」、「平天下」。

而《大學》：「所謂修身在正其心者，身有所忿懥（ㄓˋ，憤怒），則不得其正；有所恐懼，則不得其正；有所好樂，則不得其正；有所憂患，則不得其正。」如果心有憤怒、心有恐懼、心有喜好、心有憂慮，皆不能端正。而妖氣之所以能使事物失去本形，或因為心的恐懼；私情之所以能夠蒙蔽眼睛，則因為心的喜好；公心之所以也能成為觀察事物的障礙，又或者由於憤怒。

話雖如此，但要能識明事物的本質實非易事，因此佛教認為煩惱的根源也在迷失於萬物表象，因此也要求人們破除表象的虛妄，從而沒有分別心、不再執著。不過，這種境界其實是非常難以參悟、達成的。

據《六祖壇經》記載，禪宗五祖弘忍命弟子作偈上呈，若有能悟得本心者，即將衣缽傳給他。首席大弟子神秀作偈：「身是菩提樹，心如明鏡臺，時時勤拂拭，勿使惹塵埃。」呈現時刻努力勤懇修持的態度，但這並未參透經中「凡所有相，皆是虛妄」的道理。而慧能據此作一偈：「菩提本無樹，明鏡亦非臺；本來無一物，何處惹塵埃？」超脫了萬事萬物之表象，可謂深得明心見性的箇中三昧。這個境界，連神秀都無法達到，可見要破除表象虛妄之難。

君子義不負人，不以生死有異也；小人無往不負人，亦不以生死有異也

名句的誕生

嗟乎[1]！君子義不負[2]人，不以[3]生死有異[4]者；小人無往[5]不負人，亦不以生死有異也。常人[6]之情，則人在而情在，人亡而情亡耳。苟一念死者之情狀[7]，未嘗不戚然[8]感也。

～卷四．灤陽消夏錄四

完全讀懂名句

1. 嗟乎：表示感歎的發語詞。
2. 負：辜負，違背人家好意。
3. 不以：不因為。
4. 異：差別、不同。
5. 無往不負：表示每次、經常性的辜負人，沒有例外。
6. 常人：尋常人，一般人。
7. 情狀：事物的實際狀況。
8. 戚然：憂傷的樣子。

語譯：嗚呼！君子經常以義約束自己不辜負於人，不論活著或是死亡都是一樣；小人則經常背信於人，不論活著或死去也都是相同。一般人對於情義的態度是：人在情義在，人亡情義散；但一想到亡者的心情，仍舊會感到哀傷心痛。

名句的故事

這段名句的背景是位具有通靈能力的老婦人，見到一個男子死後，靈魂癡情地於妻子門前徘徊往復的經過，對世人很有啟發性。

男子過世後，他的妻子邀請老婦人相伴生

活。老婦人經常見到男子鬼魂呆坐院子樹下，時而聆聽兒子哭聲，時而徘徊哭泣的妻子身邊，張望兄嫂和妻子吵架。苦於陰氣逼迫，不敢靠近，只能在窗外側耳細聽，表情悽惻哀愁。當他看見媒婆踏進妻子房中，茫然不知所措；聽說親事告罷，臉上大有喜色。再見媒婆再訪，往返兄嫂和妻子間；他緊步跟隨，惶惶然悵然若失。送聘那日，他坐在樹下淚如雨下，帶著留戀之情緊緊相隨。老婦人見狀，長歎道：「怎麼如此癡傻？」男子不但沒有聽見，還亦步亦趨跟著妻子來到再嫁男方家前，被門神檔在門外。男子叩頭不斷懇求，門神才允諾其進門。他進屋後傻傻地躲在屋角，看著妻子舉行婚禮、送入洞房，直到吹燈上床，還不願離開；最後被土地神驅趕，才狼狽逃離。老婦人後來把這段見聞偷偷告訴男子妻子，她痛苦並懊悔改嫁。村裡的年輕寡婦聽聞此事，都哀歎地說：「我實在不忍心見到死去的丈夫承受這些。」

時人總以為世風之下，專情與癡情之人猶如鳳毛麟角，故而對感情心生絕望。紀昀批駁此觀念，他認為夫妻情深是不受生死阻礙；顧念人情與否是小人與君子的差異。小人總是心胸狹窄，棲惶不安，以利為行事做人標準；利之所動，所以愛之、惡之。君子則是為義所動，君子即使困窘，也不改變初衷。紀昀以此故事向我們展示了他所欣賞的人情溫暖，也以此批評了時下以利為主的小人情義關係。

歷久彌新說名句

《三言》名篇〈蔣興哥重會珍珠衫〉故事中的人物，也可做本名句的見證。

蔣興哥是三巧兒夫婿，兩人婚後恩愛甜蜜，三年後蔣興哥到異地商談生意，出門在即交代三巧兒莫在窗前徘徊，引發輕薄子弟遐想。三巧兒謹守婦道，豈料三年過去，蔣興哥音訊全無。焦急的三巧兒喚了卜卦師詢問，猜測蔣興哥回家時日就在近日；驚喜的她數日流連窗扉，豈料還盼不回蔣興哥，便讓輕薄子弟陳商一窺芳容，進而暗中用計、重金拉攏了薛婆，成了二人的姦情。過了半年多，陳商也與三巧兒暫別回鄉，互約一年後再見。過了幾個月，蔣興哥回來後發現此事，傷心欲絕，顧念夫妻之情並未當面揭穿，還哄騙三巧兒說她爸媽不適，連同嫁妝分毫未取送她回娘家。

好色的陳商，日後不僅經商失敗，甚至罹患重病身亡。結果他的妻子改嫁，居然正好嫁給了蔣興哥。蔣興哥則始終以仁義不負人的態度要求自己，所以當他日後遇到官司纏身時，二嫁吳進士的三巧兒感念昔日蔣興哥不當面為難的舊情，奮而出身相救，免去牢獄之災。

君子義不負人，未必是怕負人會有報應，而是基於心安。人只要做得正，無往而不心安，自然申申如也，夭夭如也。反之，小人無往不負人，未必是不怕報應，而是被情欲名利薰黑了心，所以膽大妄為，不知道該還的債早已等在那兒，沒有人可以逃得過！

仕宦熱中，其強悍者必怙權，怙權者必狠而愎；其孱弱者必固位，固位者必險而深

名句的誕生

士人曰：「仕宦[1]熱中，其強悍者必怙[2]權，怙權者必狠而愎[3]；其孱弱[4]者必固位，固位者必險而深。」

～卷五．灤陽消夏錄五

完全讀懂名句

1.仕宦：作官的意思。
2.怙：倚賴、憑藉。
3.愎：固執。
4.孱弱：文弱、或是缺乏權威與能力的人。

語譯：讀書人說：「熱中當官的人，強悍者一定憑藉權力仗勢欺人；仗勢者必定狠毒而且固執跋扈。文弱的人必定要保護自己的官位，這樣的人必須是陰險而城府深。」

名句的故事

乾隆時代雖是大清盛世、但也是大興文字獄的年代，風光如紀昀，作起官來也必須戰戰兢兢，寫起文字也必須小心翼翼。例如，他想要批判官場眾生相的醜陋，他不平鋪直述，而是透過算命先生虞春潭和文昌帝君身旁的司祿神的討論，圖個淋漓暢快。

虞春潭向司祿神請教，他曾經算過一個應該要大富大貴的人，但是後來卻沒有實現，這到底是何原因。司祿神分析道，一些原本應該要大富大貴的命運，往往因為他們過分熱中，所以官運反而被減削十分之七；被銳減的原因則是，這些人為了保住官位，互相爭寵鬥勝，

互相排擠，只在乎利益、不在乎人情，這種罪惡比貪婪、殘酷，更加嚴重，所以陰間給予的處罰也往上加成。

這種用第三人角度的批評，就是紀昀的圓融之處，這亦是當時的政治氛圍下，紀昀避開你爭我奪的官場生存之道。

歷久彌新說名句

《清史稿》記載，雍正皇帝的兄弟允禩（ㄙˋ），也就是我們熟知的廉清王，是個「柔奸性成」的人，即一個表面柔和、內心陰險的人，而且喜歡「黨羽相結」，結交內外大臣、攏絡自家兄弟，用以鞏固自己在朝堂上的地位。當年聖祖康熙要大臣們推舉適任的繼承帝位者時，允禩獲得一面倒的支持，讓康熙深以為患，因為康熙最痛恨的就是喜歡搏取虛名、勾結朋黨、把持朝綱的人。允禩終其一生都沒機會坐上皇位，後來甚至被削爵奪籍，只能說是過分熱中仕宦、卻招致禍害的下場。

從陰柔轉至強悍的代表，莫過於明朝的宦官魏忠賢。《明史》記載，魏忠賢為人猜疑殘忍、陰險毒辣，喜歡阿諛奉承。在尚未成氣候前，魏忠賢常投皇帝之所好，帶著明熹宗嬉戲遊樂，直到有一次魏忠賢拿著奏摺要熹宗批閱時，熹宗隨口一句「朕已悉矣！汝輩好為之」，意即我都知道了，你看著辦吧，魏忠賢自此專擅朝政、權傾天下。

根據《明朝小史》記載，舉朝阿諛諂媚者拜魏忠賢為乾爹，還稱他為「九千歲」。魏忠賢建立東廠、到處排除異己。明朝三大案期間，黨爭激烈，魏忠賢順利打敗東林黨人，便開始興大獄，廢掉國內所有書院，朝中大臣幾無善類，各省地方官員建立起魏忠賢的生祠來祭拜。作官弄權之極致，莫過於此！

故君子之於世也，可隨俗者隨，不必苟異；不可隨俗者不隨，亦不苟同

名句的誕生

故君子之於世也，可隨俗者隨，不必苟異[1]；不可隨俗者不隨，亦不苟同[2]。

～卷六．灤陽消夏錄六

完全讀懂名句

1. 苟異：標新立異。
2. 苟同：隨聲附和的意思。

語譯：因此君子對於世俗的規則，可以遵循的就遵循，不一定要與眾不同；不能夠隨俗的就不要順隨，但是也不一定要去附和。

名句的故事

紀昀在本篇的旨意是表達讀書人應「知禮」，這個禮是指世俗的禮節，但也意指讀書人應「知理」，這個理是指做人做事的道理。

故事介紹一位在寺中讀書的陳姓書生，他在某個夏夜，竟袒胸露體地睡在寺廟的前廊上。恍惚之間，陳生夢到神明把他召到神座之前，將他狠狠罵了一頓。陳生向神明辯白：「那些做買賣的商人甚至睡在神殿上，為什麼反而只有我被罵？」神明嚴肅地說：「為什麼要跟這些販夫走卒比較呢？你是讀書人，難道不知道什麼是禮嗎？這也就是《春秋》為什麼對賢者有更多要求的緣故呀！」神明更表示「君子之於世也，可隨俗者隨，不必苟異；不可隨俗者不隨，亦不苟同」對於世俗的規則，君子應該是可依循的才依循，該遵守的原則還是得堅持。

讀書是儒者的貢獻社會的途徑之一，書中記載的各種道理，就是儒者當推廣並應用到社會的，而此時儒者甚至可說是群眾的導師。因此，讀書人比一般人更應知理，對於世間形形色色的各種作為，不能因為他人做過，就認為自己也可以做，將之變成遮掩罪過的藉口「隨俗浮沉」，而要有抉擇的智慧。

歷久彌新說名句

至聖先師孔子就是「可隨俗者隨」、「不可隨俗者不隨」的榜樣。《論語》記載，魯國的權臣陽貨想要與孔子來往，但是孔子一直避不見面，這表現出孔子「不可隨俗者不隨」的立場。後來陽貨趁孔子不在家時，送了一隻烤乳豬給孔子，依照當時的禮制，孔子必須前去陽貨家回拜，這就是「可隨俗者隨」，孔子不會特別標新立異；但孔子還是選擇陽貨不在家的時間前去，以表達他「不苟同」陽貨的態度。元代胡炳文在《四書通》稱讚說：「聖人不徇物而亦不苟異，不絕物而亦不苟同。」也就是這個道理。

另有一類型的人稱之為「遊俠」。司馬遷在《史記．遊俠列傳》中描述，遊俠者的行為不見得符合道德法律的標準，但是他們說話一定守信用，做事一定果敢決斷，答應的事情必定做到，勇於犧牲生命、去救助別人，不誇耀自己的本領，也不會誇耀自己功德。我們於此也看出遊俠對於世俗規則也有其不苟異、不苟同的堅持。

還有一類型的人稱之為「鄉愿」，就是所謂的老好人。這類型的人屬於「可隨俗者」、一定跟隨，「不可隨俗者」、他還是會去跟隨，因為這類人希望博得每個人都說他「好」的名聲（《孟子》）。是君子？是遊俠？還是鄉愿者？就取決於我們自我要求的理想與標準囉！

蓋棺以後，論定猶難。況乎文酒流連，唱予和汝之日哉！

名句的誕生

蓋植黨[1]者多私，爭名者相軋[2]；即蓋棺以後，論定猶難。況乎文酒流連[3]，唱予和汝之日哉！

～卷六．灤陽消夏錄六

完全讀懂名句

1. 植黨：樹立同黨。
2. 相軋：互相排擠。
3. 流連：留滯、徘徊不忍離去。

語譯：因為樹立同黨的人多半有私心，爭奪虛名的人會互相排擠；一個人的功過是非即使蓋上棺材了，也還是很難論定，更何況是在把酒言歡、談詩論文、互相吹捧的時候呢！

名句的故事

明朝文人喜歡結社、刊刻詩文，一旦聲氣相求，結社的聚會往往聲勢浩大，動輒數千人。結社活動難免逐漸與政治糾纏一起，如東林書院那副響噹噹的對聯：「風聲雨聲讀書聲，聲聲入耳；家事國事天下事，事事關心。」清朝統一中國，由於文人力持漢夷思想，「反清復明」的結社，一直讓清廷引以為患，乾隆皇帝身邊的紀昀，自是深諳箇中道理。

本篇記載一則關於康熙時的學者顧嗣立的故事。相傳顧嗣立編輯《元詩選》，當全書終於刻印完成時，家中一位年約五、六歲的小孩突然舉手指向門外，說：「看！外面有上百個讀書人正對著大門跪拜呢！」蒐羅過去散失的文章，重新讓死者的作品綻放光采，而令他們在九泉之下依然銘感五內，在紀昀看來是理所當然的。不過，選文要注意，很多假結社之名，互相吹捧，或從事政治活動的，則必須特別小心。當時還很活絡的明遺臣結社，根本是「醉翁之意不在酒」。如同南宋遺民在元朝初期創立的「月泉吟社」，因其成員背景，《月泉吟社詩》大多陳述亡國之痛，明遺臣結社的作品也多是這般。事實上，這哪裡是悼念亡國逝去的人，實在是活著的人號召門生徒弟，濫刻一些沒有價值的書籍，哄抬自己的身價。

對於這些文人吹捧、客套，以致留下的文章名實不符的情況，紀昀諷刺地表示，要評論一個人的是非功過，即使在他死後都十分困難，更何況是在他活著時，彼此把酒言歡，以詩文酬答的場合呢！對此，他也稱讚了南朝梁武帝的長子蕭統在編錄《昭明文選》時，只選到了沈約的作品，當時還在世的人的任何一篇文章都不收。他認為這就是古人偉大之處，完全避開活著的人會互相吹捧的戲碼，反而能呈現出真正的學術價值。

本篇名句提及成語「蓋棺論定」。《明史》上說：「人生蓋棺論定，一日未死，即一日憂責未已。」憂責就是責任，意即人生要等蓋上了棺材才能算是結束，一天沒死，就有一天的責任沒有完成。後人便用「蓋棺論定」比喻一個人的是非功過，要到死後才能論定。

歷久彌新說名句

紀昀除了鄙視文人生前互相聯繫、虛造名聲，對於文人死後爭名也是嗤之以鼻，他以明朝初期的林鴻為例。

林鴻，字子羽，「閩中十才子」之首，擅長作詩，在明朝當代首倡詩歌要學盛唐。紀昀聽太守鄭慎人提及，鄭太守曾經和幾個朋友談論福建地方的詩人，其中對林子羽有諸多批評，結果隔了一夜，書桌上多了幾條詩句，內容像是為林子羽詩法盛唐的事情來辯白的。而這寫詩的筆跡，不是鄭太守、也不是鄭太守的朋友，恐怕是林子羽的鬼魂。所以紀昀覺得「文士爭名，死尚未已」（〈姑妄聽之一〉），可見文人喜歡爭名，死了也不肯罷休。

古人也發展出對死者「蓋棺論定」的表述體例，即「墓誌銘」。簡單來說，墓誌銘就是死者的「履歷表」，內容分為墓誌與墓銘兩種。墓誌多用散文，記述死者的姓名、生平事跡；墓銘則以韻文為主，是對死者的稱頌、表揚或悼念。又例如韓愈的〈柳子厚墓誌銘〉則是用散文寫的，韓愈說柳宗元是「材不為世所用，道不行於時」，才能不被世人所重用，抱負無法在當代施展，即是對柳氏一生命運多舛的論定。

唐宋之後撰寫墓誌銘蔚然成風，因為當逝者下葬之時，墓誌銘即伴隨左右、一生事跡公諸於世，所以墓誌銘的內容多有錦上添花之嫌。蓋棺之後儼然又上演另一種形式的爭名呀。

家庭骨肉，當處處留將來相見地也

名句的誕生

幸我平生尚無愧色[1]，汝等在世，家庭骨肉，當處處留將來相見地也。

～卷七．如是我聞一

完全讀懂名句

1.愧色：慚愧、羞愧的表情。

語譯：幸好我生平對於任何人都沒有愧疚，你們活著的時候，對家裡的至親骨肉，要時時處處想著給將來的相見留個退路啊。

名句的故事

本篇名句是紀昀的母親在臨死之前所說的。當時是乾隆十五年四月，紀昀年二十七歲，才有功名不久，而紀昀的父親則一手將家道漸衰的紀府重新振作起來，因此他的母親張氏，被累贈至一品夫人。

或許是因為經歷過紀氏家族的興衰，讓張氏有著寬厚的智慧，因此期待子孫能處處為人設想。而紀昀的父親更是說，如果人知道有死亡，定會對一切爭強好勝的行徑感到索然無味而回心轉意；倘若人可以考慮到自己的死，一定對自己的行為會知所戒懼、有所終止；可惜，人能夠去探索天地四方的一切，卻常常與眼前的事物失之交臂呀。

一般人說「將來相見地」，即死後相見之處，根據《太平廣記》中的描述，就是指「泰山廟」，人死後會來到這裡，受「泰山府君」的管理，也會在此看到已經過世的親朋好友，重聚一起、開始另一種生活。既然每個人到最後都要面對死亡，死後世界大家都還會再見面，本句名言就是奉勸大家為人處事要寬厚，留給他人的好，也等於就是留給自己的好。

歷久彌新說名句

在敦厚家風的影響下，紀昀深諳「處處有餘」的做人道理。他提及獻縣縣令要向地府預支下一輩子的祿運，這就是做得太過了。紀昀主張，過分奢侈或過分節儉都會招致不幸，例如有權勢的人太過奢侈就會貪婪，富有的人過於節儉就會流於苛薄，因此「凡事留其有餘，則召福之道也」（〈如是我聞四〉），亦即凡事多為他人著想，才是累積福分的方法。

換句話說，不論處於甚麼境地，只要太過，就有可能反彈回來，反而為自己帶來麻煩。紀昀提起有一個大戶人家為了報復被搶劫，所以買通看守監獄的人，對這些搶劫的強盜百般凌辱。強盜們非常氣憤，想說反正搶劫本來就要處死，所以他們乾脆給自己加一條強姦了大戶人家婦女的罪名。這下大戶人家的顏面受了極大的羞辱。紀昀說：「擲石擊石，力過猛必激而反。取一時之快，受百世之汙，豈非已甚之故乎？」（〈姑妄聽之一〉）用丟石頭去打石頭，力道太大、石頭自然就會反彈回來；為了一時的痛快，卻讓整個家族蒙羞，不就是因為做得太過分了嗎？

所以，我們做人做事都要學著隨處放心，不去與人紛爭。例如紀昀很氣自己被辭職的廚子欺負了，後來得知同僚劉景南寫了一首詩，說道：「留取他年相見地，臨階唯歎兩三聲。」（〈灤陽續錄一〉）意思是大家好聚好散，對著階梯歎口氣就好，毋需惡言相向，留著大家將來見面的餘地。紀昀再三反覆吟誦後，心裡的怒氣也就煙消雲散了。

宋朝法演禪師的「法演四戒」的頭兩戒就是：「勢不可使盡，福不可受盡。」凡事給自己留點餘地，豐厚自己的福田，給別人留點餘地，豐厚我們的人脈存摺，以備他日的不時之需。我們需要的就是這種氣度。

舉世盡從忙裡老，誰人肯向死前休

名句的誕生

一友偶1吟「舉世盡從忙裡老，誰人肯向死前休」句，相與慨歎。

～卷七．如是我聞一

完全讀懂名句

1.偶：碰巧、突然。

語譯：一個朋友隨口吟誦「世人都在忙碌中年華老去，有誰肯在死前先罷手」的句子，大家都很有感慨。

名句的故事

根據《清高宗實錄》記載，乾隆三十三年，紀昀的親家、兩淮鹽政使盧見曾，因為營私貪汙而被革職查辦，紀昀當時也因通風報信，被發配到新疆的烏魯木齊，在那待了兩年。在這段期間，他的兒子與愛妾都過世了，這讓他對官場險惡與世態炎涼有更深厚的體悟。即使後來紀昀重新獲得聖眷，他的心靈與處事也比過去更加自在與通達。

本篇故事便是用嘲諷的角度，勸戒世人要認真地活。故事中，錢塘人陳乾緯與友人登寺樓遊覽，其中一人不禁說出「舉世盡從忙裡老，誰人肯向死前休」一句，引起眾人慨歎。然而寺中的師父卻認為，人其實到死都不會罷手，並向眾人分享他的一次經歷。數年前，他突然聽見橋邊傳來爭執聲，似乎是兩鬼正在爭奪墓地。一會兒又聽到一人對著吵來吵去的鬼魅們說：「兩位請聽老僧一言，人生在世之所以會紛紛擾擾，是因為還不知道那只是一場夢，你們現在已經從夢裡清醒了，夢中曾經萬般經營的富貴在哪呢？曾經計較的恩恩怨怨又在哪呢？」兩鬼聽了不禁嗚嗚低泣。

老僧的意思是，人的生命歷程體驗過了，鬼的歷程也體驗過了，那就該知道萬事皆空的道理。就像黃粱一夢的書生醒了之後，便覺悟了。那麼，人生在世，我們何必汲汲營營於名利呢？

歷久彌新說名句

《楞嚴經》曾記載佛陀與波斯王的一段對話。佛陀問波斯王：「您現在的肉體是會像金剛一樣常住不壞呢？還是會變壞？」波斯王回答：「世尊，我現在的肉體終究會消滅。」佛陀又問波斯王：「您為什麼會明白您的肉體將會消滅呢？」波斯王進一步解釋，因為他觀察自己的身體，時時刻刻都在改變、都在新陳代謝，像柴火一樣在燃燒著，柴火終究會有燒完的時候，所以肉體有一天一定會滅盡。

很多人無法參透這番道理，特別是與榮華富貴、名聲顯赫無緣者。這類人常常心存妄想，所以追名逐利起來，也會備加辛苦。如同唐朝詩人杜荀鶴在〈秋宿臨江驛〉一詩中所說：「南來北去二三年，年去年來兩鬢斑。舉世盡從愁裡老，誰人肯向死前閒。」忙忙碌碌、庸庸擾擾，時間逝去，也只換得青春歲月的流失，但是世人還是一樣愁名、愁富，不肯縮手。

難得有像清朝順治皇帝者，他因為與生俱來的富貴，反倒對萬事萬物之無常，更懂得放下。他曾在〈順治皇帝讚僧詩〉中說道：「百年世事三更夢、萬里乾坤一局棋。」再大的事業、再大的功勳，也不過是一場夢、一盤棋局，因此他選擇從夢中清醒，並決定：「我今撒手西方去，不管千秋與萬秋」。順治皇帝急著去學作佛事，很多人卻把學佛向道當作是老年人的事，因此往往來不及透過宗教去認識生死大事時，便撒手人寰。誰人肯向死前修？順治皇帝是也。

不見可欲故不亂，見則亂矣

名句的誕生

汝能不起妄念耳[1]，妄念故在也，不見可欲[2]故不亂，見則亂矣。平沙萬頃中留一粒草子，見雨即芽。

～卷八．如是我聞二

完全讀懂名句

1.耳：而已，語尾助詞。
2.可欲：指令人心動的事物。

語譯：你能做到不心生邪念而已，其實欲念仍然存在。眼下不見令人心動的事物，所以能夠正直不亂，一旦眼見，心性恐怕就要紛亂了。好比曠野上堆沙萬頃，只要其中留下一顆小小的草芽種籽，一旦下雨了就要萌芽。

名句的故事

這是一則關於「自制力」的哲思故事。書生某甲遊訪嵩山，在荒郊野地向一名女子問路。那女子言談不俗，能曉書墨，不像一般農家民婦，還十分大方地在樹下和某甲說笑聊天，讓某甲不禁懷疑這女子會不會是狐魅鬼物？過了一陣子，女子忽然站了起來，嘴裡唸唸有詞道：「好險、好險，差一點就要失敗了！」原來這女子跟著師父修行了一百多年，師父常常對她說：「妳的道行境界還不夠，只不過平日沒有遇到令人心動的人、事而已。」面對書生，女子羞赧地說：「哎，我今天竟然對你動了凡念，再不克制，就要情不自禁啦！」說完，倏地不見人影。

這段才子佳人的鄉間邂逅，被包裝在一個不可解的奇聞怪談之下，結局看似離奇，其實充滿對於人情欲望的理性節制，名句的來由，便是故事中女子師父對她的叮嚀提醒。要在情感即將進一步發展的臨界點斷然喊停，把關係維持在合宜的人我分際狀態，實非易事，難怪需要幾百年的修行，才能讓情感合乎規範，而又收放自如啊！

故事中有趣的是，先從曖昧情境清醒過來的，不是讀聖賢書的書生，而是疑似狐魅的女子。狐魅鬼物是人心對於未知世界的想像，在一般民間傳說裡，大多冶豔嬌媚，但在清代的文言小說裡，卻有不同的想像與創造：蒲松齡著名的鬼故事《聊齋誌異》把許多狐妖鬼魅寫得重情重義，藉以反映真實的世人的醜惡；紀昀的《閱微草堂筆記》則把許多狐魅的形象塑造成道德的維護者、禮教的發聲者，這是《閱微草堂筆記》一書很特殊的地方。

歷久彌新說名句

常常我們自以為自制力足夠，其實只是沒有真正遇到「考驗」而已。以最簡單的「食欲」為例，「節食減肥」看似容易，只要「少吃」就好，但真實執行過的人便知，要做到美食當前而無動於衷，還真的不是那麼容易！更何況面對更為動人的美色，乃至錢財、生存等等的欲求挑戰？當你可以「擁有」卻猶能自我抉擇地拒絕，才算是真的「不為所動」。

春秋時代有個聖人，名叫柳下惠，他為人隨和，為人處事不會拘束於僵化的原則堅持。傳說有一次，一個美麗的女子在嚴冬中快要凍僵了，柳下惠不慌不忙脫下上衣，用自己的身體讓她取暖，過程之中全無邪念或非分之想。別人問他如何可以「坐懷不亂」，而且不在乎外界眼光？他輕鬆自在地回應：「爾為爾，我為我，雖袒裼裸裎於我側，爾焉能浼（音ㄇㄟˇ，汙染）我哉？」（《孟子．萬章》）（你是你，我是我，就算你赤身裸體坐在我的身旁，只要我能自持，你又如何能讓我心生邪念呢？）真是道德修行的極高境界，無怪乎孟子稱他為「聖之和者」。

後來毛亨在解釋《詩經．小雅．巷伯》一詩時，舉了這麼一個故事：在一個暴雨大作的夜裡，一名寡婦的家被風雨吹垮了，慌亂間，她向隔壁的一個獨居男子求助，豈知，那男子竟然支支吾吾地說：「我……我聽說男女不到六十歲，不可以冒昧居處在一起，所以我……我不能開門救妳！」婦人聽了，質問他：「當初柳下惠直接用身體溫暖來不及入門避寒的女子，能夠坐懷不亂，別人也不認為他有非禮行為啊！」男子還是不敢開門，沒頭沒腦地說道：「柳下惠他是聖人，可以開門，我……我不能開門。我要用我的『不開門』，來向柳下惠的『開門』學習。……」可以看出書生「道行」不夠，必須透過外在克制的手段，才能避免心中未除的邪念種籽發芽，雖有點不近人情，但能「嚴守禮教」，避免自己「見可欲」而亂，也值得尊敬。

不求幸勝，不求過勝，此其所以終勝歟

名句的誕生

力不足以勝之，則避而不爭；力足以勝之，又長慮深思[1]，而不盡其力。不求幸勝[2]，不求過勝，此其所以終勝歟[3]？

～卷八．如是我聞二

完全讀懂名句

1.長慮深思：長遠考慮，深刻思量，即深思熟慮、審慎衡量。

2.幸勝：僥倖獲勝，即險勝。幸，通「倖」，僥倖。

3.歟：句末感歎詞。

語譯：發現自己的力量不足以獲勝，就避免正面的爭執衝突；知道自己的力量足以致勝，又懂得深思熟慮，全面地審慎衡量，並不盡全力去打壓對手。不在險中求勝，亦不過度求勝，如此處事態度，正是可以獲得最終勝利的關鍵吧？

名句的故事

在紀昀筆下的狐鬼充滿人情智慧，常常出其不意主動與人對話，而且所說的話還常常很有哲理呢！以下這個故事是紀昀聽老儒劉挺生說的：

東城的一個獵人在半夜睡醒，忽聽得窗紙窸窣作響，獵人於是大聲叱問：「是誰？三更半夜吵什麼？」果不其然，虛空中飄飄忽忽傳來細小的聲音：「呃，你好，我是鬼啦！有件事想請你幫忙。」原來，這個鬼某天出「墓」

辦事，回來的時候竟發現他的墓已被一群狐精佔據，弄得有家歸不得。鬼思忖自己本是文士，要打架一定打不贏，所以想要請託獵人打獵的時候多繞幾步路，經過墓地，嚇嚇那些狐精。

鬼很細膩，設想周到，特別叮囑獵戶只要作勢威嚇狐精就好，不要真的傷害他們，否則哪天事蹟敗露，這群狐精勢必會來找他算帳！

紀昀聽了這個故事，很佩服這個鬼的處事態度，便以「不求幸勝，不求過勝」來評論，也藉著「鬼事」向讀者剖析「所以終勝」的道理：凡待人處事，即使在「理」上完全站得住腳，也毋需盲目地前往爭執，反而必須設法讓自己能從激動的情緒中冷靜下來，觀照全局，衡量彼此實力，以及把事情做得圓滿的可能。發現自己果真不敵對手的時候，也不必要徒然自暴自棄、怨天尤人，而是應該積極地設法尋求外援。當尋得協助，有充分勝算的時候，更要避免趕盡殺絕、復仇而後快的企圖。唯有懂得為自己與對方都留一條後路，方得確保長久和諧的可能。

面對強者，不姑息寧人，也不強出頭，面對勝勢又能不趕盡殺絕。——這個鬼誠然為人們做了很好的榜樣，示範了弱者面對強凌之時，可以學習的處事態度。

歷久彌新說名句

《孫子．軍爭》云：「窮寇勿迫，此用兵之法也。」自古以少勝多的戰役不少，可見成敗關鍵不全在於敵我戰力，而在於誰能冷靜地辨明時局，因時地而制宜，尋求最有利的作戰策略；同時，確切認知作戰目的，見好就收。無論處於優勢、劣勢，掌控得住自己，不隨一時的情緒起舞，比控制住敵軍更為重要。

在劉向《說苑．復恩》中，描述了一個春秋時代的故事：楚莊王一次戰爭大捷，設酒大宴群臣，眾人酒酣耳熱之際，忽而燈火熄滅，四周一片黑暗。這時有個臣子把持不住，趁機拉了莊王美人的衣裳一下。美人盛怒，拉斷那人的帽帶做為證據，要莊王抓出狼爪，為她報仇。

莊王聽聞美人被騷擾，當然氣憤，但冷靜一想，這事畢竟還算輕微，而且是自己請人喝酒，而至醉酒失禮，若在此際大逞君王權威恐不甚好。於是，莊王傳令左右道：「先別點燈！今晚我大家忘記禮儀規矩，要喝個痛快！不喝到盡興、喝到把帽帶都扯斷了，不准回去！」席上大臣一百多人聽了開懷，果真盡情盡興把酒言歡，席散之際把火點上，一大堆人把帽帶拉斷了，根本找不著「狼爪」是誰。

楚莊王回宮之後要如何應對美人的嬌嗔？這點於史無載，倒是事件過了三年之後，一回晉、楚交戰，有個將軍總是一馬當先、衝鋒陷陣，赴湯蹈火，不顧自身安危，莊王見了極為感動，召見相問，那人說：「王啊，我就是當年那個『絕纓』（纓：帽帶）之人哪！您當時寬大地留了我一條生路，我現在豈能不肝膽相報呢？」最後，楚國打敗晉軍，奠定了富強的基礎。從「不求過勝」這點來看，莊王在處事上的自制與果斷，誠足以使之成為一代霸主。

以勢交者，勢敗則離；以財交者，財盡則散

名句的誕生

此如以勢交者，勢敗則離；以財交者，財盡則散。當其委曲相媚[1]，本為勢與財，非有情於其人也。

～卷十一・槐西雜志一

完全讀懂名句

1. 媚：阿諛獻媚。

語譯：這就如同希望得到權勢而跟人交往的人，在權勢衰敗時，便會離開；想得到財富，而與人交往的人，在財富用盡後，便會離去。因為當初他願意低三下四的阿諛獻媚，本來就是因為貪圖權勢與財富，根本不是對人有感情。

名句的故事

有位少年，因為被狐女媚惑，而一天天的消瘦，但狐女仍然常常前來。直到有一天晚上，少年已經疲憊到無法行床笫之事，狐女立刻毅然決然地披衣告辭。少年哭著挽留她，狐女仍不為所動。於是少年憤怒地指責她無情無義。狐女被他激怒，回過頭來憤憤不平地說：「我和你本來就沒有夫妻的名分，不過是為了採補才來找你，既然你的精氣已竭，我沒辦法再得到好處，為什麼不離開？這正如同那些因貪圖權勢財富而與人結交之人，一旦想要的東西沒了便會離開。你自己當初依附在某家和其他家，為何如今斷絕音訊，不再和他們來往呢？你有什麼資格責備我！」前來照料少年養

病的人聽了紛紛歎息，少年說不出話來反駁，只有默默地轉過身去，不再挽留狐女了。

狐女的立場非常鮮明，完全是因為少年有值得利用的地方，才會留下來，等到沒有她所需要的利益時，便是她離開的時候，所謂「以勢交者，勢敗則離；以財交者，財盡則散」就是這樣的意思。紀昀於此藉狐女媚人乃出自於利，無非是希望我們能反省自己，當你在追究別人的同時，究竟自己是怎麼對待他人的啊！

歷久彌新說名句

歐陽修在〈朋黨論〉裡，起句便說：「臣聞朋黨之說，自古有之，唯幸人君辨其君子小人而已。」歐陽修認為君子與小人最大的分別，在於「君子與君子，以同道為朋；小人與小人，以同利為朋。」意思是說君子是因為道義原則一致，而結成朋黨的，但小人卻是因為利害關係相同，而臭氣相投。

「小人無朋，其暫為朋者，偽也。」小人貪圖利祿貨財，不過是因為有共同利益，便暫時互相勾結，但當無利可圖時，立刻疏遠甚至殘害，這樣的交情是虛假的。君子則是「所守者道義，所行者忠信，所惜者名節。以之修身，則同道而相益；以之事國，則同心而共濟，終始如一。」君子的友誼建立在忠誠、名譽與節操的基礎上，他們平常修身治國，聚集在一起時也是志同道合、始終如一。

俄國文學評論家別林斯基曾說：「真正的朋友不把友誼掛在口上，他們並不為了友誼而互相要求什麼，而是彼此為對方做一切辦得到的事。」不只是朋友，所有人際關係上的處理，都不該是互相要求，而是互相付出才是。

心心在一藝，其藝必工；心心在一職，其職必舉

名句的誕生

心心[1]在一藝，其藝必工；心心在一職，其職必舉[2]。小而僚[3]之丸、扁[4]之輪，大而皋、夔、稷、契[5]之營四海，其理一而已矣。

～卷十二．槐西雜志二

完全讀懂名句

1. 心心：一心一意，專心。
2. 舉：興起。
3. 僚：熊宜僚，春秋時楚國勇士，善於彈丸。
4. 扁：輪扁，春秋時齊國有名的的造車工人。
5. 皋、夔、稷、契：傳說是舜帝時代的四位賢臣。

語譯：將全部的心思集中在一種技藝上，這個人的技藝一定能夠純熟；將全部的心思都用在某種事業上，這個人的事業一定能興旺。小則有宜僚的彈丸、輪扁的造輪，大的則有皋、夔、稷、契的經營四海，其中的道理都是一樣的。

名句的故事

本篇名句談的是若心對某一種事物的持續專注，所得成就必是非凡。故事中幻化成人形的狐仙與人喝醉了酒，在花叢樹下睡著了，主人以為狐仙酒醉之後會變回原形，因此先給狐仙蓋上被子，誰知這個狐仙酒醒之後，還是維持人形。

狐仙便向主人解釋，狐可以變形的訣竅在於心的修煉，所謂煉形需先煉氣，煉氣需先煉

心；心神寧定，就能夠氣息凝聚，自然可以說變就變。而練心的祕訣就在於持續專注。

《莊子．徐無鬼》上說：「市南宜僚弄丸，而兩家之難解。」相傳楚國的白公勝想要作亂殺掉令尹子西，在他人的推薦之下，前去邀請宜僚來助陣。白公勝的使者到時，宜僚正在操弄丸鈴，所以不跟使者說話，使者即使拔劍威脅，宜僚也不理會；後來白公勝沒有獲得宜僚的效命，便無法起兵，而令尹子西也沒有被殺。這個故事說明了宜僚對丸鈴操弄純熟，連人拔劍威脅都可不為所動，專注使之技藝爐火純青至此。

春秋時齊國有名的的造車工人輪扁和齊桓公討論起讀書和製作車輪的問題，也同樣呈顯出技藝的深度。齊桓公自恃讀的是聖人寫的書，而輪扁卻提醒他，聖人已經死了，齊桓公讀的不過是聖人留下的殘餘之物。輪扁說他造輪子的時候，榫子做得是鬆了、還是緊了，只有在製造的過程當中，才能體會，其中的微妙是無法用言法表達的；因此，聖人知識中的智慧，也無法完全寫在書中。

換句話說，事物操作的方式是可以傳授出的，但是事務操作過程中的進退智慧，該有的火候，卻是難以言喻，而必須倚賴各人用心的體會。只有用心體會，技藝、職位才能精進。

歷久彌新說名句

心能專注同一事務而有所成就，就在於勤，一種可以持續的執行力。唐宋八大家韓愈在〈進學解〉中便說：「業精於勤，荒於嬉；行成於思，毀於隨。」意即，對於所從事的工作能夠成功，在於平日的努力與勤勉，過於貪圖玩樂、則容易一事無成；做人行事之成功在於思慮周詳，過於隨意、任性，只會導致失敗。因此，對於所學的事務能持續專精，是要付出相當的毅力與時間。

而這樣的付出是不分資質。北宋詩人黃庭堅在〈跛奚移文〉中說「持勤補拙，與巧者儔。」持續的勤奮努力可以彌補資質上的不足，就能與靈巧熟練者一樣了。

曾經極樂之境，稍不適則覺苦；曾經極苦之境，稍得寬則覺樂矣

名句的誕生

于南溟明經[1]曰：「人生苦樂，皆無盡境；人心憂喜，亦無定程[2]。曾經極樂之境，稍不適則覺苦；曾經極苦之境，稍得寬則覺樂矣。」

～卷十三．槐西雜志三

完全讀懂名句

1.明經：原為選拔官員的科目之一，明清時以此尊稱貢生。

2.定程：既定的模式。

語譯：貢生于南溟說：「人生的困苦與歡愉，全都沒有盡頭。人心裡頭的憂煩和喜樂，也多半沒有固定的格式。曾經待過快樂至極之處，稍微有一點不舒適就會感到苦楚；曾經身處過痛苦至極之處，稍微得到放鬆就會感覺到快樂。」

名句的故事

這是一則貢生自述體會的故事。原先貢生于南溟在某地教書，老覺得居住環境惡劣至極：學堂的屋宇又矮又窄，幾乎無法抬頭。既沒有門簾、床帳，院裡也沒有樹木遮陽，人在室內像坐在蒸籠裡，想午睡又往往被蒼蠅蚊蟲打擾。他常常無法安睡，認為所謂猛火地獄大概也就如同這裡了。直到有次他疲累地睡著後，夢見自己在海上行船，突然遭逢狂風暴雨，天空黑沉沉的，船的桅杆和帆都被吹斷吹破，他嚇得心膽俱裂。就在他即將隨著船沒入

海中時，忽然有人將他提起、丟到岸上，又有人拿繩子把他綁起來關到地窖中，四周伸手不見五指，他甚至感到難以呼吸。不久聽到呼喚聲，他驚醒後發現仍躺在學堂寢室那只有三隻腳的破木床上，卻因心境改變，反而覺得自己如同住在蓬萊仙島一般了。

夜裡，就著明亮的月光，于南溟和弟子們一同到河邊散步，並在柳樹下向弟子講了這個夢境，闡述人生沒有所謂的快樂或痛苦，重點在自己如何面對。只聽到岸邊的草叢中微微傳出歎息：「我們沉在水底，終究勝過地獄中的人啊！」

名句「曾經極樂之境，稍不適則覺苦；曾經極苦之境，稍得寬則覺樂矣」點出一個人快樂與否的最大關鍵，便在於內心如何定義苦樂。其實世事本就不可能盡如人意，因此只要心境平和，就算身處逆境，也一樣能夠安然快活的呀！

歷久彌新說名句

佛語有句話叫「一水四見」（或說「一境四心」），大意是說：水對人類而言，是用來飲用的；對海底生物而言，水是牠們的住處；如果讓餓鬼看見水，那聯想到的就是膿血；但天來說，水則是寶嚴地。雖然是同一個境地，但由於觀看者不同，便有天壤之別。

追根究柢，會有這樣的差異，主要是因為「心」不同。此外，「一念天堂，一念地獄」的意思也與此十分接近，這句佛語也正巧呼應紀昀想於此篇所表達的精神——很多時候經歷什麼並不是重點，重點是你怎麼想。往好的地方想，一瞬間就到了天堂；往壞的地方想，一瞬間就到了地獄。而這也正如蘇轍《黃州快哉亭記》所言：「使其中不自得，將何往而非病？使其中坦然，不以物傷性，將何適而非快？」人生在世何其短暫，不妨就以樂觀的心態面對各種挑戰吧。

祖父之積累如是其難，子孫之敗壞如是其易也

名句的誕生

蓋祖父之積累如是其難，子孫之敗壞如是其易也。祖父之於子孫如是，其死尚不忘也，人可不深長思乎？然南澗言，此生終身不第，顑頷1以終。殆流蕩不返，其祖亦無如何歟？抑或附形於塾師，附形於僕婦，而不附形於其孫，亦不附形於其子，猶有溺愛者存，故終不知懲歟？

～卷十七．姑妄聽之三

完全讀懂名句

1.顑頷：因飢餓而面貌憔悴。顑，音ㄎㄢˇ，飢餓的樣子。

語譯：祖父累積陰德是如此困難，但子孫要敗壞它又是如此容易。祖父對於孫子就是這樣的，即使死後也無法忘懷，對此人們豈能不好好深思一番？然而南澗說這個書生一輩子也沒有考上舉人進士，最後窮困潦倒而死。這難道是因他放蕩慣了不肯回頭，他的祖父也無可奈何嗎？抑或是因為祖父的魂魄附身在老師身上，又附在僕婦身上，卻沒有附在孫子身上，也沒有附在兒子身上，對兒孫還有溺愛之心，導致那書生終究不知道陰間的懲罰呢？

名句的故事

有個書生才氣縱橫，雋秀超群。某天夜裡他出外散步，徒中遇到一名村女，與她眉目傳情，暗通款曲，於是派家中的僕婦代為傳話，約好在某晚時，村女虛掩後門等他前來會面。

當天晚上，書生好不容易出了門，正當他摸黑往前走時，忽然火光一閃，見到一個厲鬼站在面前，書生驚嚇萬分，趕緊逃回家。

第二天，書生在私塾讀書時，老師突然端坐，並大聲說道：「我費盡千辛萬苦才積得一點陰德，能使孫兒考中科舉。哪裡想到他竟要翻牆與人私通，自毀前程？幸好我變幻成厲鬼的樣子嚇阻了他，總算能保住他考中科舉的資格。你這個老師接受人家的束脩，怎麼竟管教不嚴！」說完又讓老師自打了十幾下耳光，而後昏倒在地。家裡人正忙著救治老師，不料僕婦也一樣打起自己的耳光來，說：「你是在我家三代為奴的老僕，又不是那些朝秦暮楚的奴僕，小主人胡作非為你不但不勸誡他，也沒有告訴主人，還助紂為虐，差點誤了他一生！以後若你再不悔改，我可要奪走你的魂魄！」接著也陷入昏迷。兩人過了很久才醒來。

紀昀的學生趙南澗當時正好在場，曾經親眼目睹此事，但他說，這個書生最後終身沒有考上進士，甚至窮困潦倒而死。

紀昀因祖父的用心良苦，感歎「祖父之積累如是其難，子孫之敗壞如是其易也」——祖父累積陰德是如此的困難，好不容易有個孫子得以因積下的陰德考中科舉，但子孫要敗壞它又是如此容易。但紀昀也提出質疑，認為祖父附身在老師、僕婦身上，分別給予他們警告與懲罰，卻偏偏不附身在孫子、兒子身上，這是否就是因他仍溺愛孫子，使書生始終不明白陰間的懲罰呢？或許孫兒如此，祖父也要擔負一點責任吧！

歷久彌新說名句

《閱微草堂筆記》卷十八〈姑妄聽之四〉也有另一則故事：有個愛賭博的人，將家裡所有的財產都輸光了，夫妻倆在寒夜中後悔哭泣，他死去的父親恨他不務正業，悲傷號叫，附近有個鬼魂代他去賭將過去輸的銀子都贏了回來，要他改過自新，因為這種事絕不可能發生第二次。從此以後，那個人就痛改前非，重新做人。紀昀針對這則故事，感歎道：「不肖之子，自以為唯所欲為矣，其亦念黃泉之下，有夜夜悲嘯者乎？」——世上不長進的兒孫們，自以為可以為所欲為，他們會想到黃泉底下，有人為自己夜夜悲哀哭泣嗎？

曹雪芹《紅樓夢》第一回的〈好了歌〉有一段說：「世人都曉神仙好，只有兒孫忘不了！痴心父母古來多，孝順兒孫誰見了？」表達了世上父母對子女的關心至死也不會改變，即使知道修道成仙能夠自在逍遙，他們仍放不下自己的孩子。只是世上有多少子女懂得體恤父母的心情呢？父祖們艱難創業、累積陰德，花天酒地的孩子們卻輕易地敗壞德性、輸光家產。

之所以如此，與父母親對子女的過度疼愛，甚至是溺愛有絕對的關係，《三字經》：「養不教，父之過；教不嚴，師之惰。」生兒育女，若只知道養活卻不懂得教育他們，那就是做父親的過錯；老師教導學生，如果不嚴格而沒有把學生教育好，那就是老師偷懶，沒有盡到為人師表的責任。所以在這篇故事中，祖父的鬼魂附身在老師身上、附身在僕婦身上，責罰兩人的確有其理由；但不附身在孫子、兒子身上，則又忽略了身為父親的過錯了，這豈不是溺愛嗎？

用兵者務得敵之情

名句的誕生

後問妾：「何以辨此？」泫然曰：「吾故盜魁[1]某甲女，父在時，嘗言行劫所畏唯此法，然未見有用之者。今事急姑試，竟僥倖驗也。」故曰，用兵者務得敵之情。又曰，以賊攻賊。

~卷十八．姑妄聽之四

完全讀懂名句

1.盜魁：盜匪的首領。

語譯：後來問侍妾怎麼會想出這個辦法來，侍妾流著淚說：「我本來是強盜頭子某甲的女兒，父親生前曾說去搶劫最怕的就是這個辦法，但從來沒有看人用過。當時情況危急，我姑且一試，沒想到竟然僥倖成功了。」所以說，用兵的人一定要了解敵人的狀況。又有一種說法，叫以賊攻賊。

名句的故事

本篇名句出自紀昀對一則時事的評述。

有一夥強盜搶劫一戶富人，主人夫婦皆被抓住，於是所有人都不敢反抗。此時侍妾逃到廚房躲藏，對生火的丫頭說，在屋頂上把風的強盜見不到屋簷底下的人，她可以順著屋簷逃出，並告訴外面的僕人解救辦法：只要眾人騎上馬、拿著武器至三五里之外的地方埋伏，在天亮前強盜們一定會挾持主人撤離，並在一兩里路外放掉主人，以免主人能得知他們的逃離方向。這時僕人們就要趕緊救下主人，同時追在強盜們的後面，強盜們停、僕人也停，強盜們走、僕人們就跟，強盜們回頭驅趕、僕人們就往回跑，反覆幾次。如此一來，強盜們如果一直走，僕人們就能得知他們的巢穴；強盜們如果一直回頭，就無法順利逃走。僕人們依著這個辦法行事，最後果然將強盜全部擒住了。

主人問侍妾怎麼能想到這個辦法，侍妾才道明身世，說自己本來是強盜頭子的女兒，在情況危急時冒險嘗試父親曾提及的攻賊之法，僥倖成功。因此紀昀評論說：「用兵者務得敵之情」，克敵制勝沒有訣竅，只要能了解敵情、行事得當，就能得勝。

歷久彌新說名句

名句「用兵者務得敵之情」與《孫子兵法．謀攻》中所說的「知己知彼，百戰不殆；不知彼而知己，一勝一負；不知彼，不知己，每戰必殆。」相似，都強調用兵作戰必須既了解敵方也了解自己，才能長勝不敗；如果不瞭解對方、只瞭解自己，就有一半的機會失敗；既不瞭解對方又不瞭解自己，將每戰必敗。

至於預知得勝，孫子也提出五種方法：能準確判斷仗能打或不能打的，勝；能根據敵我雙方兵力的多寡而採取對策者，勝；全國上下，全軍上下，意願一致、同心協力的，勝；以有充分準備來對付毫無準備的，勝；主將精通軍事、精於權變，君主又不加干預的，勝。其實也就是「知己知彼，百戰不殆」了。

今天我們常聽到「知己知彼，百戰百勝」，就是從這句話演變而來的，然而事實上沒有一位將領可以「百戰百勝」、可以永遠不輸，可見「百戰不殆」是比較保守且接近事實的說法。

無欲常教心似水，有言自覺氣如霜

名句的誕生

問答之頃，術士顧所召神將，已失所在。無可如何，瞋目[1]曰：「今不與爾爭，明日會當召雷部[2]！」明日，嫡再促設壇，則宵遁矣。蓋所持之法雖正，而法以賄行，故魅亦不畏，神將亦不滿也。相傳劉念臺[3]先生官總憲[4]時，題御史臺[5]一聯曰：「無欲常教心似水，有言自覺氣如霜。」可謂知本矣。

~卷十八．姑妄聽之四

完全讀懂名句

1. 瞋目：瞪大眼睛怒目而視。
2. 雷部：相傳風、雨、雷、電等，都有神掌管其事。掌管雷者，便稱為「雷部」。
3. 劉念臺：即明末大儒劉宗周，字起東，號念臺。曾於蕺（ㄐㄧˊ）山講學，故被稱為蕺山先生。
4. 總憲：御史臺古稱憲臺，故明清都察院左都御史又被稱為總憲。
5. 御史臺：官署名。明代以後改設都察院，主管監察、彈劾及諫議。

語譯：就在他們互相問答的時候，術士發現召喚來的神將已不知去向。術士無可奈何，眼睛一瞪，大聲喝道：「今天先不和你爭，等著瞧，我明天一定召喚雷神前來！」第二天，嫡妻派人再來催促術士設壇作法，才發現那個術士早已連夜逃走了。因為他的法術雖然光明正大，然而他的卻是因接受賄賂而行使法術，所以才會妖怪不怕，神將不滿。相傳明末劉宗周先生作左都御史時，曾為都察院題了一副對聯：「沒有欲望就能常使心靜如水，有諫言時要自己覺得氣勢如同嚴凜的霜雪。」真是說到了根本了。

名句的故事

本篇故事緣自一則嫡妻與狐妾爭寵的家庭事件。有個舉人到了四十歲仍膝下無子，於是納了一個妾。這個妾非常聰慧，又為舉人生了個兒子，更令嫡妻無法容納她，強行將她轉賣到遠方去了。為此，舉人十分傷懷，常精神恍惚若有所失。一晚，他獨自住在書房中，到了半夜還睡不著。忽然，舉人見到妾走了進來，舉人又驚又疑地問：「你怎麼回來的？」妾表示她是私逃回來的。舉人不禁沉思，隔了一會才說：「你逃回來，新的主人來追捕該怎麼辦？那個妒婦又怎麼會容得下你呢？」妾笑著對他說：「實不相瞞，我本是狐狸，以前是人，所以遵從人的道理，不敢不忍受嫡妻的嫉妒，現在恢復成狐狸，出入無跡，她怎麼會知道呢？」不過時間一久，嫡妻還是發現了，更請來術士召神抓妾。妾與術士爭辯：「既然舉人無子，納妾理所當然。我生了兒子卻無故被攆走，罪不在我。更何況把我賣掉的是嫡妻那個妒婦，又不是夫君的意思。夫君仍然願意接納我，不就等於我並沒有被休離嗎？那為什麼我不能回來？」術士爭辯不過，只能生氣地罵她：「你明明是狐狸，竟敢用人的道理來爭辯！」妾覺得可笑，說：「因為人具禽獸般的心腸，不為天地所容許，但禽獸具人的心腸，反而有罪，不知法師您是依據什麼法則這麼說？」由於妾句句有理，法師卻是收受嫡妻的賄賂而來，立場本來就站不住腳，所以連神將都不幫忙術士，術士只好在夜裡偷偷逃走了。

據此，紀昀引用明末劉宗周先生為都察院題的一副對聯：「無欲常教心似水，有言自覺氣如霜」作結，說明要克制私欲，使心地清澈平正如水一樣，不徇私枉法，才能言所當言，具有冰霜般潔白肅殺的勇氣。故事中的妾雖然是狐狸精，但她沒有害人之心，反觀妻子雖然是人，卻為了自己的私利，三番兩次陷害小妾；至於術士運用法術召來神將，不是為了除害，也只為了賺取錢財，因此妻與術士於情於理皆站不住腳，使得不曾害人的狐狸精在道理上反而佔了上風。

歷久彌新說名句

名句「無欲常教心似水，有言自覺氣如霜」的第一句「無欲常教心似水」，類似於宋代趙師秀〈呈蔣薛二友〉詩句：「無欲自然心似水」，兩者皆為說明內心「無欲」，便能常保心中水波不興；保持心如止水、順其自然的心態，便不會對於外物汲汲營營，也不會成為功名富貴的奴隸、囚徒，此時反而可以得到真正的逍遙。

這種思想與老莊哲學有很明顯的關係，老子認為江海之所以能成為百川之王，是由於它處在低於百川的卑下之地，因此「聖人之道，為而不爭」、「聖人之治：虛其心，實其腹，弱其志，強其骨。常使民無知無欲，使知者不敢為，則無不治。」同時，這種「守柔」、「不爭」的概念，老子以水作為比喻：「天下柔弱，莫過於水，而攻堅勝者，莫之能勝，其無以易之。」因此，水是至柔之物，也是至剛。而「無欲常教心似水」就類似於我們常說的「無欲則剛」的意思——內心沒有私欲，行為就自然剛直。

當心地光明正直，無愧於心時，說話自然可以有話直說，完全不必擔心別人怎麼想，是否認為這是為了個人利益，這麼一來，說起話來一字一句擲地有聲，如冰珠般鏗然、如霜雪般冷冽。

世情萬變

凡人白晝營營，性靈汩沒。唯睡時一念不生，元神朗澈

名句的誕生

愛堂先生[1]言：聞有老學究夜行，忽遇其亡友。學究素剛直，亦不怖畏，問：「君何往？」曰：「吾為冥[2]吏，至南村有所勾攝，適同路耳。」因並行，至一破屋，鬼曰：「此文士廬也。」問何以知之。曰：「凡人白晝營營[3]，性靈汩沒[4]。唯睡時一念不生，元神朗澈，胸中所讀之書，字字皆吐光芒，自百竅而出，其狀縹緲[5]繽紛，爛如錦繡。學如鄭、孔[6]，文如屈、宋、班、馬[7]者，上燭霄漢，與星月爭輝。次者數丈，次者數尺，以漸而差，極下者亦熒熒[8]如一燈，照映戶牖[9]；人不能見，唯鬼神見之耳。此室上光芒高七八尺，以是而知。」

~卷一．灤陽消夏錄一

完全讀懂名句

1. 愛堂先生：關福章，號愛堂。
2. 冥：陰間
3. 營營：來往盤旋的樣子，多喻對利祿的貪戀不捨。
4. 汩沒：埋沒、消失。汩，音ㄍㄨˇ，埋沒。
5. 縹緲：高遠隱約的樣子。
6. 鄭、孔：指鄭玄，東漢高密人，曾注《易》、《書》、《詩》等書。孔安國，西漢曲阜人，孔子十二世孫，為西漢大學者。二者皆為博學多文之人。
7. 屈、宋、班、馬：指屈原、宋玉、班固、司馬遷，皆為文采兼備之文人。
8. 熒熒：音ㄧㄥˊ，火光微弱的樣子。

9.牖：音ㄧㄡˇ，窗戶。

語譯：愛堂先生說：聽聞有位老學究走夜路，突然遇到他過世的朋友。學究本性剛直，也不害怕，就問鬼：「您要去哪？」鬼回答：「我是陰間的差吏，要到南村勾攝魂魄，剛好跟您同路。」因此一人一鬼並行。途中行經一間破屋，鬼說：「這是讀書人的宅第。」老學究問鬼為何知道。鬼說：「通常人白天汲汲營營，十分忙碌，性靈因此被埋沒，只有睡覺時雜念不生，元氣精神清明透澈。胸中所學的知識，字字皆會吐露光芒，從百竅發出，它的形狀高遠隱約且繁多，如同錦繡般燦爛。學問淵博如同鄭玄、孔安國，文采兼備如同屈原、宋玉、班固、司馬遷，光輝萬丈，直上雲霄，與日月爭輝。學問稍次者，光芒約有數丈，再次者數尺，慢慢低下，最下等的也像一盞微弱的燈火，照映在窗戶上。一般人是看不見的，只有鬼神才可看到。這間房子透出七八尺高的光芒，因此得知。」

名句的故事

本篇是紀昀聽聞愛堂先生所言，而記錄下來的故事。故事中老學究與做了陰差的故友同行，途中鬼魂提到文士的宅第會光芒畢現，因為當人心無雜念時，肚中有多少墨水，就能於胸中呈現多閃耀的光芒，可能燦如錦繡、高達數丈，再不濟也有如一盞孤燈，而這只有鬼神才能看到。這番話不禁引起老學究的好奇，問道：「我讀書一生，究竟到達到何許境界？」想不到鬼魂竟回答：「昨天經過你家，你正好在日頭高照時呼呼大睡，我看到你胸中盡是與科考相關的策論經文，所讀之書，字字化為黑煙，籠罩於屋上，好像身處在濃霧中。我實在看不見任何光芒，故不敢隨便亂說。」說完便在老學究的怒罵聲中揚長而去。

從唐代實行科舉制度以來，士子們無不汲汲營營於科考。「十年寒窗無人問，一舉成名天下知」正是他們的心情寫照。故事中的老學究亦不能免俗，得知文士宅第光芒畢現，便想知道自己的學問多高，沒想到反而自取其辱。紀昀久居官場，多次擔任考官，對士人的功利心態與科考的弊端皆了然於心，本文藉鬼語提出見解，諷刺那些只知科考，而沒有真才實學的人。

歷久彌新說名句

本篇故事以黑煙與光芒作對照，諷刺老學究的食古不化，空讀滿腹的應考文章，卻無法為經世致民之用，反而字字變成黑煙。一般我們除了稱呼死讀書無法應用，或迂腐不知變通的人為老學究外，也以「冬烘先生」稱之。

這個名詞是怎麼來的呢？專記文人佚事的筆記小說《唐摭言》提到：唐宣宗時，侍郎鄭薰是當時的主考官，看到考生顏標的名字，誤以為是魯公（顏真卿）的後代。當時地方作亂尚未平定，他為了褒揚忠烈之行，便以顏標為狀元。沒想到在謝恩那天，鄭向顏問及顏氏家廟，顏標答道：「我出身寒微，家中從來沒有祭祀祖先的廟院。」鄭薰才知道是一場誤會。這樣的烏龍事件也被時人作詩嘲笑：「主司頭腦太冬烘，錯認顏標作魯公。」於是後人就以「冬烘先生」一詞嘲笑那些糊塗、不明事理的書呆子了。

《春秋》責備賢者，未可以士大夫之義，律兒女子

名句的誕生

何勵庵[1]先生則曰：「《春秋》責備賢者，未可以士大夫之義，律[2]兒女子。哀其遇可也，憫[3]其志[4]可也。」

~卷二．灤陽消夏錄二

完全讀懂名句

1. 何勵庵：何琇，字君琢，號勵庵，清雍正年間進士，是紀昀的老師。
2. 律：規範、要求。
3. 憫：同情、哀憐。
4. 志：志向，這裡指作事的動機。

語譯：何勵庵先生說：「《春秋》中責備賢人的過錯，不能以士大夫的身份標準，要求一般平民百姓。只能感傷他們的遭遇、同情他們的動機。」

名句的故事

本篇名句出自一則夫妻生死相隨的愛情故事。有個遠遊在外的士人，靠著書畫維生，還娶了個妾，兩人感情非常好。過了一段時間，士人生了重病，臨終前對妾說：「我沒有家，你也無處可去；我沒有親戚，你也無依無靠。我以筆墨為生，死後，你將再嫁，這是理所當然。我沒有留下債務來拖累你，你也沒有父母兄弟來阻撓，可以依自己的想法去做。再嫁時不要接受對方的聘金，只要與他約定，將來每年都允許你去祭掃我的墳墓，那麼我就沒有遺憾了。」妾雖然難過，仍答應了他的請求，不

久士人就過世了。

妾再嫁的對象也能信守約定，也很愛她，但她時常憂鬱地想起前夫，夜裡也會夢見與前夫同床共枕，有時還會說夢話。丈夫發現後，暗中請來術士以符籙為她驅邪，沒想到妾雖然不再說夢話，卻生了重病。臨死前，她趴在床上向丈夫叩頭，表達希望丈夫成全她與前夫共葬的心願。如果丈夫答應了，她將世代報答，而丈夫竟也照她的要求做了。

紀昀卻認為妾再嫁是背棄了前夫，再嫁後又思念著前夫，則是背棄了後夫，因此批評妾「進退無據」；何子山也認為妾與其思念前夫而死，不如前夫死後就殉情而死。然而，紀昀的老師何勵庵先生卻不這麼認為，他說出了名句：「《春秋》責備賢者，未可以士大夫之義，律兒女子」——認為《春秋》中雖然責備賢人的過錯，但故事中的妾並非讀書人，只是一般平民百姓，因此不能以此作為道德標準來要求；我們只要感傷他們的遭遇、同情他們的動機就可以了。

歷久彌新說名句

在《閱微草堂筆記》卷十二的〈槐西雜志二〉提到類似的一句話：「哀其遇，悲其志，惜其用情之誤，則可矣；必執《春秋》大義，責不讀書之兒女，豈與人為善之道哉？」

故事也是關於夫妻生死相隨：一名女子十四五歲時與一窮人家的青年結婚，兩人非常恩愛。可是偏偏遇上饑荒，家中無以為繼，婆婆便將她賣給人口販子。夫妻倆哭了一夜，互相在對方手臂上咬出牙痕作為標誌，女子便被帶走了。丈夫實在忘不了妻子，便沿途要飯，日夜趕路追上人口販子，兩人有時還能見上一面，但因年紀輕、膽子小，都怕被人口販子責罵而不敢接近，只能相對默默流淚。後來丈夫聽說妻子被賣進學使家做姬妾，他就賣身做了學使幕僚的僕人，可是衙署內外廳堂隔絕，妻子並不知道丈夫已經來到自己身邊。直到丈夫因病去世，妻子在家聽到僕婦們談起病死之人的姓名籍貫，才知道是自己的丈夫。她聽聞丈夫過世的消息後，對眾人說了他們夫妻倆的事情，接著大聲號泣，跳樓死了。

紀昀談起這個故事時，雖然知道這名女子殉情太晚，嚴守禮教者早應為了固守三綱五常而死，但也承認這是重感情所帶來的結果，畢竟她愛戀丈夫，無法割捨，因此忍辱偷生，冀望有朝一日能破鏡重圓，直到希望斷絕才以死明志。在女子心中，並不重視是否能守節以死名志，她看重的是能否守約等到夫妻重新團圓。所以只要「哀其遇，悲其志，惜其用情之誤」就好了，何必以《春秋》大義來責備她呢？

節婦觀早在漢代時就已出現，直到宋代大儒程頤提出「餓死事小，失節事大」，再加上明代政府的大力旌表，並建立完善的制度後，這樣的概念已儼然成為一種社會風俗，一直延續到了清朝。在這兩篇故事中，紀昀與其師不受當時的禮教觀所限，提出不必以《春秋》大義來規範一般百姓、責不讀書之兒女，在今天看來是很先進，而且符合人性的。

誤而即覺，是謂聰明；覺而不回護，是謂正直

名句的誕生

神笑曰：「謂汝倔強，今果然。夫天行不能無歲差[1]，況鬼神乎？誤而即覺，是謂聰明；覺而不迴護，是謂正直，汝何足以知之。念汝言行無玷[2]，姑貸[3]汝。後勿如是躁妄也。」霍然[4]而蘇[5]。

～卷二．灤陽消夏錄二

完全讀懂名句

1.歲差：赤道與黃道之交點，即春分、秋分二點。每年略有變化，每年沿黃道向西退行約五十點二角秒，約二萬五千八百年迴轉一周。古人稱此現象稱為「歲差」，其實這是太陽系也繞著銀河的中心點在旋轉，銀河也繞著更大的天體中心旋轉所造成的。並不是天行真的有「誤差」。

2.玷：缺點、過失。

3.貸：寬待，寬容饒恕。

4.霍然：快速、突然。

5.蘇：甦醒，死而復生。

語譯：神明笑著說：「聽說你脾氣倔強，今天一看果然不錯。天體的運行都還會有誤差，何況是鬼神呢？有錯能馬上察覺，這就是聰明；察覺了而不袒護，這就叫正直。你哪裡懂得這些道理？看在你平常言行舉止沒有什麼缺點過失，暫且饒恕你，以後不要這樣急躁亂來了。」韓生一下子就甦醒過來了。

名句的故事

有個老儒韓生性格剛直，他的一舉一動皆合乎禮法的規定，因此全鄉人推舉他為祭酒。一日，韓生得了寒邪侵襲的疾病，在昏昏沉沉、神志不清時，有個小鬼來到他面前，對他說：「城隍爺來傳喚你了。」他心想自己應該氣數已盡，就跟著小鬼走了。沒想到神查了生死簿後對他說：「因為姓相同，所以小鬼抓錯人了。」於是打了那個小鬼二十下板子，又讓他將韓生送回家去。韓生心裡很不服氣，上前質問說：「人命關天，為何派個糊塗鬼來，以至於錯抓了我呢？如果沒有查看出來，我豈不是白白死去了嗎？神鬼的聰明正直就是這樣的嗎？」

被韓生這麼一質問，神明便回答他聰明正直的道理，也就是名句「誤而即覺，是謂聰明；覺而不回護，是謂正直。」有錯能馬上察覺，這就是聰明；察覺了而不袒護，這就叫正直。古人說：「人非聖賢，孰能無過」，有過失並不可怕，「知過能改，善莫大焉」，因此能「知過」——覺察過錯，又「能改」——不偏私袒護，這不僅是聰明及正直，也是莫大的美德啊！

至於韓生質問神明的話，雖然不是沒有道理，但他過度講求禮法規矩的性格，及剛直近乎不知變通、不懂人情的個性，也表露無遺。

歷久彌新說名句

歷史上懂得「知過能改」的人通常能有成就一番大事。聽說劉邦原本十分看不起讀書人，言談間常常取笑讀書人迂腐，罵讀書人冬烘；可是只要他犯了錯，旁人指正他能接受並馬上改過，所以能成就大業。劉邦攻進咸陽、進入宮殿後，大家搶入府庫，搬出金銀財寶拚命往衣袋裡塞。秦朝的宮殿內有各式各樣的珠寶及美女，劉邦在那裡樂得暈頭轉向，樊噲這時闖進來說：「你要天下，還是只想當富翁？」劉邦仍不動。張良也說：「如果你一進咸陽就只想到享受，那麼你無法得到天下。」

劉邦此時終於大夢初醒，立刻下令封閉府庫，退出宮殿。次日，劉邦召集地方父老，宣布說：「我入關後，與大家約法三章：殺人者死，傷人及盜者抵罪。秦朝的苛令全部取消，你們可以安心地過日子了。」百姓們都歡天喜地的走了，劉邦又傳令三軍，不得騷擾民眾，違令者立斬，人們對劉邦的印象更好了。

據《左傳》記載，魯昭公七年時，大夫孟僖子跟隨昭公去楚國，這次出訪，孟僖子發現自己對禮儀問題無所幫助，感到非常羞恥，於是發憤學習禮儀。只要遇到懂禮儀的人，不論貧賤都立刻拜他為師，向他學習。後來，孟僖子臨死的時候，把他手下的大夫叫到跟前說：「禮儀是一個人的立身之本。不懂禮，就無法在社會上立足。我聽說，有一位賢達的人名叫孔丘，我如果能得善終，一定要把兒子南宮敬叔和孟懿子送到孔丘門下，讓他們侍奉他並且跟他學習禮儀。」孟僖子死後，南宮敬叔和孟懿子果然就把孔丘當作他們的老師。因此，孔子說：能「知過能改」的人就是君子，而君子的言行就是讓人們學習、效法的。

《閱微草堂筆記》中的韓生雖是儒生，卻只知追究過錯，也難怪會被神明嘲笑不懂真正的聰明正直的道理，太過急躁亂來了。

滿腹皆書能害事，腹中竟無一卷書，亦能害事

名句的誕生

泥古[1]者愚，何愚乃至是歟？阿文勤公[2]嘗教昀曰：「滿腹皆書能害事，腹中竟無一卷書，亦能害事。國弈[3]不廢舊譜[4]，而不執舊譜；國醫不泥古方[5]，而不離古方。故曰：『神而明之，存乎其人。』又曰：『能與人規矩，不能使人巧。』」

～卷三．灤陽消夏錄三

完全讀懂名句

1. 泥古：固執古制而不知變通。
2. 阿文勤公：名阿克敦，滿洲人，字仲和，諡文勤，官至協辦大學士。
3. 國弈：指下圍棋的高手。弈，圍棋。
4. 譜：圖譜，這裡指圍棋棋譜。
5. 方：藥方。

語譯：拘泥古書的人很愚蠢，但怎能愚蠢到這個地步呢？阿文勤公曾經教誨我說：「一肚子學問會壞事，肚裡一點學問也沒有也會壞事。下棋高手不會忽視古代棋譜不看，但不能照搬舊譜；名醫不會迷信古代藥方，但也不會完全捨棄古代藥方。所以說：將書本知識研究透澈，而保存自己的特點。又說：工匠能教人規矩的使用方法，但不能使人心靈手巧。」

名句的故事

本篇名句旨在說明讀書貴在靈活運用，不該太過拘泥不知變通。在故事中，就以一名食古不化的腐儒劉羽沖做為例子。

滄州人劉羽沖曾與紀昀的高祖父厚齋公詩文唱和。他的性格孤僻，喜歡講古代的各種制度，但實際上都太迂腐，不可能實行。他曾經請畫家董天士畫了一幅畫，請厚齋公在畫上題詩，其中有一幅名為〈秋林讀書〉的圖，厚齋公題：「兀坐秋樹根，塊然無與伍。不知讀何書，但見鬚眉古。只愁手所持，或是井田譜。」這首詩大概是為了規勸他而作的。

劉羽沖曾偶然得到一本古代的兵書，苦讀多年後，自以為可以帶領十萬軍隊，恰好當地有土匪作亂，他操練鄉兵去和土匪打仗，結果全隊潰敗，自己也差一點被土匪俘虜。後來他又得到一本古代講水利的書，精讀了一年，自以為可以使千里之地成為沃土，於是他繪製地圖，游說州官，州官竟也讓他在一個村子裡試驗。溝渠才剛挖好，洪水就來了，洪水順著溝渠灌入村莊，村莊整個被淹沒，人幾乎成了魚。因此他感到抑鬱不得志，常獨自在庭院中散步，口中喃喃自語：「古人難道會欺騙我嗎？」每天都要念上千百次。不久他生病去世了，在月明風清的夜裡，常可見到他的魂魄在墓前漫步徘徊，喃喃自語的仍是這幾個字。因此紀昀感歎說：「泥古不化的人很愚蠢，但怎麼能愚蠢到這種地步呢？」

阿克敦對紀昀說了這名句：「滿腹皆書能害事，腹中竟無一卷書，亦能害事」，因此人讀書後應該依照實際情況變通，而非照搬書中教條，就像下圍棋的國手要研讀棋譜，但不能拘泥於棋譜；醫生要熟知古代藥方，卻不能拘泥於古代藥方。

歷久彌新說名句

宋史記載宋代名將岳飛喜好左氏春秋、孫吳兵法等書，能挽弓三百斤，且可左右開弓而百發百中。二十歲從軍為宗澤部下，勇敢善戰，能單槍匹馬取敵方梟將，宗澤稱讚岳飛的勇智才藝，愛他有大將之風，因此要傳授岳飛陣圖，以為作戰之需。沒想到岳飛卻回答：「陣而後戰，兵法之常。運用之妙，存乎一心。」我們常說的「運用之妙，存乎一心」便是岳飛的名言，也是《閱微草堂筆記》中阿克敦引述《易經》而評論「神而明之，存乎其人」，或《孟子》所謂「能與人規矩，不能使人巧」。規矩與兵書陣圖一樣，都是死的，人才是活的，要懂得活學活用，才不至於誤己誤人。劉羽沖與岳飛兩者差別如此之大，難怪劉羽沖被紀昀說愚蠢，而《宋史．岳飛傳》卻稱讚岳飛：「求其文武全器，仁智並施。如岳飛者，一代豈多見哉？」

《孟子．盡心下》：「盡信書，則不如無書。吾於武成，取二三策而已矣。」孟子這段話是就《尚書》發論的，他對於孔子整理過的著作，尚且認為不可盡信，更何況其他書籍，更應當認真思索查考，不要盲從拘泥。

魯迅曾經寫過一篇文章〈讀幾本書〉，開頭一段就非常有趣，他說：「讀死書會變成書獃子，甚至於成為書櫥，早有人反對過了，時光不絕的進行，反讀書的思潮也愈加徹底，於是有人來反對讀任何一種書。他的根據是叔本華的老話，說是倘讀別人的著作，不過是在自己的腦裡給作者跑馬。……不過要明白：死抱住這句金言的天才，他的腦裡卻正被叔本華跑了一趟馬，踏得一塌胡塗了。」因此他最後說：「讀死書是害己，一開口就害人；但不讀書也並不見得好。」

以講經求科第，支離敷衍，其詞愈美而經愈荒；以講經立門戶，紛紜辯駁，其說愈詳而經亦愈荒

名句的誕生

先生嘗曰：「以講經求科第，支離[1]敷衍[2]，其詞愈美而經愈荒；以講經立門戶，紛紜辯駁，其說愈詳而經亦愈荒。」語意若合符節。又嘗曰：「凡巧妙之術，中間必有不穩處。如步步踏實，即小有蹉[3]失，終不至折肱[4]傷足。」與所云修仙二途，亦同一意也。

~卷三．灤陽消夏錄三

完全讀懂名句

1. 支離：散亂破碎而無條理。
2. 敷衍：陳述其義並加以引申。
3. 蹉：音ㄘㄨㄛ，踩、踏。
4. 肱：音ㄍㄨㄥ，胳膊。

語譯：先生曾說：「以講解經書來求取功名，把經書弄得散亂無條理，引申出許多意義，它的文詞越美麗而經書便越雜亂；以講解經書來獨創新說，造成門派分立，相互辯駁，它的學說越詳盡而經書也越混亂。」這個說法正中要害。他又說：「凡是巧妙的方法，當中一定有不妥當的地方。如果每一步都踏實安穩，即便有一小步踏錯，也不至於跌得斷手傷腳。」這和老翁所說修仙的兩種途徑，是同一個意思。

名句的故事

何勵庵先生說了一則故事：明代有個書生在曠野中聽聞讀書聲，感到非常奇怪，見到一個老翁坐在一個墳墓之間，身邊有十多隻狐

狸，皆各捧書蹲坐；老翁見到書生，起身相迎，狐狸們也都站了起來。書生問老翁：「你們為何要讀書？」老翁回答：「我們都在修仙，依循的是修煉成人形後，再學習內丹的途徑；至於修煉人形之前，得先讀聖賢之書，從心開始變化，才能改變形體。由人而成仙這個途徑雖然較慢，但比採天地精氣、通靈變化、修煉正果的由妖而求仙的道路來得安全多了。」書生看老翁們讀的書都沒有註解，覺得很奇怪：「經書沒有解釋，這樣如何能看懂？」老翁說：「我從隋代以前就在讀經書了，聖賢的語言並不艱深，只要明白它的意義及道理，又何需註釋？我活了那麼久，覺得世上最大的改變在於唐代以前只有儒生，但北宋以後卻總聽說某某人是聖賢。」書生不能明白老翁的話，便起身告別了。

紀昀認為這個故事應該是何勵庵先生所編的寓言，因為名句「以講經求科第，支離敷衍，其詞愈美而經愈荒；以講經立門戶，紛紜辯駁，其說愈詳而經亦愈荒」正是何勵庵先生曾說過的話。這段話與故事中老翁所說讀經書不需注解的意義相合，認為後世儒者以為自己能闡明聖賢之道，他人不能明白經書的意義，因此紛紛自立門派，互相辯駁，結果經書被解釋得愈詳細透澈，經書反而離聖賢所說的愈發遙遠。

歷久彌新說名句

名句「以講經求科第，支離敷衍，其詞愈美而經愈荒；以講經立門戶，紛紜辯駁，其說愈詳而經亦愈荒」中，之所以「經愈荒」，是由於以講解經書來求取功名，或以講解經書來獨創新說，可見問題不在「經書」上，而在於世人欲利用講解經書而博取功名或自立門派，反而使得經書愈來愈混亂，離原本的樣子愈來愈遙遠。

現代人不論是升學、就業也都得經過讀書考試這一關卡，因此也常為了考試而讀書。為了考試而讀書，時常重視的是字句修辭，而忽略了整個篇章，甚至文字背後的含義；這種

「見樹不見林」的讀書方式，難道不是使作品「支離敷衍」嗎？學生理解了字詞的解釋、句子的修辭，卻根本不了解作品的深刻意義或美感，這反而離作者、作品愈加遙遠了。

然而，從另一個角度來看，對經典的創新立說，雖然使得新的詮釋離經典愈發遙遠，但又何嘗不是給予經典新的生命？如方文山所寫的〈嘻遊記〉歌詞，裡面運用了非常多《西遊記》典故，有唐僧、孫悟空、豬八戒、沙僧及妖怪；又如方文山〈本草綱目〉歌詞提到十六種中藥名稱，與明顯運用中醫典籍李時珍《本草綱目》作為靈感來源。這些新說雖然失去了經典的原汁原味，但卻賦予課本內的枯燥知識親切感，使它們琅琅上口。

因此，正如故事內的老翁所說，聖賢的語言並不艱深，只要能把握它的精神、體會它的道理即可，如果對注釋斤斤計較，反而容易顧此失彼；把握住精神氣味後，不僅可以更好地了解經典，甚至還能給予經典新生命。

儒者著書，當存風化，雖齊諧志怪，亦不當收悖理之言

名句的誕生

儒者著書，當存風化[1]，雖《齊諧》[2]志怪，亦不當收悖理[3]之言。

～卷六・灤陽消夏錄六

完全讀懂名句

1.風化：風俗教化。
2.齊諧：古代志怪之書。
3.悖理：違背、違反。

語譯：儒家學者寫書作文章，要重於保存風俗教化，即使是像《齊諧》這種志怪小說，也不應該去收錄違背正理的故事。

名句的故事

本文雖是紀昀批評明末遺臣王士禎在《池北偶談》中收錄了一則唐朝張巡的小妾轉世索命的故事，但實是抨擊當時那些反清復明的人，不懷好意，想要藉以脅迫清廷的國家管理政策。

我們先看《唐書》的記載，張巡當時正在鎮守睢陽城，全力抵抗安祿山與史思明的叛軍，但是日子一天天過去了，糧食卻日漸減少，張巡不得已之下，便殺了自已的小妾，讓兵士吃小妾的肉，不致餓死。《池北偶談・張巡妾》中的徐藹就是張巡的轉世，徐靄在二十五歲時，腹部長了腫塊，疼痛難耐，就在快要瀕臨死亡的時候，徐靄看見一個白衣少婦對著

他說，她就是在睢陽城中被殺掉的小妾，今天終於得以報仇了。白衣女子消失後，徐靄也跟著過世了。紀昀認為，自古以來忠臣為了護國、犧牲家人的不知有多少，如果人人都來索命，那豈不是沒有三綱五常了；如果索命這種事情被允許，那也就沒有天理了。滿清既已成為正統，消弭異聲，就是國家政策，違背或是反對國家政策者，自然要接受刑罰；明末遺臣居然想擴大這種輪迴報仇的非教化思想，自然受到官方代表的紀昀的譴責。

歷久彌新說名句

文人寫書的目的各有不同，是否稱得上「合理」或「悖理」，實無法完全論究，但這些標準往往隨著每個世代不同的政治、文化潮流而改變。

紀曉嵐編錄《四庫全書》時，把《山海經》歸類到志怪小說，因為它記載了超乎我們想像之外的山川地理、礦物產出、珍奇異獸，還有擬人化的神仙信仰。書中流傳至今的神話故事，如夸父追日、女媧補天、后羿射九日、黃帝大戰蚩尤等等，都協助中國人推論出上古文明的輪廓，甚至衍生出流傳幾千年的民間信仰內容。另，《山海經》還被視為中國最古老的地理書籍。

又例如《搜神記》，是晉代干寶搜集各種民間關於鬼魅、奇人異士、神仙方士等等傳說，也有從正史中擷取的各類祥瑞或怪異之情節。雖然每個故事的敘述都不長，但是很多故事都被後人發揚光大，變成戲劇、小說等題材。例如《三國演義》中的「左慈戲曹操」，例如關於吃靈芝長壽的彭祖，葛由乘木羊、飛升成仙，相思樹的故事，還有我們熟知的「黃粱一夢」。

志怪小說有其異想天開、出人意表、甚至超乎我們知識範圍的敘述，後人將之透過文學、戲曲、表演藝術的再應用，甚至是信仰層次的再提升，志怪小說是不是要完全符合國家政策需要，現代人已甚少從這個角度來考量了。

好花朗月，勝水名山，偶與我逢，便為我有

名句的誕生

故我書無印記[1]，硯無銘識[2]，正如好花朗月，勝水名山，偶與我逢，便為我有；迨雲煙過眼，不復問為誰家物矣

～卷七・如是我聞一

完全讀懂名句

1. 印記：印章、圖章。
2. 銘識：就是落款、題姓名、字號或是詩句。

語譯：我的書沒有蓋上自己的印章，硯臺上也沒有題字，就好像美麗的鮮花、皎潔的明月，名山勝水，偶然和我相逢，便為我所欣賞；等到雲煙從眼前閃過，就不再去追問它們又被誰擁有了。

名句的故事

紀昀在本篇文中是勸諫世人對於身後名、身後物，當豁達以對，他提到了兩個從清代藏書家錢遵王所著的《讀書敏求記》中的故事。

一是明代的藏書家趙清常過世之後，子孫把他遺留下的書籍都賣掉了，於是武康山中大白天聽見鬼哭的聲音；另一是明代壽甯侯張巒的子孫，把故宅拆賣得差不多了，最後還把大廳的木頭賣給了紀昀的先祖父，據說拆卸木頭的那一天，柱子裡還傳出哭聲。這兩個小故事體現死者對於身後事的執著，紀昀對此不以為然。

紀昀曾經告訴他的同僚董曲江：「自己百年以後，如果使用過的東西，被鑑賞家指名

說：『這是紀曉嵐用過的東西。』也是一段佳話，還有什麼遺憾呢？」董曲江則認為紀昀這樣的說法，還是對身後的「名」有所執著，他說：「何必刻上名字、詩句，去向後人打知名度呢？」董曲江這番兩袖清風的泰然，紀昀自是推崇不已。

「雲煙過眼」出自蘇軾的〈寶繪堂記〉。他在文中自述年少時喜歡書畫，現在看見喜歡的，也會想收藏，但是如果被他人拿走，卻不會再感到可惜，因為：「譬之煙雲之過眼，百鳥之感耳，豈不欣然接之，然去而不復念也。」就像煙雲從眼前閃過，百鳥的鳴叫從耳邊掠過，自然都歡喜地接受，但如果消失，也就不會再掛記。後人便用「雲煙過眼」，比喻事物、榮華富貴很快就會成為過去，不必太在意。

歷久彌新說名句

對身後事不必強求，對於在世的富貴名利也是一樣，紀昀認為這就是「物各有主，非人力可強求」（〈槐西雜志四〉），並以高梅村所說的故事做為例子。

話說有兩個人一同趕路回家，其中一人停下來小解，踢起一塊瓦片，下面竟有一個罈子，罈子上面卻刻著同行的另一人的姓。他不想讓另一人發現，便偷偷藏了起來，之後再獨自回來拿。沒想到一打開，只見滿滿都是清水。他氣惱地一口氣喝掉。當時已是夜晚，沒有可以住的地方，這個人想到那位同路人的家裡離此不遠，於是前去借宿。不料，半夜時，他忽然上吐下瀉，把人家的被褥都弄髒了，他很不好意思，連夜溜走了。第二天天亮，這家人進來看時，只見房內到處都是銀子。可見物確有其主，該是你的就是你的，不論是名或利，都不需流連與強求呀！

世情萬變，治家者平心處之可矣

名句的誕生

一婦曰：「悖哉此仙！前妻之子，恃其年長，無不吞噬其弟[1]者；庶出之子，恃其母寵，無不陵轢[2]其兄者，非有母為之撐拄，不盡為魚肉[3]乎？」姚安公曰：「是雖妒口[4]，然不可謂無此理也。世情萬變，治家者平心處之可矣。」

～卷八．如是我聞二

完全讀懂名句

1. 吞噬：此指欺凌打壓。
2. 陵轢：此指挑釁迫害。轢，音ㄌㄧˋ，欺凌。
3. 盡為魚肉：指處境如同刀俎上的魚肉一般，只能任人宰割。
4. 妒口：出自妒婦之口的言論。

語譯：某個婦人說：「這位仙人說的話真是太不合理！前妻的孩子，仗恃著年長，處處欺凌後弟；後母生的小孩，仗恃著母親的寵愛，無時不挑釁兄長，各自若沒有母親為他們撐腰，豈不如刀俎上的魚肉一般，只能任人宰割嗎？」姚安公聽了之後，說：「這顯然是出於妒婦的言論，但也不能說沒有道理。世間人情百態，變化萬千，持家之人只要保持平常心，泰然處置就可以了。」

名句的故事

有個富貴人家的子弟，算命師都說他命該大富大貴，可是直到年老還只擔任芝麻綠豆的小官，十分怨憤。一次扶乩請仙，果然仙神透過乩童之口道出仙判，告訴他命運原委。原來這人受到母親過度偏愛，以致折了福氣，所以才會仕途坎坷。這人聽了深感不平，認為偏愛問題又不是自己故意索求，豈是罪過？仙判乃又道出另一番大道理：母子之間應該不分嫡庶，一視同仁，然而人各有私心，總是偏袒自己所生，尤其面臨家產利益，更是以極其惡劣的手段相互陷害，弄得天怒人怨。若不削減子嗣的福分以示教訓，如何昭顯天理？這人聽了悚然而驚。

後來，村裡一個婦人聽到了這番言論，不以為然，又說了另外一種觀點：妻妾成群的大家庭裡，往往嫡子仗著年長欺侮庶弟，或庶弟依恃偏寵迫害兄長，孩子生長的處境艱難，幼時若沒有母親在旁保護照顧，如何生存得下去。

家人互動頻繁，每個成員的處境、立場又各自不同，長年相處，難免碰撞摩擦。這則筆記不以「父慈子孝」、「包容忍讓」等道德要求的角度立論，反而承認「家家有本難唸的經」。故事最末，紀昀的父親姚安公做出此「平心處之」的評論，指出「以平常心看待就好」的達觀觀點，「包容」持家之人並非聖賢，不可能全然做到無私無欲，只要做到依情順理，權衡達變，不要過分偏私，就可以給他掌聲了。

歷久彌新說名句

法國哲學家巴舍拉於《空間詩學》提及，家屋意象是建立在一種「受庇護」或「渴望在其中受庇護」的原初心理反應上，假若小小孩子在其中覺察到的不是幸福、關愛，而是「大人偏心」，打擊必然是很大的。然而，世情萬變，為人處事往往難以面面俱到，常顧此而失彼，陷於兩難抉擇，家庭關係裡的「偏私」有時在所難免、情非得已。

馮小剛執導的電影《唐山大地震》描寫婦人元妮一九七六年遭逢巨變，暗夜之後發現自己的雙胞胎兒女被同時壓在一塊巨石的兩端，巨石龐大，只能向其中一端使力，設法救出另一端的一個孩子，救難人員句句逼問：「救閨女，還是救兒子？只能選一個！再不選就兩個都來不及救了！」元妮呼天搶地，口中喃喃「兩個都救！」無法抉擇，直到救難人員欲離去他處救援，元妮只得渾身發抖地囁嚅「救弟弟」。姊姊聽了，頹然闔眼，流下淚來……

後來，姊姊意外地大難不死，卻終難跳脫「媽媽偏心」、「媽媽放棄了我」的心結，不肯回鄉尋親。直到二〇〇八年四川大地震救災現場，巧遇失散多年的弟弟，回家，才發現媽媽為此不得已的「偏心」、「殺女」事實，將自己三十年的青春一併葬送於深深的罪咎自責之中，無法自拔，而今垂垂老矣。女兒眼見，對於自己的「遲歸」深感內疚，連聲泣訴「對不起」，母女二人終於拾回失落了三十年的親情歸屬。

這是一個極為深刻的悲劇，事件過程沒有任何一個人真正犯錯，然而，長年的傷痛卻又那麼真真實實地刻骨銘心。所幸到了最後，親人猶得相見，有機會彼此說抱歉，將情感回歸到最純淨的心思，去重新檢視當年的「偏心」、「放棄」，然後終得以「平常心」原諒自己、原諒對方，這個生命不可承受之重，才終於得以釋懷。

蓋怨毒之念，根於性識，一朝相遇，如相反之藥，雖枯根朽草，本自無知，其氣味自能激鬥耳

名句的誕生

蓋怨毒之念，根於性識[1]，一朝相遇，如相反之藥[2]，雖枯根朽草，本自無知，其氣味自能激鬥耳。因果牽纏，無施不報，三生一瞬，可快意於睚眥[3]哉。

～卷九・如是我聞三

完全讀懂名句

1.性識：佛學用詞，即本性之意。

2.相反之藥：中醫有「相反藥」的概念，即潤燥相反性的藥材、散斂相反性的藥材等，同時使用，以相反藥刺激的方式來治病。

3.睚眥：音ㄧㄞˊ ㄗˋ，眼眶，在此比喻極小的仇恨。

語譯：怨恨的念頭，其實早已牢牢根植於本性當中，有朝一日遇到了你討厭的人，就好像是用了兩種藥性完全相反的藥一樣。即便是枯朽的草，早已失去槁木死灰，也會因為完全相反的氣息而受到莫大的刺激。因果糾纏，所有的行為都一定有其原因的，三生看似很長，其實也就宛若一瞬之光，又何苦為了這些極小的仇恨而忿恨不平呢！

名句的故事

紀昀的僕人劉琪養了一頭牛和一條狗，牛看到狗就要用角戳、狗看到牛就要用牙咬，每次都鬥到兩敗俱傷、血流不止。可是這頭牛只有看到這條狗的時候才會失控；這條狗也是如此。後來牛和狗被隔開，只要一聽到對方的聲

音，仍會抬起頭來瞪視。

後來紀昀跟著父親到了京城，也不知牛和狗後來怎麼了。有人說：「畜牲們不會說話，但是他們都會記得上輩子的事，這牛和狗的樣子，應該就是佛經中說的宿怨吧！」

紀昀覺得宿怨的說法確實存在，但是否能記得上輩子的事，就不得而知了。紀昀的親戚中也有姑嫂處得非常不好的，說也奇怪，這媳婦和所有小姑們都能和平共處，唯獨只有和這位小姑不行；小姑和各個嫂嫂們也都處得很好，只有和這位嫂嫂處不來。

俗語說「仇人見面，分外眼紅」，故事中的牛、犬和紀家的姑、嫂，正符合這個說法。本篇名句用了很生動的比喻，以相反藥說明怨恨深植於性識的情形。即使已是曬乾枯朽的藥草，都會因氣味相反而激鬥，更何況是人？在此，紀昀提出了更重要的觀念：三生輪迴看似很長，事實上不過一轉眼就過去了，人生在世，還不如以和為貴，何必如此執著於這樣的小仇小恨呢？

歷久彌新說名句

中國民間關於仇恨的因果輪迴有許多傳說，其中最有名的因果報應故事，可能是《喻世明言》中的〈鬧陰司司馬貌斷獄〉。

這個故事是解釋何以魏、蜀、吳會三分中國。東漢靈帝時有個秀才，名叫司馬貌，懷才不遇的他有天在書房中責罵天地不公、毀謗陰曹。當天晚上，他在睡夢中被鬼卒抓走，玉帝指派他當一日的「閻羅王」，來好好審理一樁百年難解的是非懸案。

原來是漢初開國功臣，紛紛狀告劉邦、呂后等人。司馬貌最後決定讓韓信、樊噲、項羽等冤魂，化為三國的劉備、張飛、關羽，其餘冤魂也紛紛化為三國名將，一報漢室誅殺功臣之仇。故事末了還引一詩：「半日閻羅判斷明，冤冤相報氣皆平。勸人莫作虧心事，禍福昭然人自迎。」說明天理昭彰，報應不爽的準則，並奉勸世人切莫作壞事，否則一報還一報，絕不會偏袒任何人。

昨為樓上女，簾下調鸚鵡；今為牆外人，紅淚沾羅巾

名句的誕生

去去復去去，淒惻[1]門前路。行行重行行，輾轉[2]猶含情。含情一回首，見我窗前柳；柳北是高樓，珠簾半上鉤。昨為樓上女，簾下調鸚鵡；今為牆外人，紅淚沾羅巾。牆外與樓上，相去無十丈；云何咫尺[3]間，如隔千重山？

～卷十二．槐西雜志二

完全讀懂名句

1.淒惻：悲傷。

2.輾轉：徘徊流連的樣子。

3.咫尺：表示距離很近。

語譯：不斷地向前走去，門前這條路也染上了我的悲傷。不停地徘徊流連，因為還帶著依戀之情。懷著依戀的情懷一回頭，看見的是我窗前的柳樹；柳樹的北方是座高樓，上頭珠簾尚是半鉤著，記得昨天的我還在那高樓上，在那簾下逗著鸚鵡玩；今天就變成了牆外人，讓淚流滿我的絲巾。其實牆外與樓上，相差不過十丈，為什麼明明是距離如此的近，卻有種像是遭到萬重山巒阻隔的感覺？

名句的故事

本篇名句出自一首哀婉纏綿的古詩，以女子自述的方式，描寫其遭夫休離的淒苦心境。全詩共有三十六句，被抄錄於《永樂大典》中。《永樂大典》由明成祖敕編，在《四庫全書》成書之前，是收錄最多典籍、文章的一套類書，猶如今日的百科全書。

紀昀在校勘《四庫全書》時，驚鴻一瞥，於《永樂大典》中發現了這首題名為〈李芳樹刺血詩〉的古詩。詩作年代，作者李芳樹的生平，是本人所寫，或是有人代筆皆不得而知。由於詩句纏綿悱惻，沒有絲毫怨恨之意，令紀昀愛不釋手，便決定將詩抄錄進《閱微草堂筆記》中。

除已節錄的詩句外，詩句後面更為悲戚，描述這位被夫家所休的女子，對自己被趕出家門一事傷心欲絕，她親手撕下裙裾、刺破手指，以血書寫此詩，表明深愛對方的自己，寧願死在夫君面前，也不希望被棄的心意。就算死去，她也希望能葬在夫家，化成斷腸花成長在此。綿綿情意躍然紙上。

名句「昨為樓上女，簾下調鸚鵡；今為牆外人，紅淚沾羅巾」以一內一外、一喜一悲的情境，生動地呈現出女子遭休棄的哀淒之情。也難怪會吸引紀昀的目光，特別收錄此詩，相信其中多半也有提升此詩於世人的流傳度與能見度，不要讓佳作淹沒在歷史洪流中的用意。

歷久彌新說名句

紀昀曾將〈李芳樹刺血詩〉與〈古豔歌〉相較。這首樂府詩雖簡短，卻極其動人，為典型的棄婦詩：「煢煢白兔，東走西顧。衣不如新，人不如故。」詩中用兔子一下東看看、西瞧瞧的孤單無助，來比喻自己被拋棄卻又依依不捨之情；又以舊衣總不如新衣，但人多半新不如故，委婉地吐露希望夫君能顧念她的心意。

班婕妤的宮怨詩〈怨歌行〉則以團扇被棄置比喻失寵，其中「常恐秋節至，涼飆奪炎熱。棄捐篋笥中，恩情中道絕。」四句以擬人的口吻，深刻地寫出擔憂不再受到帝王寵愛的心境。將這些傳唱已久的佳作與〈李芳樹刺血詩〉相較，可以看出有異曲同工之處——那就是字裡行間沒有任何怨怒之情，卻能讓我們深切感受到其中哀婉的情意。「昨為樓上女」、「今為牆外人」，今昔相照，倍加淒涼，怎能不令人為之歎息呢！

相見不相親，不如不相見

名句的誕生

太白[1]詩曰：「徘徊映歌扇，似月雲中見；相見不相親，不如不相見。」此為冶遊[2]言也。

～卷十五．姑妄聽之一

完全讀懂名句

1. 太白：唐朝詩人李白，字太白，又號青蓮居士。
2. 冶遊：男女在春天或節日裡外出遊玩，後來則指到青樓妓院玩樂。

語譯：李白作詩寫道：「女子的身影在歌舞與扇子間若隱若現，好像是雲層間的月亮；兩人相見了卻不能互訴衷腸，那還不如不相見。」這是公子哥兒對青樓女子說的話。

名句的故事

紀昀這篇故事援引了唐朝詩人李白的〈相和歌辭．相逢行二首〉。李太白在拜別皇帝的召見後，騎著五花馬在長安城中閒逛，逛著逛著也就逛出了艷遇；然而就在要把酒言歡之際，李太白突然之間大感「相見不相親，不如不相見」，兩個人一見鍾情，還沒有開口就知道彼此的心意，卻無法長相廝守、互訴衷腸，實是令人萬分惆悵。

紀昀則是用李白這首詩，詮釋了一對夫妻之間的問題。

故事中的男主角李生與妻子剛結婚不久，母親就罹患疾病，夫妻倆衣不解帶地輪流照料，有七、八個月都沒有進房。然而母親還是過世了，李生嚴守禮法，三年不與妻子同房。

而後家道衰落，李生不得已只得與妻子一同前去投靠岳父。岳父家房間不夠，夫婦得分開睡，雙方只在早晚同桌吃飯時見面，真是「咫尺天涯」、「相見也不相親」。

就這樣過了兩年，李生上京求取功名，岳父也得到擔任幕僚的機會，帶著家眷與李生的妻子到江西去了，夫妻就此分別。後來，李生卻接到岳父來信，告知他妻子過世的消息。李生在走投無路之下，改換姓名追隨了盜匪頭子，並在那見到一位酷似自己妻子的歌姬。事實上，那盜匪頭子的姬妾就是李生的妻子。當初李生的岳父遇到盜匪劫船，李生的妻子因頗有姿色而被擄走，岳父引以為恥，故向李生謊稱他的妻子已死。李生夫妻因為過去的關係並不親密，即使現在近在眼前，雙方也只覺得似曾相識。

六、七年後，朝廷官兵追捕盜匪頭子，連帶抓走盜匪的姬妾，李生的妻子也是其中之一。李生則是在慌亂之中逃走，還找到了失聯的岳父。他將自盜匪處挾帶的財物賣掉後，生活總算日漸寬裕。一日，李生想到與妻子結婚十年，同床共枕的時間竟未超過一個月，兩人畢竟夫妻一場，如今他略有薄產，實在應該重新買一副好棺材埋葬妻子，並看看妻子的遺骨。岳父見無法隱瞞，方才告知，他的妻子是被盜匪頭子擄走，而非死亡。李生即使知道真相，也再無機會挽回，因為妻子早已不知淪落到何方，不知會遭遇多少摧殘了。回憶李生夫妻六、七年間在盜匪窩日日相見，卻咫尺千里，徒然令人惆悵、歎息。這樣看來，或許正如紀昀所說的，與其相見卻不相親，或許還是不要見面會比較好吧！

歷久彌新說名句

宋朝文人司馬光也有一首〈西江月佳人〉。詩中描述對美麗佳人的依戀，司馬光率真的寫出：「相見爭如不見，有情何似無情。」這裡的「爭」字，是「怎」的意思。男女雙方的關係當是若即若離，所以見面之後、又覺得還不如不見，因為不敢確定對方是否對自己有意；愛情中患得患失的心態，描寫得生動無比。

有評論指出，這首詩的佳人，是指當時的北宋皇帝，因為司馬光當時想要回京城做官、所以去晉見皇帝，可是見到了又能怎樣，依然不受重用。（《唐宋詞百首詳解》）而司馬光在這首詩的最後用「笙歌散後酒微醒，深院月明人靜」，結束這種患得患失的情境。他說，歌舞停了、自己酒也醒了，庭院中，只有一輪明月伴著自己。這看去似乎的平靜，其實卻有顆平靜不了的心呀！

康熙時期的詩人納蘭性德，在十九歲時便娶盧氏為妻，兩人情深意重，但才過了三年多的時間，盧氏就撒手人寰，據說納蘭性德自此做了不少悼亡之作，感歎再無像妻子盧氏這樣的知己。他在詞作〈畫堂春〉中寫道：「相思相望不相親，天為誰春！」兩人互相思念、盼望聚首，卻始終不能在一起互訴衷曲，這一年又一年的春色，到底是為誰而來。納蘭性德多情、傷情，但不濫情，盡現於此。

跡似「贈以芍藥」，事均「采彼蘼蕪」

名句的誕生

至其感念故夫，逾牆幽會，跡似「贈以芍藥[1]」，事均「采彼蘼蕪[2]」。人本同衾[3]，理殊失節。陽律於未婚私媾[4]，僅擬杖刑，猶容納贖。茲之違禮，恐視彼為輕。況已抑鬱捐生，縱有微愆[5]，足以蔽罪。自應寬其薄罰，逕付轉輪。准理酌情，似乎兩協。

～卷十七．姑妄聽之三

完全讀懂名句

1. 贈以芍藥：《詩經．鄭風．溱洧》：「維士與女，伊其相謔，贈之以芍藥。」後以「贈以芍藥」表示男女別離之情。
2. 採彼蘼蕪：典出《玉臺新詠》卷一〈古詩一〉：「上山采蘼蕪，下山逢故夫。」指妻子被休後與舊夫再遇的情景。蘼蕪，香草名。
3. 同衾：蓋同一條棉被，形容夫妻感情濃厚。衾，音ㄑㄧㄣ，棉被。
4. 媾：交合。
5. 愆：過失、罪過。

語譯：至於她想念前夫，翻牆幽會，從表面上看來接近《詩經．鄭風．溱洧》中對男女互相調情的描寫，實際上卻和古詩〈上山采蘼蕪〉中，描寫被休棄的妻子見到前夫的情況相同。他們原是同床共枕的一對，按理來說和失去貞節的狀況不同。人間的法律對未婚而私下發生關係的人，只有判以杖刑，而且兩人還可以結婚來免除懲罰。而這兩人違反禮法，程度比未婚私通還來得輕多了。何況她已經憂鬱而死，縱然曾犯下微小的過錯，也足夠抵銷了。因此應該從寬量刑，直接讓她轉生。不管從理或情的方面出發為她考慮，這樣的判決都是很恰當的。

名句的故事

顧德懋能斷陰司案子，他曾經審理過一樁案子：有個因小姑進讒而被婆婆離棄的婦人，心想娘家一個人都沒了，只好暫時出家做尼姑，等婆婆回心轉意。但她與丈夫的恩情並未斷絕，丈夫還常常去尼姑庵看她，兩人甚至在尼姑庵旁的小屋相會。就這麼過了一年多，還是被師父發覺了。師父持守戒律十分嚴格，認為兩人幽會之舉玷汙佛地，斥責丈夫不要再前來，否則她就要驅逐這個婦人。於是丈夫不再過來，沒想到婦人竟因此鬱鬱而終。陰司原本認為婦人不守佛法戒律，要按僧律定罪，打入地獄。但顧德懋認為婦人並非立願皈依佛法，她只是被迫與丈夫分離，希望將來還能破鏡重圓才來到尼姑庵借宿安身，這不應依僧律來審判；況且她雖然與丈夫幽會像《詩經．溱洧》所描寫的，但實際上像〈上山采蘼蕪〉中被休婦女對丈夫的感情。既不是未婚私通，也沒有失節，應該直接讓她轉生。最後閻王也贊成顧德懋的判法。

其中，顧德懋說了名句「跡似『贈以芍藥』」，事均『采彼蘼蕪』」，內含有兩個典故，「贈以芍藥」出自《詩經．溱洧》，描寫的是一對年輕的少男、少女在春日的河邊相互調笑，最後以一支芍藥訂下約定；「采彼蘼蕪」則敘述一個被休掉的婦女在上山採野菜的途中，遇見前夫，她不但沒有裝作不認識，還像從前一樣很柔順地跪下來問候夫君的近況及他新娶的妻子。

歷久彌新說名句

故事中的媳婦因為不受婆婆喜愛而被休，失去丈夫、家庭、最後還失去生命，這樣的故事自古就有，如著名的古詩〈孔雀東南飛〉就是代表。〈孔雀東南飛〉描寫漢末焦仲卿及妻子劉蘭芝的悲劇，劉蘭芝被焦仲卿的母親休棄後，原本對丈夫發誓不再嫁，但娘家逼她再嫁，婦女在古代「三從」的觀念底下無路可走，最後投水而死。丈夫焦仲卿知道後，也上吊死了。當時的人們很同情他們，作了〈孔雀東南飛〉這首詩。

除了〈孔雀東南飛〉之外，南宋詩人陸游與妻子唐琬同樣面對了這樣的情況：陸游與才貌雙全的表妹唐琬結婚後，兩人感情極好，詩詞唱和，琴瑟和鳴，但陸游的母親卻不喜愛唐琬，強迫兩人分開，陸游奉母命另娶王氏為妻，而唐琬則改嫁趙士程。但陸游對唐琬始終念念不忘，因此一日遊沈園偶遇趙士程及唐琬時，非常悲傷；唐琬徵得丈夫同意後，派人送來酒肴及昔日唱和詩稿，更使得陸游百感交集，於是在牆壁上題了〈釵頭鳳〉詞：「紅酥手，黃縢酒，滿城春色宮牆柳，東風惡，歡情薄，一懷愁緒，幾年離索，錯！錯！錯！春如舊，人空瘦，淚痕紅浥鮫綃透，桃花落，閒池閣，山盟雖在，錦書難托，莫！莫！莫！」不久唐琬便積鬱而亡。陸游後來詩作中，仍不只一次提及沈園，且皆思及唐琬。如〈沈園〉：「城上斜陽畫角哀，沈園非復舊池臺，傷心橋下春波綠，曾是驚鴻照影來。」陸游寫此詩已是四十年後，但筆調仍滿懷深情，令人不禁動容。

酒有別腸，信然

名句的誕生

酒有別腸，信然。……後輩則以葛臨溪為第一。不與之酒，從不自呼一杯；與之酒，雖盆盎[1]無難色，長鯨一吸[2]，涓滴不遺。嘗飲余家，與諸桐嶼、吳惠叔等五六人角[3]，至夜漏[4]將闌[5]，眾皆酩酊[6]，或失足顛仆[7]。臨溪一一指揮僮僕扶掖登榻，然後從容登輿去，神志湛然[8]，如未飲者。

～卷二十四．灤陽續錄六

完全讀懂名句

1. 盎：腹大口小的瓦盆，此處指大酒缸。
2. 長鯨一吸：比喻豪飲。
3. 角：較量。
4. 夜漏：漏為古代計時器，用銅壺滴漏來計算時間，故後人稱夜間時刻為「夜漏」。
5. 闌：將盡。夜闌指夜深。
6. 酩酊：大醉的樣子。
7. 顛仆：失去平衡而跌倒。
8. 湛然：冷靜清醒的樣子。

語譯：有人說，能喝酒的人肚裡有另外的地方裝酒，一點也沒錯。……後輩中以葛臨溪的酒量稱雄。不給他酒，他從不主動要喝；給他酒喝，即使一盆也是面無難色，張嘴長吸，一滴也不剩。他曾在我家喝酒，和諸桐嶼、吳惠叔等五六個人比拚酒量，一直喝到深夜，其他人都已經酩酊大醉，有的還失足摔倒了。葛臨溪指揮僮僕一一把他們扶到床上去，然後從容乘車離開，神志清醒得好像沒有喝酒一樣。

名句的故事

名句「酒有別腸，信然」是故事開頭的第一句話，接著引出紀昀所知道、認識的會喝酒的文士。根據他親眼所見或聽聞的事蹟，說明哪些人真的會喝酒，哪些人只是「豪舉」而非「豪飲」——以大動作，潑出了杯子裡大半的酒。他的老師孫端人也加入了當時的酒社，甚至自己評價自己的酒量：「與顧俠君、繆文子兩位先生相比，我離他們有一段距離，中間還可以排上十幾個人呢！」雖然跟真正酒量好的文士仍有一大段差距，不過孫先生對自己的學生紀昀完全不能喝酒倒是頗多埋怨：「蘇東坡的長處值得學習，只是你何必連他酒量淺的短處也要學呢！」倒是紀昀主持科考時錄取了葛臨溪，這個葛臨溪是個好酒也能喝的人，他不會主動討酒喝，但只要一喝就喝個精光，聽說他從未喝醉過。但這個人也有個問題，就是喝酒從來不挑，分不出酒的好壞來。當老師孫先生知道紀昀收了個海量的學生，非常高興地回信：「我再傳弟子中有像葛臨溪這種有酒量的人，令我聽了不禁手舞足蹈，唯一的遺憾就是在我們三人中間的你沒有酒量，結果我們師徒三人若以酒量來看，豈不是和蜂腰一樣，兩頭大，中間細了。」

這則筆記嚴格來說不算是具有情節的故事，但裡面記載了不少當時文士飲酒的雅事，也是傳統筆記小說的內容寫法。

至於名句「酒有別腸」，紀昀也不是第一個說的人，《資治通鑑．後晉紀四》記了一段對話：「曦曰：『維岳身甚小，何飲酒之多？』左右或曰：『酒有別腸，不必長大。』」這是說身材矮小的會飲酒；不過，身材高大健壯也有會飲酒的，如明代馮夢龍《古今談概》中提到：「曾公棨，偉儀雄幹，善飲啖，人莫測其量。張英國輔欲試之，密使人圍其腹作紙俑，置廳事後，乃邀公飲，如其飲器注俑中，竟日，俑已溢；別注甕中，又溢，公神色不動。夜半，具輿從送歸第，屬使者善待之，意公必醉；公歸，亟呼家人設酒勞輿隸，公取觴復大酌，隸皆醉，公方就寢。」可見，人會不會飲酒、能不能飲酒，光從外表是看不出來的。

歷久彌新說名句

名句「酒有別腸」，今日的科學家為它找到了科學的原因：酒量大的人體內比一般人天生的ALDH含量高出許多。而ALDH是一種能代謝酒精的酵素，所以酒量大的人，喝酒不會臉紅、心跳、嘔吐；這種人，是天生能喝酒的人。

就現代人而言，與「酒有別腸」類似卻又更有名的一句話，就是：人，尤其是女人，永遠有兩個胃，一個胃用來裝普通食物，另一個胃用來裝甜點；意即不論正餐吃得多飽，都還有足夠的空間來容納甜點。其實，人只有一個胃，哪有第二個呢？只是色澤誘人，如寶石般美麗的甜點，總會令人沒辦法抗拒。

有人說：「喝了酒，省了飯。」雖然酒的熱量很高，但不能取代正餐，就如同甜點一樣，有人為了減肥或控制熱量，犧牲正餐只吃甜點，也是不正確的，熱量雖然同樣很高，卻都不能取代正餐。因此還是古人說的好：「酒有別腸」、或者另一個胃裝甜點，正餐還是得裝進主要的胃腸之中吧。

所見異詞，所聞異詞，所傳聞異詞，《魯史》且然，況稗官小說？

名句的誕生

嗟乎！所見異詞，所聞異詞，所傳聞異詞，《魯史》且然，況稗官小說1？他人記吾家之事，其異同吾知之，他人不能知也。然則吾記他人家之事，據其所聞，輒為敘述，或虛或實或漏，他人得而知之，吾亦不得知也。

～卷二十四．灤陽續錄六

完全讀懂名句

1.稗官小說：指一些街談巷語的瑣碎言論。

語譯：嗚呼！看到的有不同的說法，聽到的有不同的說法，傳說的也有不同的說法，春秋時魯國的歷史尚且這樣，何況是街談巷說的瑣碎言論？別人記敘我家的事，寫的對不對我知道，其他人不會知道。同樣，我記別人家的事，根據傳聞寫下來，可能真實、可能虛妄、可能有所遺漏，別人或許能知道，但我就不能知道了。

名句的故事

張浮槎與紀昀家世代聯姻，張浮槎寫了本《秋坪新語》，裡面提到紀昀家的兩件事：一是記敘紀昀兄長晴湖家東樓上鬧鬼的事。這座樓建於明萬曆年間，已有一百八十四年了，共有七人在這棟樓的樓上樓下上吊自殺，因此沒人敢住；某天晚上不得已打開這棟樓，沒想到果真發生了變故。然而，奇怪的是住在旁邊的小樓內的人卻子孫繁衍，真是無法解釋。

另一件事則是記載紀昀兒子汝佶臨終前的

事，可是真實性不到十分之六七。野鬼冒充西北商人的口音來向汝佶索債，其實並非真是汝佶欠下債務，而是孤魂野鬼冒名以求得祭祀，家人後來拚命追問他的姓名、地址及欠債的年月、見證，他都答不上來；況且當年汝佶與債權人打官司時，刑部曾經詳細計算過所欠的數目，當中根本沒有欠西北商人的這一條。張浮槎與紀昀家世代聯姻，兩家婦女對這兩件事一再傳說，過程中不可能沒有一絲一毫的增減。

透過這兩件事，紀昀下了結論：「所見異詞，所聞異詞，所傳聞異詞，《魯史》且然，況稗官小說？」自己家的事，自己清楚，但別人未必知道。這就像紀昀寫作《閱微草堂筆記》，是寫別人家的事，別人可能清楚，但自己就不知道了。他也期望自己的記載不失忠厚，稍帶有些勸懲的意味，不顛倒是非、懷有個人恩怨、不寫才子佳人的愛情、更不描寫床第間的私事。本篇是《閱微草堂筆記》的最後一篇，從中也可看出紀昀撰寫本書的寫作態度。

歷久彌新說名句

紀昀在本篇名句後舉陸游的一首詩為例，提及「死後是非誰得管，滿村聽唱蔡中郎」，而蔡中郎正是飽受傳說所累的東漢大文學家蔡邕。據《後漢書》所載，蔡邕十分孝順，母親病了三年，他幾乎衣不解帶地在旁照顧，整整七十天沒有睡覺。

但在他死後，竟被人說成不忠不孝之徒，南戲《趙貞女蔡二郎》說他拋父棄母、離妻別子，以至於父親餓死，母親上吊，趙五娘只能帶著兒女上京尋找他。最後故事以蔡伯喈被雷轟死作為結束。這個不忠不孝、不仁不義的蔡邕後來在高明的《琵琶記》被改為「全忠全孝蔡伯喈」，還受朝廷表揚，一家團圓。

不論蔡邕的聲名是美是惡，全都與歷史事實不相干，乃後人穿鑿附會而來，這正是本篇名句所說的：一件事可能有不同的說法，正史尚且未必是事實，更何況是傳說故事、小說戲曲呢？

商周出版叢書目錄
中文經典100句系列

書號	書名	作者	定價
中文經典100句・古典小說			
BK9101	中文經典100句——紅樓夢	文心工作室	250元 特價149元
BK9102	中文經典100句——西遊記	文心工作室	240元
BK9103	中文經典100句——三國演義	文心工作室	250元
BK9104	中文經典100句——水滸傳	文心工作室	250元
中文經典100句			
BK9001	中文經典100句——論語	文心工作室	200元
BK9002	中文經典100句——史記	公孫策	200元 特價129元
BK9003	中文經典100句——古文觀止	文心工作室	240元
BK9004	中文經典100句——孟子	文心工作室	240元
BK9005	中文經典100句——詩經	文心工作室	240元
BK9006	中文經典100句——宋詞	文心工作室	240元
BK9007	中文經典100句——唐詩	文心工作室	240元
BK9008	中文經典100句——戰國策	公孫策	200元
BK9009	中文經典100句——世說新語	文心工作室	200元
BK9010	中文經典100句——莊子	文心工作室	200元
BK9011	中文經典100句——資治通鑑	公孫策	200元
BK9012	中文經典100句——昭明文選	文心工作室	240元
BK9013	中文經典100句——六祖壇經	文心工作室	240元
BK9014	中文經典100句——曾國藩家書	文心工作室	260元
BK9015	中文經典100句——老子	文心工作室	260元
BK9016	中文經典100句——資治通鑑（續編）	公孫策	200元
BK9017	中文經典100句——荀子	文心工作室	260元
BK9018	中文經典100句——韓非子	文心工作室	260元
BK9019	中文經典100句——兵法	公孫策	220元
BK9020	中文經典100句——易經	文心工作室	220元
BK9021	中文經典100句——淮南子	文心工作室	240元
BK9022	中文經典100句——元曲	文心工作室	260元
BK9023	中文經典100句——孔子家語	文心工作室	240元
BK9024	中文經典100句——閱微草堂筆記	文心工作室	260元

系列書籍陸續策劃中，即將出版《禮記》、《左傳》……等，敬請期待！

◎郵政劃撥訂購方式：

戶名：書虫股份有限公司

劃撥帳號：19863813

請至郵局索取劃撥單，填上戶名以及劃撥帳號，並於劃撥單背面寫上欲購買的書籍之詳細書名、本數、您的大名、聯絡電話與寄書地址，在郵局櫃檯直接付款。

劃撥購買恕不折扣。

國家圖書館出版品預行編目資料

閱微草堂筆記：中文經典100句／文心工作室編著. -- 初版. --
臺北市：商周出版，城邦文化出版：家庭傳媒城邦分公司發行；
2010.12　面：　　公分.--（中文經典100句；24）

ISBN 978-986-120-464-2（平裝）

857.27　　990022947

中文經典100句24
閱微草堂筆記

總策畫／季旭昇教授
作者／文心工作室：王尹姿、何宜珊、吳思惠、李佩蓉、翁淑玲、張書豪、黃淑貞、廖珮芸、趙修霈
責任編輯／王怡婷

版權／翁靜如
行銷業務／甘霖、蘇魯屏
總編輯／楊如玉
總經理／彭之琬
發行人／何飛鵬
法律顧問／台英國際商務法律事務所 羅明通律師
出版者／商周出版
城邦文化事業股份有限公司
台北市104民生東路二段141號9樓
電話：(02) 25007008　傳真：(02)25007759
Blog：http://bwp25007008.pixnet.net/blog
E-mail：bwp.service@cite.com.tw
發行／英屬蓋曼群島商家庭傳媒股份有限公司城邦分公司
台北市中山區民生東路二段141號2樓
書虫客服服務專線：(02) 25007718・(02) 25007719
服務時間：週一至週五09:30-12:00・13:30-17:00
24小時傳真服務：(02) 25001990・(02) 25001991
郵撥帳號：19863813　戶名：書虫股份有限公司
讀者服務信箱：service@readingclub.com.tw
城邦讀書花園：www.cite.com.tw
香港發行所／城邦（香港）出版集團有限公司
香港灣仔駱克道193號東超商業中心1樓
Email：hkcite@biznetvigator.com
電話：（852）25086231　傳真：（852）25789337
馬新發行所／城邦（馬新）出版集團【Cite (M) Sdn. Bhd. (458372 U)】
41, Jalan Radin Anum, Bandar Baru Sri Petaling,
57000 Kuala Lumpur, Malaysia.
電話：（603）90578822　傳真：（603）90576622

封面設計／徐璽
電腦排版／新鑫電腦排版工作室
印刷／韋懋實業有限公司
總經銷／高見文化行銷股份有限公司
電話：(02)26689005　傳真：(02)26689790　客服專線：0800-055-365
■2010年12月02日初版　　printed in Taiwan
■2015年02月05日初版3刷
定價260元

城邦讀書花園
www.cite.com.tw

 ISBN 978-986-120-464-2

請於此處用膠水黏貼

商周出版

讀者回函卡

感謝您購買我們出版的書籍！請費心填寫此回函卡，我們將不定期寄上城邦集團最新的出版訊息。

不定期好禮相贈！
立即加入：商周出版 Facebook 粉絲團

姓名：________________ 性別：☐男 ☐女

生日：西元________年________月________日

地址：________________

聯絡電話：________________ 傳真：________________

E-mail ：

學歷：☐ 1. 小學 ☐ 2. 國中 ☐ 3. 高中 ☐ 4. 大學 ☐ 5. 研究所以上

職業：☐ 1. 學生 ☐ 2. 軍公教 ☐ 3. 服務 ☐ 4. 金融 ☐ 5. 製造 ☐ 6. 資訊
☐ 7. 傳播 ☐ 8. 自由業 ☐ 9. 農漁牧 ☐ 10. 家管 ☐ 11. 退休
☐ 12. 其他________________

您從何種方式得知本書消息？

☐ 1. 書店 ☐ 2. 網路 ☐ 3. 報紙 ☐ 4. 雜誌 ☐ 5. 廣播 ☐ 6. 電視
☐ 7. 親友推薦 ☐ 8. 其他________________

您通常以何種方式購書？

☐ 1. 書店 ☐ 2. 網路 ☐ 3. 傳真訂購 ☐ 4. 郵局劃撥 ☐ 5. 其他______

您喜歡閱讀那些類別的書籍？

☐ 1. 財經商業 ☐ 2. 自然科學 ☐ 3. 歷史 ☐ 4. 法律 ☐ 5. 文學
☐ 6. 休閒旅遊 ☐ 7. 小說 ☐ 8. 人物傳記 ☐ 9. 生活、勵志 ☐ 10. 其他

對我們的建議：________________

____

____

【為提供訂購、行銷、客戶管理或其他合於營業登記項目或章程所定業務之目的，城邦出版人集團（即英屬蓋曼群島商家庭傳媒（股）公司城邦分公司、城邦文化事業（股）公司），於本集團之營運期間及地區內，將以電郵、傳真、電話、簡訊、郵寄或其他公告方式利用您提供之資料（資料類別：C001、C002、C003、C011 等）。利用對象除本集團外，亦可能包括相關服務的協力機構。如您有依個資法第三條或其他需服務之處，得致電本公司客服中心電話 02-25007718 請求協助。相關資料如為非必要項目，不提供亦不影響您的權益。】

1.C001 辨識個人者：如消費者之姓名、地址、電話、電子郵件等資訊。
2.C002 辨識財務者：如信用卡或轉帳帳戶資訊。
3.C003 政府資料中之辨識者：如身分證字號或護照號碼（外國人）。
4.C011 個人描述：如性別、國籍、出生年月日。

請於此處用膠水黏貼